老闺蜜

须一瓜 著

北京出版集团公司
北京十月文艺出版社

目 录 | Contents

1   有一种树春天叶儿红

48   穿过欲望的洒水车

106   二百四十个月的一生

149   老闺蜜

194   鸽子飞翔在眼睛深处

267   后记：在世界的深处，我们相遇

有一种树春天叶儿红

大约是下午五点二十七分,煤气爆炸的巨大而沉闷的声响,穿透了嘉元小区每一只耳朵,人们掉转脑袋在寻找声源的过程中,都看到了那个红云万里的夕阳天。

准确的爆炸地点是嘉元小区52号208室。警察带着联防队员冲进去的时候还没炸,只是闻到了浓重呛人的煤气味道。警察第一反应就是冲进厨房关闭煤气开关,这个时候,警察的手机响了,就是这个微乎其微的电子活动,导致空气中高密度的煤气炸了。警察从厨房门一直被炸到客厅,又被墙挡了一下倒下了。等联防队员翻过警察,警察的头发到了非洲,整个脸都没了,不知去了哪里。一个新队员看到警察没有脸面的红红黑黑白白的五官,一出溜就毫无声息地瘫了下去。

在卧室里自杀的姑娘,双手合放在胸前,躺在满床白色的百合花图案的床单中。女孩光着脚丫,无论手指还是脚趾,都涂着纯白色的但指尖上点着仁丹大小的丹珠图案的指甲油。她的脸颊艳若桃花，是标准的煤气中毒色。

她死了。

所有的人都不知道那女孩为什么自杀。现场的人也好，赶来的女孩的哥哥嫂嫂也好，女孩所在的居委会同事也好，谁也弄不清她好端端的为什么要自杀。

这个女孩叫阳里，陈阳里。

嘉元小区还有很多人，人们很久都在猜测阳里的自杀原因，因此，有了很多版本，不过，没有一个版本是令大多数人信服的。但是，在大多数人的印象里，阳里是个不大好琢磨的女孩。

一

嘉禾居委会就在禾田社区老人活动中心的楼下。本来，嘉元里、禾田里都有自己的居委会，后来，社区整合，两个小区居委会就并成了嘉禾居委会，嘉禾居委会办公地就设在禾田社区老人活动中心，还新扩了四间办公室，因为社区的人变多了一倍。陈阳里是文化生活委员，合并后，杨鲁芽过来任新居委会书记。

陈阳里自杀后，大家老说，阳里是个蛮耐看的女孩。高高的个子，纤细的脖子、纤细的腰肢，脑袋、胸脯、臀部则圆滚滚的，有点美人溜肩。杨鲁芽说，阳里虽然不是衣服架子，可是，如果穿起睡衣来谁也比不上她要命。杨鲁芽和阳里在省里的社区教育培训班做过同学，同居一室，所以杨鲁芽说的，大家都相信。

说阳里耐看，社区里的人都会记得阳里的眼睛。阳里的眼睛灰棕色，天生很重的眼影，灰蒙蒙的，目光时明时暗，话也时多时少，性情阴晴不定，身边的人都说她的个性不好琢磨。习惯的人说她灰蒙蒙的目光非常好看，尤其衬着她淡棕色紧致而透明的皮肤；不习惯的人自然更多，有人说她就是像她妈妈的眼睛，她妈妈的眼睛就像云里的星星一样，忽明忽暗。那是个疯子，经常在抽水马桶里洗头，半夜哈哈大笑，笑得邻居纷纷打110求助。丈夫跟一个四川三陪女跑了。也有人补充说，她丈夫是水性杨花，三陪女之前，就和单位里某某有染。阳里的母亲不疯才怪。言下之意，就是阳里看人的眼睛实际是病态的。这些话都是大家在阳里生前背着阳里说的，不过，阳里出现在大家视线里时，每个人会觉得阳里什么都明白，她完全明白你们谁谁谁都背地里说了我什么。这当然是错觉，可是，大家就那样想且彼此不自在。所以说，阳里的眼睛的确是有问题的。

　　阳里原来居委会的旧同事，都知道阳里实际上结过婚。杨鲁芽也知道。杨鲁芽比一般人知道得都多，因为一年前，她和阳里在一个培训班的一间屋里住过一周。阳里跟一个人领了结婚证，也住在一起过，后来，那男的说，担心阳里母亲精神病遗传，就分手了。因为还没操办过仪式，这样的合分，倒也不太引人注意。

　　杨鲁芽说，这种男人！那你为什么要同意呢？

　　阳里说：算了嘛。

　　那是借口吧！你们又不是刚刚认识。你为什么要同意呢？

　　阳里说，知道是借口，所以没意思。

那还不拖住他。不能便宜那种人!

阳里就不说话了。杨鲁芽以为阳里要睡了,阳里说,懒得。

二

杨鲁芽肯定是中年妇女了,胖胖的。阳里第一次认识她,就看到她在省城宾馆大厅的不锈钢大柱子前面,不断地转身侧脸打量柱子里的自己。看到阳里看她,她就笑笑,后来发现阳里还在看她,就招手。阳里知道她也是来学习班报到的,就走了过去。她把阳里推到柱子前面,说,我非常喜欢在这里看自己。所有的人,在这里都非常好看。阳里看见自己像漫画一样,长脸长眼,还有极长的胳膊和腿。仔细看,确实挺好玩。杨鲁芽说,只要路过这样的柱子,我一定要照痛快的。

阳里笑起来。杨鲁芽说,要是我们大家、要是所有的人,都长这样就好了。太好了!

阳里大笑起来。她马上就对这个中年妇女亲近起来。阳里觉得她很天真,后来报到时拿到学员通讯录,发现她是一个居委会的副主任时,阳里简直觉得惊奇。更惊奇的是晚上,阳里和杨鲁芽住一个房间。电视看到十点多,杨鲁芽去洗澡。结果电话就响了,是个声音非常好听的男人找杨鲁芽。

杨鲁芽出来,听阳里说声音非常好听,马上就哧哧笑起来,一边伸手去打电话。杨鲁芽的声音完全换了一个人,嗲得让比她小十多岁——后来才知道,是小二十岁——的阳里浑身不自在。

杨鲁芽嗲声嗲气，身子在微风吹柳地摇晃着。她说，我把枕头放在我的睡衣里啦，睡衣就放在我睡的位置了，对了，晚上你就抱着它吧，那就等于抱着我睡嘛。你抱着。

阳里竖着耳朵听。她感到好奇而别扭。

杨鲁芽对着电话说，人家不是也不习惯嘛。我又不爱出差，对呀，对呀，最后一次嘛。不习惯。不，要你洗！背上根本洗不干净呢。不，就不洗头，我回去洗！嗯，不！不要！我不要！就不要！

杨鲁芽的话谁都可以听出，她从一个劝慰者，变成了一个撒娇者。阳里从电视上，飞快地扭头回瞟了一眼，看到杨鲁芽说话的时候，屁股一下一下蹾着床，就像一个耍赖的小女孩。阳里看不下去，加上杨鲁芽发嗲的声音把电视声音都盖了，便赶紧奔进卫生间淋浴，等她全部洗好，杨鲁芽的电话才刚完。阳里想问那是谁呢，但是，不熟悉便忍着。可是，爬上床黑灯的时候，杨鲁芽自己说了，是我老公的电话。

我和我老公结婚就约好的，尽量不出差，我们不分开。他以前出差我会不习惯，现在他退休了，连午睡都要求我回家呢，更不要说出差啦。

阳里说，退休？你老公那么老啊？

杨鲁芽翻身把床头灯拧开，你看我有多少岁？

阳里看了她一眼。阳里觉得她肯定有四十岁，但决定少说一点。阳里说，三十六七？

杨鲁芽大笑起来，咯咯咯的。我告诉你，我的儿子和你一样大！

我的女儿结婚了！阳里暗算了一下，杨鲁芽最起码也有四十五岁了，也许快五十了。这下子，阳里真的羡慕起来，也翻身起来再看杨鲁芽。她的确不像四五十岁的女人。

喂！杨鲁芽突然举起胳膊把睡衣，接着是睡裤都脱了。她全裸着，像一颗剥了红皮的白花生。你再看看我，杨鲁芽说着下床坐到了阳里的床沿，她用食指点着自己的两个乳房，我觉得，从十八岁到现在，它们一点都没变。不信你摸摸！

阳里惊奇得不知怎么表态。杨鲁芽的裸体令她尴尬，但是，她的确看见杨鲁芽的乳房是年轻而有弹性的。不过，阳里也看到，杨鲁芽的小腹和臀后，都有松松的赘肉。就是说，整个体形，她还是衰老了。

阳里傻笑着。

杨鲁芽回到了自己床上。你知道它们为什么不变老吗？其实，结婚几十年，我都是不穿衣服睡觉的。每天啊，我老公都帮我按摩乳房，还有小腹。他说按摩可以保持健康和美丽。左边多少圈、右边多少圈，有定量的。他把这个叫作功课。

阳里一半是好奇，一半是轻微的别扭。是你要他做的吗——那个功课？

哪里，有时我还嫌他吵我。他就说，你好好睡，我不会吵你。

天天都这样？

天天都这样。他喜欢，我也喜欢。我们结婚三十年了。

阳里不说话了。她甚至觉得可能碰到了一个三八。

阳里不说话，可是，杨鲁芽还想说。杨鲁芽的声音，乘着标房的夜灯的光线，一句连一句地进入阳里的耳朵。他大我十五岁。去年退休了。刚才他说，今天晚上睡不着觉了，他抱着我才能睡。我说我还不是？我以后真的不再出差了，你知道吗，三十多年来，我们从来不吵架。

不可能吧？！阳里兴奋起来，不是"天下夫妻九对假一对呆"？

杨鲁芽大笑起来。那我们就呆啦。

三

女人夜谈一次，就能成为朋友。何况，杨鲁芽和阳里同住了一周。杨鲁芽和陈阳里成了亲密的朋友。尤其是合并后的居委会，阳里他们原居委会的人马占了大半，杨鲁芽就对文书陈阳里更加依靠。人家都说，阳里是杨主任的人。都说，阳里会拍马屁。阳里呢，也有意无意表现出自己"上面有人"的样子。

杨鲁芽后来一直抱怨嘉元辖区的居民素质要比禾田居民低，因为，嘉元大部分居民都是打铁老街那边拆迁过来的居民。这话陈阳里觉得有道理，但是不乐意听，因为陈阳里家就是从那边拆迁过来的，陈阳里的爷爷、祖辈就生活在那里，捕鱼贩鱼为生。杨鲁芽所在的原禾田辖区，大部分都是当年南下干部所住的地方，那里的孩子都说普通话。杨鲁芽自己父母都是部队下来的，言谈之间难免自视较高。因为杨鲁芽有时会流露自己和自己原辖区的优越感，这边老居委会的人员，就有点排斥她，她的工作开展就比较吃力，就更需要文书阳里的帮助了。

那天晚上十点多，两户人家打了起来。阳里被杨鲁芽电话叫到现场的时候，全身都被雨弄湿了，有点不高兴，她正在被窝里看一个电视连续剧。杨鲁芽身上也有点湿，阳里看到她一筹莫展地站在那户人家的凌乱的客厅里。不是说居委会主任是"小巷总理"吗，既然是总理，居民家中什么事情没见过，即使真的没见过，也早就练出居民家里没有新鲜事的心态。不就是吵架嘛。离开热被窝，离开电视剧的人物，毕竟是令人不快乐的。湿着身子的阳里真心觉得杨鲁芽挺笨。

挨打的居民是个小个子男人，脸上肯定是被女人的指甲抓了，挺深的一条血痕，红蚯蚓一般在颧骨下，要冒血的样子，头发又长又蓬乱，不知是厮打乱的，还是天生蓬乱。桌上起码堆着一天用过没洗的碗，干巴巴地脏。

冲进来打人的是一对离婚的夫妻，个子也都不大，但是，声音都很大，所以后来引来了很多邻居探望。阳里进去的时候，这对离婚夫妻自己又厮打起来，居民小组长气得猛推那两人，那对原夫妻就齐心协力推搡小组长。而真正的主角是一对十三四岁的孩子。离婚夫妻的十三岁的女孩和小个子男主人家的十四岁男孩，正双双待在卧室里紧闭房门。外面的大人打成一团，里面的孩子，听声音，好像正在看阳里正看一半的电视剧。

卧室门反锁了。没有人能进得去。

原嘉元居委会的人都知道这两户人家是怎么回事。十四岁的男孩子的父母，在他十一岁的时候离婚了，母亲嫌父亲下岗，另嫁了一个街道舞会上认识的小建筑承包商。男孩跟父亲过,但是那个暑期结束后,那个男孩拒绝上学了,成天把自己关在卧室里。只要父亲在家,他就绝对不走出屋子。每天,父亲煮好饭,就放在卧室门外的小凳子上,父亲不在的时候,男孩会把饭拿进去。十三岁的女孩父母更早就离婚了,都有了新家庭,女孩就跟年老的爷爷奶奶过。女孩的智力较弱,读不进书。本来倒也天天到学校,还是班上劳动积极分子。不知怎么回事,半年前一个春天的上午,女孩路过,在窗下看到窗口里的男孩,就爬窗进去了,从此晚上才回家睡觉,需要什么就爬窗进出。所以,男孩的父亲两个月都不知道有个女孩住在里面,只知道,儿子的食量大了。而女孩那边,直到老师上门,爷爷奶奶才知道小丫头很久没去学校,等父亲赶回家暴打了女孩一顿,女孩干脆就彻底失踪了。全家人到处找,半个月后才跟踪到了男孩家。女孩坚决不回家。两个孩子的父亲,还有女孩的爷爷奶奶当时吵得不可开交,在警察的帮助下,两个孩子勉强同意分开。但女孩只是回家了一个晚上,第二天又失踪了。两个孩子依然是不分日夜地锁在卧室里。而男孩的父亲,因为女孩的出现,重新听到了儿子久违的笑声,渐渐默认了这种状态。在居委会合并之前,原居委会主任还经常找两个孩子的父亲谈心,也经常在门外和两个孩子谈话,企图劝孩子回到正常生活中。第二次去谈话的时候,她就让计生委员给孩子带上了两盒安全套。后来,居委会忙于合并,合并后老主任调走了,新班子人员正在工作磨合期,这档事就忘了。今天,就是女孩的母亲从外地回来,一听这事,揪着前夫,就打上门来了。

杨鲁芽简直不知道怎么下手。刚才，女孩的母亲对她挥起了桌上的塑料菜板，菜板砸到了她的肩头，挺痛的。更令杨鲁芽气愤的是，女孩的母亲说是她送的安全套，厉声责骂她——就是在鼓动小孩乱来。

杨鲁芽对阳里说，天下哪有这样的事啊！哪有这样的父母，哪有这样的孩子嘛！在我们禾田——

阳里白了她一眼。身上还潮湿着呢，听声音，电视肯定也演完了。那个男主角阿镇被人谋害，发生车祸后也不知死了没有。阳里觉得杨鲁芽实在令人讨厌。这有什么奇怪的，你们禾田怎么啦，禾田都是模范夫妻？都是幸福家庭？屁。狗屁！谁爱相信谁相信！

四

杨鲁芽能感到原嘉元居委会人员对她的排斥，其实，不管是上门入户核查住户资料，还是拜访社区共建单位请求优先聘用本区待岗人员的公关活动，或是小区统一毒老鼠灭蟑螂行动，她都是亲自到一线去的。红褐色的毒鼠谷粒，撒得她头昏脑涨。小区的街角、居民楼道口、花铺边、下水道旁，你到处都要走到。这个特别要讲究技巧，要撒得老鼠看得到，同时又要撒得让上面来检查的领导看得到，否则，老鼠毒不死，领导看不到，你就白辛苦了。现在两个辖区合并，随便开展一项，都要比以前累得多。但杨鲁芽总是身先士卒，累得半死。

可是，她还是感到这里的同事不好相处。这样，她不和陈阳里走近都不行。阳里呢，看心情好坏，有时非常配合她，抢着干这干那，积极得像要入党，甚至见缝插针地把飞短流长的东西也一股脑儿端出来，还要添油加醋，杨鲁芽就很快掌握了单位人员的很多情况。但有时阳里一整天耷着圆圆的脑袋，半闭着灰灰的眼睛，歪着纤细的腰肢，对谁都爱理不理的，像一只被毒得半死的耗子。

那天，杨鲁芽就说，到我家吃饭吧？童大柱烧的菜非常好吃呢。去吧，我给他打电话！

陈阳里不动，窝在沙发上，仍然像一只半死的耗子，但是，思绪一下子奔远了。童大柱就是杨鲁芽的老公，就是那个声音非常好听的男人，就是那个对老婆好到天上的男人。童大柱和杨鲁芽，就是那对比神仙还神仙的好夫妻？——那到底是个什么样的男人？那是个什么样的家？

阳里站了起来，说，那——我要不要带点礼物？

咳！神经病！以后我会经常请你去的，你天天带啊？有病！

那个六十多岁的退休男人究竟是什么样的？非常独特？会疼人？做爱技巧高？厨艺精？

其实，所有这类问题，从阳里认识杨鲁芽的第一个夜晚，她就在琢磨了。说真的，她一直将信将疑。暗暗观察，杨鲁芽倒也不像是胡吹海说的人，虽然有点神气。但是，她所说的婚姻生活、夫妻状态，尤其是她所说的那个男人，实在——实在像个可疑的神话。

这一天的晚上，她就要走近这个神话了。

杨鲁芽的家在禾田水库那边。说是水库，早也没什么水了，工地却一片连一片地起来了，很吵，工地的施工灯惨白惨白的，杨鲁芽家所在的看上去挺旧的宿舍楼被照得又明亮又破旧。杨鲁芽解释说，我们买了个新房，给儿子住了。

童大柱来开的门。阳里飞快地扫了他一眼，失望比她飞快的眼神更快地袭上心头。阳里拿眼睛细看杨鲁芽，杨鲁芽大大咧咧又娇媚无限地说，咳唷，童大柱，我的脚疼死了！我说不能穿新鞋吧，打脚嘛。这就是小陈啦，阳里啊，这就是我老公童大柱。

童大柱笑了笑，说欢迎欢迎。童大柱说，你们先到客厅休息一下，饭马上就好。到客厅的途中，童大柱不知从哪里拿出一个磁化杯，端到了茶几上。阳里感觉那里面不是一般的茶，正想趁杨鲁芽去洗手，偷看一眼，杨鲁芽就在洗手间里大着嗓门说，童大柱，我今天想喝枸杞，泡了吗？

童大柱在厨房说，泡了。在茶几上了。

这是非常平常普通的家，还有点凌乱，有一种别人家的味道。唯一与众不同的是，客厅墙上有非常多的照片，全家合影、夫妻合影、兄妹合影、母女合影、父女合影、父子合影、母子合影，还有混有不认识的人的合影，太多了。大大小小、有框没框，满墙都是。最中间的，也是量最大的，就是夫妻合影。

陈阳里盯着最大的那张夫妻合影仔细看。童大柱实在太普通了！一只眼睛单眼皮，一只眼睛双眼皮，鼻子太大了，最最不好看的是，有着稀疏的络腮胡子，下巴也不够有力，腮帮子棱角又太重。不过从这张比普通挂历还大的主打照片上看，夫妻俩都非常好看。童大柱比杨鲁芽高了一头，脸有点偏，看着身边的妻子，目光十分宽厚动人；

妻子在看前面的什么，表情有点像娇嗔，神态自然可爱。

还有一张放大的全家福，拍得很特别：一家人简直就是抱成一团，冲着镜头哈哈大笑，一对儿女还是少年，笑得一个吐出舌头，一个皱起鼻子挤眼睛。看着这些照片，阳里觉得杨鲁芽说他们一家人大大小小有钱没钱总是非常开心，可能是真的。

杨鲁芽从洗手间出来，先到了厨房不知说了什么，里面传出一高一低的笑声，好像还有拍打身体的什么声音。随后，趿拉趿拉的拖鞋声，就把杨鲁芽送到客厅里来了。她给阳里递上一纸杯可乐，一边自己就拿起那个磁化杯。看阳里凑在相片墙前，杨鲁芽就说，我们全家有非常多的照片。等下统统给你看！

都是鱼。炸的鱼，清蒸的鱼，烧汤的鱼，还有一盘卤鸭肠和一盘青菜。杨鲁芽拿起筷子，指着鱼说，都是我们童大柱钓的！非常鲜！我家的鱼吃不完。你再尝尝这个！卤鸭肠！这是我们童大柱最拿手的，你说，一般功夫谁能把鸭肠卤得既入味，还又肥又脆？

童大柱一直摇头笑着。

阳里每样都尝了，然后大口喝可乐。她不敢说的是，他们家的菜统统太咸啦。阳里注意到，杨鲁芽叫童大柱总是拖着拐弯的尾音，讲话的时候，好像总控制着鼻咽气流，听上去娇小而任性。阳里听着听着，几乎就厌恶之极起来，觉得那透着一种无耻之极的嗲劲。但看那童大柱总是笑着，显然是万分欣赏怜爱有加的样子。可是，杨鲁芽已经是多老的女人啦，陈阳里拼命喝着可乐，对自己说，我再来就是狗！

席间，陈阳里去了趟洗手间。果然，洗手间比一般人家的大，里面有个紫红色的塑料浴缸。真难看。里面的毛巾啊、卫生纸啊、拖鞋啊，都很一般，甚至有点差劲，尤其是毛巾，这么旧还舍不得换。镜子上面水渍痕迹把镜子弄得不干净。陈阳里想，这些讲普通话的南下干部出身的家庭，也不过如此。

浴缸就是他们最特别的了。阳里悄悄接近那个紫红色的空浴缸。她知道，杨鲁芽在学习班和她认识的第一个晚上，就告诉她：结婚之后，都是她老公帮她洗头洗澡。她说我后背洗不干净。

阳里根本不相信，嘿嘿笑着。

杨鲁芽说，他喜欢帮我洗澡，所以，我们家很早就买了浴缸。为了省水，童大柱又总是利用我的水再洗。阳里尖叫起来，咦耶——！

杨鲁芽说，第一遍嘛，他还要再冲干净水的。

那他衣服怎么办？帮你他不是都湿了？

是啊，所以，帮我洗他就要洗了嘛。

只是帮你洗——后背？

全部。全身。我不要动，让他洗。杨鲁芽意识到什么，大笑起来。陈阳里不笑，杨鲁芽便轻轻说，很舒服的呢。

陈阳里哼了一声，那你不帮他洗吗？

我？我不要。我不喜欢帮人洗澡。孩子小的时候，也是童大柱洗的。他洗得很干净。

你这么短的头发，也要你老公洗？

嗨——我原来到肩膀下面！现在是短了，可是，我也不能洗。因为我留的指甲长，我的头皮又薄，一旦抓破，就痒得要命。童大柱的手指非常温柔，而且他每次为我洗头，都特意把可能弄疼我的指甲剪光。

那你没结婚的时候呢？！阳里悻悻然。

我家有保姆。

那——你下乡的时候呢？阳里迟疑地推测她的经历，反正，她就是强烈排斥这些东西。杨鲁芽说，没有出大汗，我就不洗嘛。等回城再洗。

那你这辈子一次都没有自己洗过头发啦？！

当然有。洗了就痒喽，反正，我告诉你，碰到童大柱，我真的就没再自己洗过头。有一次，童大柱出差，我头发脏了。他打长途电话回家劝我去街上洗，我只好去了，结果，那个小弟就把我头皮弄破，痒了整整一星期！哼。后来，我去店里洗，一进去就要求洗头小弟先把指甲剪光。指甲不过关，我不洗！

在这个有着紫红色浴缸的浴室里，每天都活动着一对不可思议的夫妇。它是不是比卧室，见证了更多的男女之间的——恩爱，还是什么东西？阳里弯下腰观察那个紫红色浴缸。她看到了两根不能分辨男女的体毛，心里再次充满厌恶。她很想判定杨鲁芽所说的那一切，是不是真的。应该说，从学习班回来，到杨鲁芽来当领导，她从来都没有把——或者说是不愿把杨鲁芽的这些话当真。听了那些洗来洗去的话，她打心眼里觉得杨鲁芽有点三八。呕吐都嫌累。但是，不知道为什么，今天她从一见到杨鲁芽的老公，见到他们家的第一眼起，却越来越清楚地感觉，那一切是真的。尽管，她对这个家所有的一切都十分失望，极度厌恶。

五

嫂嫂打了电话给阳里，说邻居这几天投诉比较多，警察一直上门劝他们家把母亲送进医院，至少等过了春天再说。阳里的哥哥成天和倒腾钢材、铝合金门窗的生意人在一起，一会儿广东，一会儿湖南，有时几天不着家，有时几个月没有一分钱拿回来，有时突然拿回三五万的。家全靠嫂嫂料理，包括照顾阳里的母亲。阳里知道哥哥外面有个小情人，所以，觉得嫂嫂不容易。嫂嫂一说，也知道哥哥又去广东了，她就赶紧回家，商量怎么办。

母亲就站在二楼阳台上。脸上涂得两颧红红眉毛黑黑，头发高高扎起，像戏里穆桂英的头饰，肩上还搭了一块印度女人一样的纱巾，用曲别针别着。远远地看到阳里，她就开始做像是飞吻的动作，手臂在胸前一下一下地往前送。

阳里进屋的时候，母亲迎了出来，手上还紧捏着一块鼓浪屿馅饼，直直地往阳里嘴里捅。嫂嫂一见，赶紧过去，连哄带骗地夺过馅饼，扔进了厨房垃圾桶。嫂嫂说，妈！已经过期啦！霉啦！不能吃，不—能—吃——！

母亲看着阳里讪讪地笑着。阳里坐下，嫂嫂低头为阳里找一次性塑料杯。忽然，母亲闪电般闪进厨房，阳里和嫂嫂一起跳起来，母亲已经从垃圾桶中捞出那块馅饼，馅饼上还沾着筋筋吊吊的刚剖的鱼内脏。一见阳里,那块沾着鱼肠鱼胆的馅饼,就捅在阳里嘴角脸上。嫂嫂把母亲抱住,奋力夺下馅饼。这次扔出窗外。窗外,有人嗷地叫了一声,马上有人说,疯子家的疯子家的!

阳里到卫生间拼命漱口、洗脸。

我哥说什么时候回?阳里在卫生间喊。

嫂嫂说,还要几天。他说这一单生意不能耽误。

与此同时,母亲的声音叠在嫂嫂声音里,她在喊:不回啦,永远不回啦。跟四川的婊子生小孩啦。正在生哪,我昨天就看见啦!

嫂嫂大声叹着气,来到卫生间门口。春天了,闹得厉害。白天骂你父亲,晚上老是大声哈哈哈哈笑——都是假笑。警察都来四次了,态度一次比一次凶。居委会也老是来人。可你哥总说,不送!到那边又花钱,妈又受苦。但你看现在。

嫂嫂看着婆婆一步一款摆着腰肢上了凉台,就悄声说,昨天我不是告诉你,她大便拉在裤子里了。她听到我跟你说了,结果哭起来。好半天都劝不住。好不容易安静了,我才眯一下,她却拿了菜刀,到楼下比画,人家当然报警了。这样下去,我一个人真是对付不了,你哥又老是不在。

阳里说,那怎么办,上次他在温州,我做主说送去他不高兴,你又不是不知道,那次的费用全部都是我出的,快四千块呢,我都不爱讲。

那怎么办啊,反正,你哥最不高兴我说送妈出去,好像我嫌她。你都看到了,大便裤子我也洗了,还没人感谢,我做到这个地步容易吗?警察再上门,我也没办法。我是前世欠你哥的,这世来还债!反正我是不出主意的,你们陈家人自己决定吧!反正真闹出什么杀人大事,我是尽了力气的。还有,那个你妈的赡养费,你半年没拿了。赡养母亲还不是个义务和责任嘛,我知道你懂,但别老忘啊!

上次医院那笔你们老不结算!我都说我不爱讲,是你又再提!

我也不爱提啊。人家邻居,还有我中学同学,哪个不说我脾气好?人家都说,像家里有这样一个病人,早都雇保姆了。现在倒好,我就是她的保姆了!

阳里径自走到了母亲所在的阳台。嫂嫂没跟来,厨房里传来像是捣蒜的声音。阳台上,母亲拿着一面小镜子,对着自己的鼻孔左照右照,鼻孔忽大忽小的。她自己露出非常欣赏的表情。

阳里不喜欢嫂嫂,嫂嫂模样太普通,而阳里哥哥谁见了都说帅。她觉得哥哥娶她很奇怪,觉得她配不上哥哥。但知道哥哥外面有情人,又觉得嫂嫂很可怜。那次,她看到哥哥和那个女人在一起滑旱冰,女人摔跤时,哥哥又吹又摸、恨不得舔那伤口的那副心疼又巴结的样子,一下就让阳里发现了他。阳里悻悻地走了过去。哥哥把手从那女孩的膝盖上拿下来,有点尴尬地对那个野猫一样表情的女孩说,我妹妹!亲妹妹!

事后,哥哥说,你别在意,我对她真是有感觉。

阳里说,你当年不是说要揍死老爸吗?你和他又有什么两样?

当然不一样。对孩子我绝对很负责,绝对不会丢下不管。

那老妈呢?

哥哥嘿嘿笑起来，拿手摸阳里的头顶。阳里把头用力一甩。走了。

哥哥追了上来。你不会跟她啰唆什么吧——你别掺和。这是我的事。该做什么不该做什么，我自己做主。哥再跟你说句真话，我和老爸不是一回事。如果你真那么想，那只能怪遗传——说不定你身上也有这个问题，没发作的时候，你不理解——

我呕吐都嫌累。阳里把两食指塞进左右耳朵。

六

杨鲁芽总是骑着自行车来上班。她的自行车尤其烦人，两个轮子里的每一根辐条，有着绿绿黄黄红红像蚕豆一样的装饰塑料点，每一条上，起码穿了七八个，车子骑起来，两个轮子花里胡哨又笨重地滚动翻转，简直令人头晕目眩。有一天，她老公童大柱也骑了一辆一模一样的车，到活动中心外墙下等杨鲁芽下班。他站在居委会那个"民思我想、民困我帮、民需我求、民呼我应"宣传大字下等。阳里在窗口里不由老打量他，车子停下来的时候，还不那么烦人，结果，等两个人踩着自行车一起离去的时候，阳里把脸都捂了起来。

一大早还没上班，杨鲁芽就骑着那辆阳里呕吐都嫌累的自行车到阳里家楼下等阳里。电话上先说了，说青天里66号出租房里安徽来的几个蛋贩子，正在谋划着上访市政府，不是太确切的消息说，蛋贩子们正在制作半个马路宽的上访长条幅，上面写了字，还要带两箱臭鸡蛋去砸市长和市政府官员。

阳里从窗口看到杨鲁芽骑着那辆自行车来，就不高兴下去。杨鲁芽在下面喊，快点！我们要比街道综治办早到才工作主动。

阳里在楼上说，我又没车骑。

杨鲁芽在楼下喊，我就是来带你嘛。不远。

阳里说，我要大便。

杨鲁芽说，快点！快点！

杨鲁芽说，市长最讨厌上访。

阳里说，我便秘！

杨鲁芽说，我看你是神经病。快点快点。

阳里下来的时候，拒绝坐上杨鲁芽的后座。杨鲁芽真正生气了，脸拉得很长。杨鲁芽说，难怪大家说你喜怒无常，不是我这个好脾气，谁和你相处得好？人家都说，我太迁就你了，我这个样子还像个领导吗？

我就是神经病。遗传！

好了好了。对不起。那我把车停你楼下。听老马说，前天是你接待了那几个安徽蛋贩子？你怎么不跟我们汇报。这事要压不下去，我们都完了。

有什么了不起的。他们是对报社有意见，是报纸说，全市都没有真正的土鸡蛋。我们有什么办法，让他们找报社算账好了。

人家就是和报社吵过了，不相信报社了。

那找我们小居委会有什么用？

不是我们社区的居民嘛，不住这儿人家还不找呢。你就这样把群众推出去!

两人快步到了青天里66号楼道。安徽蛋贩子们就住在一楼。她们敲门进去的时候,来开门的年轻人嘴里还有牙刷。几个人看上去都像是才起床的样子,看不出要到市政府上访。但是,一张都市报摊在沙发上,上面有个通栏的大标题《说是土鸡蛋,其实统统是混蛋》,旁边则是一张像大字报一样的白纸,标题是《谁能还我真正土鸡蛋的尊严》,虽然不是那个不确切消息说的半个马路宽的长幅纸,但这肯定是上访用的东西了。

三个男人的表情很木然。杨鲁芽和蔼可亲地说明来意,还和他们套老乡,说她父亲部队在安徽待过,说安徽人特别厚道善良,通情达理。他们慢慢地就激动地说起来,隔壁暂住的几个蛋贩子也闻讯进门。大家七嘴八舌地说,他们是两个月前来这里的,运贩的是在安徽农村一家一户真正收购来的土鸡蛋,包了车,好容易保鲜运到这里,很高的成本。最近才摸到门,刚刚运作顺利,就偏偏赶上报纸围剿鸡蛋。他们说,怎么能一棍子打死呢?我们到你们这的每一个市场上调查过,你们这里的确是有很多假土鸡蛋,至少和我们真正的农民家收购来的大不一样,可是,我们确实是真真正正的土鸡蛋啊,你一棍子统统打死,我们怎么办?三千斤的蛋一个也卖不出去,还有两千斤在路上,老家乡下来电话说还收了不少,退又退不了。这不要命吗?我们都是借钱集资的。现在报纸说我们是假土鸡蛋,倒是那些批发商知道我们是真的,可是,趁机把价格压得跟饲料蛋差不多,还说,卖不出去要亏损。你们这不是逼我们跳楼、要我们农民的命吗?!

杨鲁芽一直点头，睁着大眼睛，用比他们还吃惊愤怒的神情，听他们说话，中间穿插了很多非常理解、帮他们骂报纸的话。安徽农民听了很高兴，马上到厨房炒了几个鸡蛋要她们尝。阳里不吃。杨鲁芽尝了以后，眼睛睁得更大了，说，真的非常香！很久很久都没吃到这样的鸡蛋了！这好像是小时候的味道了。她说，我一定要帮助你们向政府反映！等一下，街道的领导也要来关心你们，你们再炒给他们吃两个，事实胜于雄辩。

农民贩子非常高兴，说，这里，你看，我们挑了一些不新鲜的坏蛋，如果事情解决不了，我们就准备到市政府砸市长，至少扔他的汽车。我们用两箱土鸡蛋查出了他的车号。听说他最怕上访群众。我们的目的是要报社给我们道歉，向所有人证明我们是真正的土鸡蛋！让大家来买。

杨鲁芽说，一定会解决的。我还真是爱吃你们的鸡蛋。能不能教教我怎么辨认？

他们就七嘴八舌地教了很多特点，比如，个儿小、壳厚，不容易敲破；蛋黄特别鲜艳，但又不像加颜料的那种那么刺眼；炒起来特别香，煮起来的蛋白清亮，有弹性。那个开门的年轻人拿起一个蛋说，这是新母鸡生的，蛋更小，你看，上面还有点血呢。

一个蛋贩子笑呵呵地说，最补啦，是处女蛋啊。

阳里乜斜了他一眼，说，这能说明什么？别说蛋，人里面处女还有"圣女贞德红牌"的，两百块钱就可以安装，鸡蛋算什么东西？现在还有什么土不土、真不真、处女不处女的。好笑！

你这人怎么这样说话？！农民生气了，纷纷站起来说，人家假我们可是不假。什么都假，我们就是不假！我们安徽人就是不假！你以为这世上就没有真东西啦，像你这样不相信人，吃到假土鸡蛋，活该！

杨鲁芽真正不高兴了。狠狠地瞪阳里。

七

有一种树叶春天叶儿红，不只是红，简直有着比花儿还丰富的美艳。它的叶子是长卵形的，小的有孩子的手掌么大，大的比成年男人的整个手掌还长。在万树叶绿花开的春天，满树开始出现醒目的猩红，有的整片叶子纯猩红色，有的在猩红色中间掺杂着一些碧绿和淳厚的黄色。树叶乘着春风掉在地上，沉甸甸的，饱含鲜艳的水分，掉在春雨刚刚过去的地上，比花还艳丽。但它确实不是花。随便捡起一片树叶，它可能只有一半猩红，猩红下段是碧绿，猩红前段是纯净的黄色，黄色再前面可能是硬币大小浅咖啡色的枯色，实际上那个部分也是干枯了。这么一片尽显生命的春秋冬夏的树叶，在春色盎然满天飞花的碧绿的季节，实在太与众不同了。

阳里对这种树叶惊奇得不得了。她从小到大，所见的树叶，从未有过这样反常的。她一直认为，天下树叶绿色是最正常的，天冷了，它们或者还是绿色，或者变黄枯，掉下地。最多有一些妖冶的，在秋冬变红一下，还没有一种树叶，以树叶的身份，这么丰富美艳地夺目在春天里，敢在万物花开的春天，敢与花儿分艳。

她的追求者、离婚男人阿拜家的金鸡山路上，道路两边全是这样的树。去年春天，阿拜和阳里认识后，沿着窄窄的金鸡山路，阳里一路在弯腰捡这些掉下的树叶，兴奋得像个进了宝山的孩子。之后，阿拜就经常把漂亮的叶子收集起来，送给阳里。到了今年春天，他们却到了几乎该分手的境地。问题在阳里。但是，阳里还是喜欢看这个反常的红叶。这个末情的春天，开着福康车的阿拜每次来，还是开开停停，辛辛苦苦地顺道挑拣些漂亮的猩红色树叶。他想拯救爱情。

阳里把它们一张张穿起来，遗憾的是，第二天，它们就全部失去水分，干卷起来了。后来，她想用蜡烛滴在树叶的叶柄末端，但也似乎保鲜不到哪里去。

阿拜今天又带了四张树叶过来。其中一张又是猩红碧绿黄枯历尽春夏秋冬的样子。阳里爱不释手。阿拜趁机说，晚上去印第安人泡吧。

阳里说，不去。

那去溜冰？

不爱动。

阿拜走了以后，杨鲁芽听到阳里给一个朋友打电话，问能不能塑封新鲜树叶，问塑封后，是不是永远不会干枯变色，永远保鲜？大概那边回话说，不能。阳里哼哼着，扔了电话。

杨鲁芽到外间说，争创文明安全片区的汇报材料快好了吗？阳里在把玩手上的树叶。杨鲁芽说，喂，上面催着要呢，你要给我留个改动时间。

阳里说,累死了。昨天刚加班到半夜,季书记要的流动人口计划生育管理示范单位的材料,催死人啦!

求你啦,小祖宗。别忘了这周我们跟童大柱一起去钓鱼。我不喜欢到时候心里还压着事。玩就是玩,童大柱已经专门又为我们添加鱼竿了。

晚上我还不是又要加班。白天写不了什么,这里人来人往的,你又不是不知道,再说,那份争创无毒社区的先进事迹材料,被谁拿走了?我要参考,却到处找不到。阳里说,你怎么会爱上童大柱呢?

一说到童大柱,杨鲁芽就没脾气了,嘿嘿乐着。她也想哄哄阳里的工作干劲。童大柱和我舅舅是朋友,我和童大柱恋爱后,全家人都反对,说怎么能嫁给大你十四五岁的人呢。我舅舅还和童大柱打了一架,朋友都快做不成了。可是,我就是喜欢他。也算一见钟情吧。

一见钟情呀?

说给你听吧,但晚上你一定要赶出我的材料!我呀,非常怕狗。那一年,我十五岁吧,那个中午,我一个人到他们警备区家属大院找同学。忽然,树林里就冲出一只尖嘴巴的黑狗,我吓得抱头蹲了下去。黑狗反而更加凶猛地扑了过来,我尖叫着扔下书包就跑,黑狗猛追。童大柱不知从哪里冒出来,一边喝令黑狗,一边向我招手,我一头撞进他怀里。他抱着我,黑狗也站住了。原来就是他的狗黑豹。那一年,他二十九岁。

就爱上了?

没有哪。几个月后我舅舅结婚,他带我去他的朋友家。那里有好多朋友，其中一个是他们那伙人的核心，一见面，我就认出来了，他也认出我了。就是童大柱。那时候，我觉得我原来一直没忘记他抱着我的奇特感觉。他后来说，我是他抱过的第一个女孩，他一直希望能再次碰到我。他甚至叫黑豹闻闻他胸口上我的味道，到处去找我。

你家里人后来还反对吗？包括你舅舅？

他们那一架打得很厉害。双方都流血了。可是，后来时间证明我嫁给他太对了，我父母后来比我还满意他。为了我，他还真是什么都舍得。我说，童大柱，如果我们两个遇到老虎，怎么办？他想都不想就说，我会要你快逃，我去挡住。我说，那你会死的。他说，我先挡住，你就有机会脱身了；如果我死了，你也至少可以多跑几步。我把童大柱跟我说的话，告诉我父母，他们说，说得比唱得好听。后来有一天，我母亲在我这儿小住。那个冬天，非常冷。我母亲一觉起来上洗手间，看到童大柱拿着一罐红牛饮料，轻轻开门从外面进来。母亲说，十二点了，怎么又出去了？童大柱说，鲁芽非常想喝这新东西，我就去外面找找看。我母亲摇头叹息，后来悄悄跟我说，你父亲打死他也不可能对我这样。想都不要想。这一下，我爸爸也相信他真是对我好。彻底放心了。

那你是不是觉得很——幸福？阳里说。

差不多吧。杨鲁芽笑着。我们一家人，反正从来都没有吵架，大家在一起很开心，没大没小，个个都很——幸福吧。我儿子女儿从小就习惯，爸爸爱帮妈妈洗澡，经常搂抱着妈妈；我们四个人一起打牌，输了就钻桌子；看电视连续剧激动的时候，我们一家人一起哭，电视关了，互相看了笑，哎，你哭了！嘿，他也哭了！现在，两个孩子都大学毕业了，我女婿家里是农村的，刚来我们家不习惯，现在呢，也是这样非常疼爱我女儿，有时候，他们互相搂抱着看电视，我们都觉得很正常。外面人不习惯。但其实根本没什么。

你为什么半夜还要你老公出去？难道你是女皇？

唉，那个电视广告天天放，红牛红牛的，我看得很馋，随口说不知道里面到底是什么好吃的。童大柱说，吃了不就知道了。我本来也说算了，我没有要他去买。他说，省得你一看电视就说。后来他骑车出去找了很多地方，因为半夜店都关门了，一直走到加油站旁边的小店，才买到。回来我都睡着了。他拍醒我，说，红牛来了，馋鬼！你喝一口再睡。我迷迷糊糊喝一口，气坏了：明明就是水果糖泡的水！

结婚几十年，你真的没有爱上过别人吗？

怎么会？！是有人追求我，以前没有这么胖的时候，对我好的人更多。但是，那是什么事啊，我有这么好的丈夫！我喜欢童大柱。

那他呢？

他更是啦，一刻都离不了我！我知道这辈子，杀了他他也不会背叛我。

阳里翻转着手上的红叶。杨鲁芽嘻嘻地笑，你知道吗，我问过童大柱，我说，大柱，你知道爱情是什么？他说，我不知道。

他说什么？我不知道？

是啊，童大柱就是这么回答我的。

阳里重重地叹了一口气。

杨鲁芽说，你真的不想跟阿拜了？

不想。又不懂文学，谈不了深的！

文学最没用了啦！我还爱看琼瑶的书呢，我们大柱除了钓鱼报，什么都不爱看，什么文学不文学的，人好就行。

阳里哼了一声，说，婚介所那边，那几个女的还老打他电话；他那最小的小姨子，更是莫名其妙，一见面就给他拍肩上的头皮屑，好像是丈夫回家来，最恶心的是他那满足的表情，我一辈子都忘不了！

你有病啊！如果都像你那样疑神疑鬼，怎么活啊！反正阿拜看上去不错的。人家还不嫌弃你妈，经济条件也好。你不是说，他家里还开着三个小型水电站？

无所谓。反正我不想嫁了。我跟他说了，我不爱你，如果哪一天我开口说我要嫁给你，你也不要当真。因为我是想要你的钱了，不纯洁的。你一定要拒绝我。

他怎么说？

他说，不要紧不要紧，只要你肯嫁给我，我就能让你幸福。不管怎样，只要你嫁给我——看！这有什么意思？动物！根本不在乎爱情，我老了，丑了，他还会要我吗？男人我知道得多了。呸。

八

阳里把"争创安全文明片区"汇报材料扔到桌上的时候，杨鲁芽做了个要把她搂一搂的动作。杨鲁芽说，听街道办老马说美头山居委会那边准备了十页！我们几页？

阳里说，都是你们把无毒害社区汇报材料搞丢了，要不里面有两个事例加进去，我们至少也有十页，还更好看！怪谁？！

好啦好啦，明天我们可以玩个痛快。

当天晚上，杨鲁芽打来电话，说省"争创安全文明片区"领导考评组要来，第一站就要到街道调研，因此，明天她要去街道开会，无论如何不能去钓鱼了。她要阳里和童大柱，还有早就说好的那对同学夫妇一起去。

阳里说，拉倒吧。你不去我去干吗？我又不认识你同学。

杨鲁芽说，那怎么行，和东灵湖那边都联系好了。童大柱都准备好了六副钓竿和很多青虫红虫。那是很贵的！他以前都是挖蚯蚓做鱼饵哪。

阳里说，没意思。我睡大觉好了。

真是神经病！当时不是你倡议说要去玩，不是你，我们怎么会准备那么多？

阳里还是去了。但是，那对计划要去的同学夫妇也临时变卦了，说是儿子的干妈干爹一起出了车祸。这样，杨鲁芽就想大家都别去算了，要童大柱取消，可是，童大柱说他当然要去，你们大家都是去玩的，去不去无所谓，他反正从来都是一个人去的。所以，杨鲁芽就不好意思再叫阳里别去。

阳里去了。那是一个周六的多云的清晨。

阳里和童大柱一人骑着一辆自行车，骑在那个多云的清晨里。阳里骑的是杨鲁芽的车，童大柱骑着自己的车。他的车上放置了鱼竿、抄网、鱼饵盒子、水桶之类的东西。阳里戴着墨镜。两人一前一后的，两对轮子花里胡哨地飞快滚动着。

阳里怎么也看不顺眼这对夫妻车的那四个花轮子。眼烦着，但一路行程中，老是不由得瞥瞥童大柱翻滚不息的万花筒一样的车轮。看得出童大柱满眼是对多云好天的赞美之色，脚蹬得飞快。阳里暗暗想，这个老头动起来，不仅显得有活力，而且动作协调。从那次杨鲁芽带上门初访之后，阳里又去过杨鲁芽家四次，三次是打麻将一整天，童大柱照例做了好吃的，餐桌上一般都有两种以上的鱼，自然还是童大柱钓的；还有一次是杨鲁芽和综治小组长干了一大架，杨鲁芽当场差点哭了，晚上，杨鲁芽叫阳里到她家，阳里就赶紧过去像大姐一样，口若悬河滔滔不绝地宽慰了杨鲁芽很久。

今天的钓鱼计划是奢侈的，或者说是有情调的。那是个正在准备对外开放的东灵湖景区。东灵湖和外海相通，像个巨大的掐腰葫芦。环湖是一批下岗工人在区政府的扶持下种植承包的果园，龙眼、柚子、李子之外，还有很多小油柑、柿子和番石榴；湖里全是养的鱼，沿湖还新修建了小木屋，颇有村野气息，马上就要对游客正式开放了，按小时收费。童大柱的一个老同学的儿子在这当临时负责人，童大柱在这儿钓过很多比巴掌略小的黄刺鱼。这一周，童大柱说带着家人来，人家就特意安排了小木屋，还备有烧烤炉和一小篓木炭。以前，童大柱自己，从来都是在湖边草地，钓够了就走了，没那么多名堂。

阳里利用了这个奢侈的，或者说有情调的钓鱼计划。

应该客观地承认，在这个多云的、微风送畅的早晨，阳里的确是不太想来的，直到童大柱手把手教她，怎么挂鱼饵，怎么甩竿，怎么观察水纹，她都没有任何不良念头。但是，后来她就有了，而且一旦有了这个企图，她就进入了非实现不可的意志力中。

到底是什么时候，有了那个不良念头呢？

阳里似乎清晰，又似乎很模糊。

这个尚未对外开放的东灵湖，空气像湖水一样清凉，果林中不时有忽然惊起的鸟儿，在湖光水色中拖起空旷的回音。阳里戴着墨镜，倚在背阳的小木屋窗口；童大柱坐在小木屋延伸到水中的短栈道上，他戴着一个白色的运动帽。

开始童大柱就说，不要说话，鱼听到了就不来了。后来，童大柱说话了，先是回答阳里的小声的提问，后来说到下乡插队就兴奋起来，说他们在田里劳动的时候，怎么把农民的鸭子脖子一拧，一脚踩进烂泥田深处，然后再插一根稻草做标志；说怎么偷割村里农民家的猪耳朵、猪尾巴，后来村里所有的猪都成了光猪，光溜溜的没有耳朵、没有尾巴，杀都没法杀——抓不住哇！

阳里笑出了泪花。

事情是什么时候起变化的呢？起了一阵风，童大柱的帽子吹到了木栈道上，然后，它到了湖水中。阳里说，你经常帮太太洗头吗？

童大柱似乎愣了一下，偏过头，对着阳里所在的木窗口笑着隐约点了头。

为什么啊，她是大人！

童大柱呵呵而笑，你和我女儿小时候问的语气一模一样。

那你怎么回答她？

喜欢啊，我说，我不是也帮你洗吗？

阳里扔下看护的鱼竿，走到屋外的木栈道上，一屁股坐了下来，两只腿悬空在湖水上晃荡着。

洗澡呢？

阳里仰着脸看童大柱，突然又冒了一句出来。童大柱显然措手不及，也许他没有想到，杨鲁芽会和这么年轻的一个女孩说自己的私生活，看阳里那种有些调皮又混着说不出的怪异的神态，他觉得这个女孩连自己的做爱能力，都有些了解。

幸好一只鱼咬钩了，童大柱猛然提竿，一尾鱼鳍、鱼尾鲜黄的鱼，在空中划着闪亮的线，扑喇喇地到了木栈道上。阳里蹲到了童大柱面前，一言不发地看着童大柱把黄翅鱼小心摘下，换上一条新的青虫。四块钱一两的青虫，像只千脚虫。阳里盯着盒子中的青虫红虫，她想，他听到了洗澡的话吗？没听到他不会这么专心地伺弄手上的活，他会像前面一样，很自然地教她；现在他一声不吭，肯定是听到了，不回答就是真的，肯定是真的。他不好意思承认了。男人和女人不一样，男人一般情况是不害羞的，特殊情况比女人害羞，对不对？女人呢，一般情况是害羞的，特殊情况就无耻了，对不对？

到底洗不洗澡呢，我说——你帮她——洗？阳里又跟到童大柱面前。童大柱看着阳里的眼睛，里面有一种比笑还友好的目光，他说，你这样说话，我老是觉得是我女儿小时候。

洗不洗呢？

你说呢？

童大柱说。阳里盯着童大柱一只大一只小的眼睛。童大柱五官中，最年轻的是眼睛，没有一点眼袋。大的那只是双眼皮，小的那只是单眼皮。童大柱把眼睛转开了。他说，你的浮标在动，快去看看，说不定咬钩了。

阳里是在童大柱钓上十一条鱼的时候，从栈道上失足落水的。她就是想失足落水。阳里会游泳，还是尖叫了一声，童大柱受惊的同时，一转身就跳了下去救她。尚未进入夏天的湖水，比阳里想象的要冷得多。

从水里出来的阳里，丰胸小蛮腰的身材毫无折扣地尽显，灰蒙蒙的大眼睛，在湿漉漉的头发下迷蒙地闪烁，青春无敌、性感逼人；而童大柱，衣服在身的时候，身材还比较正常，甚至有点矫健，但水中出来，湿衣贴身的时候，阳里看到他正在发福的、衰老的肚腩。

是童大柱把阳里抱出水。他们一起像落汤鸡一样，奔进小木屋。

童大柱把自己之前脱在小木屋的外套递给阳里，意思是包裹一下，他收拾了钓具就回去；没想到，阳里眼睛都不眨就把身上的湿衣服脱了，一下子全身赤裸。童大柱像被电击了一下，转身走了出去，蹲到了栈道上收拾渔具。阳里套着童大柱的米色的外套，晃晃着跟了出去，衣服刚刚遮住两条青春的长腿。

童大柱把渔线收起，收下铅锤。阳里说，听说，要是碰到老虎，你愿意自己喂老虎，让太太逃生？

童大柱显然不习惯这样的对话。笑了笑说，你进去，小心着凉。

阳里干脆蹲了下来，高仰着湿漉漉的脑袋。那个样子，就像鸟窝里张着大嘴等候妈妈哺乳的饥鸟。最后问一个小问题，阳里说，你真的每天、每天为你太太按摩——阳里突然站了起来，外套已经敞开，她指着自己的雪白丰满胸部和腹部，按摩这里、这里、这里，对吗？多少圈都是有定量的，对吗？你把它叫作必修课——

童大柱的脸骤起青红色，他一巴掌啪地甩在了阳里的脸上。

这一巴掌太重了，阳里的左脸马上暴红了，她一屁股坐在地上。童大柱似乎被自己的举动吓住了，他咬住了嘴唇，对不起。他说得很轻，阳里几乎是看着他的嘴唇读懂的。阳里想笑，可是，因为疼痛和意外，泪水不由在她眼眶里闪亮起来。童大柱眼睛里交织着惊惶和内疚，他停了手，不知所措地又看自己的手，再看看阳里灰蒙蒙的闪闪泪眼，阳里看着他，慢慢走回小木屋。童大柱盯着她的背影好一阵，开始飞快地收拾东西。被钓上来的鱼基本都死了，活的也一张一合着嘴巴。童大柱呆望着水桶里的鱼，好一阵子，然后，将收拾好的东西和一桶鱼，都提进了小木屋。

穿着男人外套的阳里，像个孩子站在那里，似乎是冷，似乎是无助。看到童大柱进屋，阳里把头低了下来。童大柱忽然心里怦地一跳，他知道她里面仍然什么也没穿。但他终于伸手摸她的脑袋，摸他刚才重甩她耳光的左脸。阳里灰蒙蒙的眼睛再次泪光闪烁，泪水直淌。她自己都没有想到，心里怎么会涌起如此的委屈感。

阳里说，我是你打过的第一个女人，对吗？

其实，呃，你还是个孩——

阳里没有让他说话，她猛地抱住了他，把嘴贴了上去。她能感觉到他的身子先是僵直的，然后，她感到他的胳膊圈住了她，他在用劲。但是，很意外地，童大柱还是推开了她。

九

争创安全文明片区的努力，不到一个月就泡了汤。小区铁路口平房竟然发生了凶杀案，凶手杀人后自杀。分管社区综治工作的杨鲁芽，从群众一发现血水流出那平房门外报警后，就和责任区警察赶到了现场。她懊丧得不得了，警察一找到遗书，看清楚了现场，反而有点愉快，所以很有心情安慰杨副主任。

阳里站在不断吐口水的房东身边。女房东说，你哪里想得到？哪里会想得到？换了是你、是他，是随便哪个人，谁都想不到。呸呸。我才不是随便什么人都爱租房子给他住的。他们来租房子的时候，就是说兄妹嘛，我看见也干干净净。我要知道是婊子，再多钱我还嫌脏哪！呸。

阳里听到了杨鲁芽责怪房东签了治安责任状都不好好把关，威胁要给她挂"不安全出户的黄牌"。阳里更好奇的是凶杀案本身，她想方设法地了解里面血流满地的情况。责任区警察就点点滴滴被她问出了他所了解的全部案件，害得一名办案刑警瞪了他们两眼。

被勒死的女人非常年轻，从门外这个角度，阳里能看见她的肚皮，而且觉得那个肚皮像活人睡着的肚皮，一点也不像死人的肚皮。

听说生过一个孩子，但那个肚子看上去像阳里自己一样又紧又有弹性。可是，警察说，她的脸紫而肿，舌尖都挤出嘴外，挺狰狞的，看不出生前是多漂亮。

杀人者是个瘦削的小个子男人，脸上倒很白净，脖子以下据警察说就都是血了。阳里很想看到他，可是，她这个位置，一点都看不到。据说，他杀完女人后，先是躺在女人身边切腕（女人身边的床单上，都是血），但是技术不太好，两只手腕都切了好多个伤口，有的伤口都能看得到断掉的筋腱什么的，血也流了不少。也许还是担心杀不死自己，或者是性子太急，他转而用菜刀砍自己脖子，厨房也是血，还把脖子也弄得血肉模糊，似乎没有如愿奏效；他最终用的是一把西瓜刀，整把刀身都捅进腹部，还横拉了一下。警察说，鬼子剖腹，大概就是这样了。可见他求死的决心有多大。

死者和凶手竟然是夫妻！

那个小个子男人留下的遗书有九页，不过最后一页是重复四次的一句话：拜托，请将我们合葬！之前的八页，字写得非常工整，他诉说了他们从初中就相爱，女方家里如何嫌弃他穷，如何努力争取到结婚，又如何共同离开老家，把刚一岁的孩子交给种田的爷爷奶奶，然后在特区打工创业的艰辛生活。其中有一大段是控诉一个工头拖欠工资的事，他在信里一直叫他的绰号，咬牙切齿的，好像是非常辛苦地白干了一年，工头还找人揍了他一顿，结果，看伤又花了很多钱。也许是这个工头彻底改变了他的生活。

他说，妻子走到卖淫这一步，是他们共同商量的结果。当初说好，不多做，够钱寄回家给父母孩子就行。开始，他还帮着妻子到铁路对面闹市区拉客。客人来了，说好了，他就回避或者睡外间，因为他是她三表舅。钱确实来了，快而且比较多，每个月去邮局寄钱的时候，都是两人一起去，比较开心。但是，夫妻俩人都在悄悄变化，首先是妻子心浮起来了，再也不是委曲求全的牺牲品的样子，而且完全喜欢上这种生活；他也变得不再恪守约定，不仅不愿意上街拉客，而且妻子当着嫖客的面，叫他三表舅的时候，他心中充满怒火。他开始越来越无法忍受妻子在别人面前，把他当作三表舅来来去去地差遣使唤，有一次，妻子甚至支使他紧急去买安全套和嫖客要的烟；妻子当着他的面，搂着亲着嫖客，他也已经越来越分不出是假意还是真情。

两人关系急剧恶化，他甚至怀疑，妻子把钱私藏起来了。两人开始打架，最终，妻子扬言要搬出去，离开他。他绝望了。

谁能告诉我，我的妻子还爱不爱我？如果爱，我杀了她就是救她，应该的；如果不爱，我杀了她，更是应该的，她本来就是属于我的！

最后有句话是对警察说的：对不起，给你们添麻烦了。每个警察都在学说这句话，警察几乎都会加一句，我操！再后面就是最后一页，也就是写满第九页的请求句了：拜托！请将我们合葬！

阿拜知道了这件事，专门给阳里打了电话。阳里因为在兴奋中，就和阿拜多聊了几句，重温了现场很多感受。阿拜十分高兴，见机立刻推荐说环岛路新延伸的路段已经开始通车，风景非常非常好看。阳里答应一起去兜风，可是，阿拜后来说了一句话，阳里马上翻脸，这事又算黄了。那句话是阿拜对卖淫凶杀自杀夫妇的总评,阿拜说,这个世界,没有钱,谈什么爱情!有句话叫什么——贫贱夫妻那个百事哀——

阳里尖刻地顶了一句:知道你有钱,所以你就很有爱情!我向你求婚好啦!嫁给你嫁给你——我呸!男人都是什么东西!呸!呸!

阳里啪地扔了电话。阿拜莫名其妙。好半天,阿拜回过神,对着嘟嘟嘟的电话说,我总算明白了,神经病真他妈会遗传!——我操!拉鸡巴倒吧!!

十

陈阳里哥哥和嫂嫂爆发了激烈的争吵,嫂嫂用高压锅盖,把哥哥敲得头破血流,哥哥把嫂嫂的胳膊拧到后背,到底不敢下手打,加上心虚,所以,只是拧着说,要不要好好讲,要不要好好讲。阳里哥哥心虚得很,吵架的起因是,那个像野猫一样的女孩,因为哥哥变心有了新欢,所以给嫂嫂打电话,揭露了哥哥的丑行,索要堕胎费。所以,哥哥一进门,嫂嫂就像野兽一样爆发了。哥哥原来还想抵赖,没想到野猫一样的女孩,早就提交了一张两人亲热的照片。嫂嫂一手扔照片,一手就把高压锅盖挥起来了。

刚放学的小侄子,正好进门,一看父母在厮打,立刻厉声哭叫。

阳里的母亲,这个时候趁虚溜出门,身上藏了糖和水果刀。小区里到处是放学的孩子,胆大的孩子冲着她拍手:疯子婆!疯子婆!她高兴地向孩子们塞糖,小孩见她扑近前来,立刻逃散。阳里母亲不知怎的,手上的糖就变成了水果刀,披头散发嘴里"锵!锵!锵!锵!锵!"地狂追小孩。其实那把水果刀一点都不快,但样子贼亮亮的,十分吓人。小区草地上,立刻鸡飞狗跳,妇女儿童尖叫连连,几个退休接孙子回来的男人,也有些怕她。很多人报警,保安和警察相继赶到后,把阳里母亲制服捆绑,直接推进警车。

阳里接到电话赶到后,警察正在对头破血流的哥哥、披头散发的嫂嫂大发脾气,吼斥说精神病人患者放任自流,不加管束,分明就是故意放任这种危害社会安全的行为发生!责任人必须受到法律惩罚!警察一开始以为阳里哥哥嫂嫂狼狈不堪也是母亲所致,阳里也以为是那样,小侄儿看到她,扑过来抽泣,阳里才明白原来是两夫妻先开了战。

受到警察严厉训斥的嫂嫂,忽然就哭天抢地起来。说不活了不活了,说她嫁到陈家从来过的就不是人的日子,说陈家人不是疯子,就是风流下贱种,没有一个好东西。嫂嫂哭着喊着,冲到走廊做出要爬栏杆跳楼的姿势,哥哥一个箭步就扑了过去,一把死死按住她,侄儿再度厉声尖叫,警察愣了愣,骂骂咧咧地跟到阳台。被老公死死按住的嫂嫂,拼命地拱起身子,用头猛烈地撞击老公,陈阳辉几乎人仰马翻,情急之下,他猛然甩了老婆一耳光。老婆像野兽一样,吼的一声扭向陈阳辉的脖子,一口咬了下去。陈阳辉失声怪叫。两人绞杀成一团。

警察看着连连拍窗,欲行又止。

谁也没注意到,小侄儿像猴一样,忽然爬蹿上阳台,转身就要跳；阳里动作更快，号叫着扑了过去，连孩子的小肩头带前胸，死死揪住，红领巾勒得孩子脸都胀起来。

披头散发的阳里厉声哭喊，一边把侄儿在胸前剧烈摇晃，疯了一样地哭喊，放手啦！陈阳辉！要死大家就都死吧，不管小孩又不管妈，你们统统死干净拉倒！都死吧！都死吧，大家都不要活好了，有本事，你们先把老爸老妈统统杀了去死去死去死！

嫂嫂立刻猛烈挣扎，似乎要跳起来。不知是寻死还是要搏斗。陈阳辉狠狠按紧她，对警察说，你先把我妈送医院好了，我们会去结账的。

十一

东灵湖钓鱼回来，阳里又去了杨鲁芽家三次。阳里感到杨鲁芽对她和原来一样，毫无变化，嘲笑她落水也非常自然开心，还是那副有点三八没心没肺的样子。所以，阳里就认定童大柱没有把那天的情况告诉妻子。不告诉说明什么，阳里对这个疑问非常有钻研精神，她老在思考，也老在观察。童大柱单独面对她的时候，似乎有点不自在，比如在厨房，阳里跟他说话，他眼睛就转向别处。阳里觉得这种不自在，就是隐含了微妙的东西。分析到这里，她感到轻微的兴奋，甚至杨鲁芽傻呵呵的简单幸福样子，都开始给她信心，这说明什么，说明童大柱并不是和杨鲁芽一致对外，相反，是她和他拥有一个共同的秘密，一个他们两个正在共同把守的秘密。就是说，一个绝对美满的婚姻有了一个私密地带。

这个私密地带，通往哪里呢？

那一天下午，阳里知道杨鲁芽在区里开综治会议。不可遏制地她溜回了家，拨通了杨鲁芽家的电话，是童大柱接的电话。

童大柱说，谁啊？

阳里说，我。陈阳里。

童大柱沉默了。过了一会儿他说，鲁芽不在家。手机不通吗？

我不找她。知道她不在，我才找你的。

童大柱又沉默了。

童大柱只有声音是最为动人心弦的。阳里想。

你这是为什么？童大柱终于说。

我不知道。阳里说。

童大柱不说话。

阳里说，你为什么不挂掉电话？

童大柱还是沉默。大约一分钟不到，电话被挂掉了。

阳里看了看手上的电话，马上又开始按键，电话铃响了两声，童大柱接了，喂了一声。阳里说，我不好吗？

童大柱沉默。

你还想挂机吗？

童大柱沉默。

如果你真的非常讨厌我，你就挂吧。你这次挂了，我可能再打，也可能永远都不打了。

童大柱叹了一口气。你还是个孩子。你这是为什么？

我爱你。

不可能。我老了。

我爱你。

童大柱沉默。

你这是为什么？为什么爱我？

我不知道。

你是心血来潮。我老了，没有钱，其貌不扬，一生平淡。你到底是为什么？

我不知道。

说真话吧。童大柱说。

你说世上有没有真正的爱情？

我从来不想这个问题。

那你现在想一想，有吗？永不改变的？

童大柱沉默着。

我好吗？

童大柱叹息的声音很重。

陈阳里不说话。

童大柱说，你会后悔的。

不。开口之前，我总是想得多，开口之后，我总是做得多。做了之后，我从不后悔。我爱你，我想和你在一起。

唉，你真是糊涂了。你比我儿子女儿都小，你这算什么事啊。你很好，我喜欢你的样子，我是把你当孩子了。

不准把我当孩子！我是女人！年轻。漂亮。杨主任喜欢照拉长变细的镜子，那样她显得苗条，我不需要，我天生就那么苗条婀娜，我也不需要按摩，我就是充满弹性。我知道最好的做爱方法。我非常温柔也非常粗暴。如果我老了，我就会失去这一切，可是，我现在正年轻。我爱你。我想和你在一起。一次就够了。一次。

童大柱沉默着。

杨主任应该告诉过你，我的追求者都比你年轻，比你有钱有势，可我并不在乎他们。所以，你就该明白，我和一般女孩不一样，我只跟着感觉走。我只在乎、我只寻找一种东西——爱！——到底有没有爱？

童大柱咳嗽起来。

我住在嘉元小区52号208室。我的电话5477397，5-4-7-7-3-9-7，手机你也记一下。

陈阳里不能断定童大柱有没有把电话都记下来。她说，最后说一句，大柱，如果你不是真的，请你不要给我挂电话。我爱你。

十二

一个星期后，正在看一个韩国电视连续剧的阳里，接到了童大柱的电话。她以为童大柱是不可能给她打电话的。胜利感通电般地出现了，但是，失望比通电更快地覆盖了她。看来电显示，是个陌生的电话。童大柱说，我在你附近散步，如果你方便就来看看你。

阳里猜那是个公用电话。阳里说，噢。

你方便吗？

阳里的眼睛盯着电视。忽然之间有点烦躁。

没事。童大柱感到了她的迟疑，立刻说，我只是顺路。你保重就好了。再见。

不不，我很方便！仿佛是感到猎物差点脱逃的猎手，阳里急促地说，我一个人呢。电视正精彩呢，有点分神了。来吧，来吧！

童大柱进来了。他的头发不多，但是梳理得很整齐，显然是刚刚洗过；银灰色的衬衫是新的，能隐约看到褶痕；他带了雨伞，原来外面正下着雨。

在放下童大柱电话后，阳里有想过是不是要收拾自己一下，比如化点妆换上性感点的内衣，可是，念头一转就过去了。甚至头发都是乱的，本来就窝在沙发上看电视，她用手指插梳了两下，懒得起来。当门外响起童大柱轻微的脚步声时，她感到一种说不出的别扭，她期待这个脚步声，又似乎痛恨这个脚步声。她盯着门。门被如期敲响，同样，很轻，有点迟疑。这些，都令阳里的别扭感增强了。

童大柱像新郎一样，站在门口，笑着，有点兴奋，又明显犹疑。童大柱绞着雨伞说，看看你，马上就走。阳里下了沙发，到冰箱拿可乐。童大柱说，别客气，我胃不太好，不能喝那个。

阳里说，我没有茶呀。要不我去烧开水？

阳里的眼睛还在瞟着电视。

童大柱不知是站好还是坐下，阳里也没有招呼他坐下。一个越来越明确的感觉是，阳里并不像他以为的那样，非常热切地欢迎他来。

他被这个意外弄得尴尬起来，说，没事走走，鲁芽同学聚会呢。

噢。难怪你清闲。阳里又飞快地瞥了眼电视，她自己也不清楚自己，是真的想看电视呢，还是实在想逃避什么。这么想着，她又瞟了电视一眼。噢，坐，你坐，把雨伞放下吧。

不了，小陈，看电视被打扰很不舒服的，我不过是顺便，对你有些不放心，好了，你好好的就好了，我走了。告辞。

童大柱走向门口，伸手开门。

陈阳里突然像野兔一样，扑了过去。童大柱惊得雨伞滑落，阳里已经把自己挂在了他身上，旋即，她已经全身赤裸。童大柱像牛一样喘息着，阳里被顶到门上，随即被扔上床，他咬着她的茂盛的体毛，他有一双灵活而狂野的手，细微之处都能感受到那种几十年美满性爱历练出的精湛造诣。他爱我吗？阳里在云里雾里想，这是爱吗？爱吗？——不确定，不能确定。但是，他在背叛，他终于背叛了——这是确定的——他非常生猛地、超出他年龄地稳重地背叛了。杨主任错了，错了，不是你以为的那样，不是你以为的——打死他也不会背叛。不是的。其实很容易，只要给他条件。火山不是死的，不是的，只要给它条件。

背叛了，杨主任，你不可思议的伟大爱情，四十多年忠贞不贰的爱情，你一生引为骄傲和幸福的爱情，终于发生了背叛。他在我怀里，背叛了你，你丈夫终于背叛了你！

童大柱的脚步声消失了的时候，阳里还蜷在床上不动。听到楼下防盗铁门响起啪哒一声，有人出去了。她从床上跳了起来。她奔到窗前往下看，童大柱走出了住宅楼。在曾经杨鲁芽扶着那辆花里胡哨轮子的自行车位置，她看到童大柱在雨中，慢慢远去。

他没有骑那辆令阳里窒息的夫妻自行车。他走在雨中，像一个普通六旬老人一样远去。

从床上起来到窗前，姿势的改变，使刚才的肉欲彻底退潮，头脑像被清水洗过。陈阳里裸立在雨夜的窗帘后面，感到一阵阵恶心隐隐泛起。肉欲是多么宽厚的啊，现在，从窗外清晰的雨夜里回放记忆，童大柱老去而兴奋的身体的每一个细部，都是多么多么令人作呕啊。

窗外，夜雨在黑黑地、无声地下，阳里的脑子里都是那四个转动起来条辐像万花筒一样的自行车车轮。小区有不多的小汽车进出，车灯前面被照出的雨丝，似乎越来越急了。雨大了。全身赤裸的阳里，一直站在窗前。看着偶尔有陌生人穿越的黑亮雨夜，她久久不动，忽然之间，眼泪就长流直下了。

十三

参加完陈阳里追悼会回来的那个晚上，杨鲁芽跟童大柱汇报了单位里面人们对陈阳里自杀原因的四个分析：

第一，阳里是个潜在的精神病患者，第一次发病；

第二，陈阳里对男人失望，她厌倦了；

第三，亲情恶化，陈阳里想摆脱糟糕的家庭关系；

第四，陈阳里自视清高又对自己失望；她跟她哥哥陈阳辉的电子邮件说，最后一块活化石毁了。

其时，童大柱正在给杨鲁芽洗澡，手上是泡沫海绵。

大柱，你认为呢？好端端的，她为什么自杀？

童大柱说，神经病吧。谁管那么多。——转过去点。对。

穿过欲望的洒水车

电话

我找……马先生……

我就是！请问您有什么事？

我……想找个人……

好的。请问您是？

你……那个……要多少钱？

请您先介绍一下情况，费用嘛可以商量。请说！声音大点。

一个人，突然就不见了——不知道收费到底贵……不贵？

请您过来面谈好吗？您不用担心费用，我们会控制的，再说，您是我们第一个寻人业务，我们会更注重业务形象的。请过来吧！

如果……很……贵，就……再看看吧……

不贵不贵！您请过来谈吧。要不，您先介绍一下情况？

突然就不见了……我也不知道……一点情况都没有了……我很想知道他到底在哪里？

他是什么时候不见的？请您大点声！

两个半月前。

这么久了？

是，突然就不见了。他一个人回他妈妈家，结果就不见了，他妈妈以为他回自己家了。他老婆怀孕了，他都不知道。

那么，不好意思，请问，他是您什么人呢？

我……找一个人……一般要多少……钱？

咳，咳，不是说了吗？根据情况再定嘛，有复杂情况，还有不复杂情况，复杂情况也是可以商量的。其实，能不能成功，前提是看您能提供多少材料。请您过来谈好吗？要不我上门服务？

不……不要……

一

深夜的马路，比白天要更宽广和深远，有点不像是人的世界；橘黄色的路灯光，像一吹就破的薄粉，从深深的黑暗中，悄无声息地洒向悄无声息的大街，等洒水车沿着这个薄粉色拱形通道，把水均匀地洒过去时，整个大街的马路，就像梦一样黑黑地发亮了。坐在驾驶室的和欢总会通过后视镜往后看，一直往后看，就像紧贴着梦的感觉，往前看，当然也深远，但也就没什么意思了。

这种德国进口的洒水车，驾驶座比原来那部更高。高高在上的和欢,常常觉得自己不是在开车,而是坐在一个前进的喷泉的中央,深夜静谧无人的时候,在一个前进的喷泉心上,她会恍惚升起神仙一样的感觉。和欢就使劲卷起舌头,嘴巴扁得像鸭嘴,一个非常怪异的呼哨——非常响的那种,就出来了。有时候,和欢只呼啸了一下就闭嘴了,有时候则能一声连一声地呼啸完整个东十字大街。

这个时候,往往是凌晨三点最多是凌晨五点。反正不会超过五点半,因为零星地就有晨练、赶路的人冒出来了。有人了,意境就大大地坏了。和欢打呼哨的兴意就阑珊了;但也可能是凌晨两点多一点。规定夜班是三点半,她可能在两点多一点,就把洒水车开上空旷的午夜大街。

那个教她打呼哨的人在哪里呢?

那天和欢又是提早上班。在渺无人迹的大街,她把车慢慢地、轻轻地——突突突地开进每一个人的梦的边缘。她还决定来回开开,反正要把时间用掉。那天肯定不到三点,她开的是高压水枪,十几道水柱箭一样射出去,白刷刷的,非常急。和欢在高高的驾驶座上,眯着眼睛看后视镜。她甚至懒得看两边,突然她吃了一惊,有个人湿乎乎地蹿上了驾座踏板,用力地摇着驾驶窗门。也没摇几下,那人似乎马上就发愣了:他没想到深夜的洒水车上,竟然是个女人。

和欢的吃惊也很快消失,她懒得恐惧。她又开了一段,洒水车本来就车速很慢,也是可以快一点的,但是她不想快。那人就吊在车外。

那人显然是被冲得湿透了,尖头尖脑的,很像人们说的那种下了汤的鸡。想到这个，和欢笑了起来。那人好像知道她在想什么，在车窗外，奋力腾出手，把自己湿漉漉的头发，朝天拉直，让头发一缕缕鸡冠一样站起来。

和欢就把车停了下来。

那个家伙原来是喝多了。一坐进来，和欢就闻到了浓重的酒气。

和欢又开始行驶，轻轻地、突突突地，洒水车喷射出翼型水箭，恢复了马路的冲洗。寂静的大街像残梦一样线条简单。二十米宽的六车道大街，都在密集的白色水箭的冲击中伸展。

那个人专注地看了一会儿，开始在座位上雀跃。可能是全身湿透的缘故，那个欢快姿态让和欢觉得，他屁股底下有橄榄之类的物品。他怪异地扭动着身子，热烈地说：很好！好！很好！

突然地，和欢听到水晶一般极其嘹亮的呼哨声。她扭头，就看到那个醉汉，嘴巴扁得像鸭子。和欢看着他，不禁点了一下头；那人重新扁起鸭嘴，嘹亮的哨声，再次超越了一道道水箭，穿透了整个黑夜。

和欢扁起嘴巴，但嘴里只发出嘘嘘的气声。那人把舌头伸出口，然后和手掌同步做了个卷曲的动作，又一声金属般锐利的哨声，飞翔起来。和欢卷好舌头，扁起嘴巴。那人歪头端详着，用力扁着鸭子嘴，又像检查扁桃腺一样，把嘴张得极大，再闭拢，然后伸手捏住了她的两腮，提提她的脖子，结果，还是他自己的鸭子嘴发出了哨声。

等和欢完全掌握呼哨技巧时，洒水车已经把东十字大街，东四、东八、南五、南六大街，全部冲透洗净。天蒙蒙亮了起来，路灯一盏盏相继熄灭。马路是湿的，街景之间有轻蒙蒙的淡雾，清新的早晨就从淡雾下面黑色的大街开始了。

又是一天了。

大约是四天后的一个凌晨二时许，在海洋之心广场的取水点，和欢刚刚把那条像消防水带的帆布取水带接好，打开闸门，那个呼哨老师就过来了。他已经不再像汤里的鸡。

和欢扁起鸭子嘴巴，来了尖厉的一声。那人马上就跟上了一声更远的长啸，接着又是一声，和欢也扁嘴再起呼哨，但不响，可是，几乎同时，一个像烟灰缸一样的物件，从旁边的金河银河大厦上砸到了马路边的洒水车水箱上，还未开始蓄水的空水箱嘭——地发出空洞而惊人的声响。

两人疯了似的笑起来。叽叽叽、咕咕咕的，半天不停。那个人笑完后把手搭上和欢的肩上，和欢也把手搭在他肩上。那个人说，这抽满水要多久？和欢说，十分钟。一天洒几次水呢？和欢说，三点半到七点，十二到十五点，十九点到二十一点。

哦，三次。那一天要用很多水呀。

要啊，两百多吨吧。

走不走？那人说，我喜欢半夜没人走的大街。

我也喜欢。因为我不能睡觉。所以我总是提早上班。

你为什么不能睡觉？想男人吗？

是。就是。

一声呼哨又锐利地划过夜空，紧接着又一声响了，在深夜，它们像流星一样闪亮。刚走过两个街角，一名警察和三名联防队员挡住了他们的去路。警察把他们马上分开了。相隔十来米。两个人看住一个。

警察说，干吗呢？

和欢说，走走。

走走？他是你什么人？

朋友啊。好朋友。大家都睡不着觉。

你的好朋友叫什么名字？在哪里工作？警察同时伸手要她的证件。

和欢愣了一下，没想到警察问这么个问题。非常讨厌。街角那一边，两个联防队员也在问那个曾经像汤里出来的男人同样的问题。和欢一时还没想出怎么回答这个问题。那边一个联防队员，捏着那个男人的身份证小跑过来了。警察打开手机翻盖，借着手机屏幕亮光，看那男人的名字。

是忘了吗？警察嘲弄地笑了笑。和欢没看出警察嘲弄的意思，说，是！一时忘掉了。

够了！警察喝了一声：带走！

联防队员掏出了手铐。

哎，和欢伸手就推警察：你想干吗？！我马上就要上班去！

给我闭嘴！下班了！今晚你挣得不错吧！

见鬼！我三点半的班！我车子还在前面呢！冲不了地，你负责啊！

已经走了两步的警察，停了下来，又想走，但还是扭头说，你到底是干什么的？这深更半夜的，你，还有他，趁早说清楚！

和欢是在派出所把事情终于说清楚了。警方终于没有认定她是暗娼，当然也就谈不到打击处理了。至于那个曾经像汤里出来、教她呼哨的老师，也不知道是不是免于被认定为嫖客。反正以后，和欢再也没见过他。她都想不出那人长得什么样，记忆中常新的，只有第一次那鸡冠一样的头发和她嘴里越来越老练的呼哨。那天警察的效率很高，她倒也没耽误洒水喷水工作，而且，她一下子有了和执法部门打交道的经验。

警察说，你和他想去哪里？

走走啊。

走完以后呢？

走完以后就不走了。

不走以后呢？

不走的时候，就不走了。吹口哨吧。

什么都不做？这半夜三更素不相识的？什么都不做？

嗯。不做。做也……想不到钱的事。

警察像一支卡了壳的枪。

电话

喂……你是谁？

我是福尔事务调查所！林侦探就是我。乐意为您效劳。

我想找个人。

请说。请详细说。

我想知道他现在在哪里？我非常着急。

儿童被拐案子，我们目前暂不受理。

不是儿童。是我丈夫。

哦。对不起。他什么时候失踪的？

九个月前。今天是他的生日，我很想知道他到底在哪里。

唔，您知道，现在金子银子都好找，只有人是最不好找的。

你们这要收多少钱？

相信您是个懂行的人，您可能已经问过几家。不是吹的，货比三家的您，马上就知道我们的效率——当然，这还得看您能提供多少相关资料。

如果很贵，我不一定请得起。我收入很低。

噢？噢，您是他太太？请您告诉我，他走的时候你们为什么事争吵？还吵得很厉害？

争吵？谁说的？算不上什么争吵啊。

这个我不用问。问我就不是福尔林侦探了。肯定有争吵！我告诉您，您别小看小争吵，男人的心您不懂。有的男人就是这样。一气之下，走了，永远也不想回来了。所以，我劝您根本就别找了。白花钱，不是我瞧不起您，就是有那个钱也别花！

没有争吵！我们没有争吵。是我不吃蒜和葱，他要我学着吃；要知道，把我调过来，他花了多大的心血，他非常……对我好。我们没有争吵，不是你说的那样！

　　唉，你们这些傻女人。这我见多了。外面彩旗飘飘、家里红旗不倒，听过没有？家里的红旗还竖得特别高，每天还举行隆重的升旗仪式呢！这就是男人。哄你们女人真是最简单不过的事了。——我劝您别找啦！就当他死了吧！

　　放屁！你才死了呢！

　　好好好，找去吧你。看不住男人，又没钱，还想雇私人侦探？省省吧，留俩小钱照顾自己吧。私人侦探不是谁都雇得起的。得，对不住啦。您另请高明吧！

二

　　不管是洒水车、公交车，还是普通小轿车，驶在千竹路上就像人踩在地毯上一样舒服。这条改性沥青铺就的黑灰色大道，是全市最高档的大马路，没有人想到，往右边的千竹湖方向一拐，一条五十米的树木掩映的黄土路，就会把人带到三角梅和橡皮树、大王椰子树的培养园了。花木培养园的最外围，全部是两层楼高的灰杆小叶桉，靠湖水的那一面，则全部是竹林。就是说，外面的人，奔驰穿梭在市中心最繁华高档的大街上的车上的人，没有一个人具有这个世外桃源的想象力。不是有人领着，根本也没人能看透树木深处是什么。

　　树木深处，花草深处是一个竹篱笆围绕的青砖小平房。

　　走过高高的小叶桉林，再穿行过大王椰子和小棕榈及矮矮的凤竹丛，就看到扎成X图形的及膝竹篱笆，竹篱笆间隔里面是栽在各种圆缸中的各色三角梅，深红、水红、粉白、纯紫——纯紫色的几乎没有叶子，枝干上一小堆一小丛的，全是花。还有很多现在的女主人叫不出的花名。竹篱笆中心靠湖一侧，就是那栋青砖小平房了。五间单房一字排开，西边第一间房是专用花木肥料、杀虫药剂以及硬塑料或泥制的花钵花盆，空的，层层叠叠，每到"五一""十一"什么节日之前，园林绿化工人就一拨拨过来，从大卡车上把它们搬上搬下，忙着去布置街景；第二间，放置的是各种园林工具，包括花锄啊、修枝剪啊、大型剪草机之类；第三间、第四间都是和欢的家，说是临时暂住的，除了床、衣柜、写字桌、小套双人沙发，就没什么东西了，一间做厨房，一间就是卧室；第五间房是仓库，很少开门，最后就是水池和水池边的厕所了。

这里就像城市里的村庄。非常小的村庄。平时除了几个穿绿衣服或黄背心的园林花工，将一盆盆一缸缸花草们抬进搬出的，只有花鸟虫声了。有时高高的小叶桉树梢会越过一些汽车的喧嚣，但层层树木花草过滤之后，反而简直有点不真实。

和欢现在就是一个人住在这里了。

虽说有照顾夫妻团聚的政策，真正调动还是一个比引水工程还复杂的工程。丈夫是职业中专学校老师，社会关系有限，结婚四年，老婆接收单位都找不到。好在校庆大典上，丈夫碰到了一个同学。同学是市园林局分管负责人，次日那同学又见到了和欢，同学热情友好地说，我来试试。结果，通过关系他就把和欢介绍进环卫部门。

和欢在原来小县城，是个粮食加工厂后勤司机，那个同学又托关系，帮她弄了个驾驶B证，因此一上岗就进了驾驶新型洒水车短训班。房子本来也是问题，丈夫一直住在学校租的单身宿舍，又是那个同学，利用小职权，提供了临时过渡性住房，也就是这个世外桃源，唯一的条件是，每天给培养园的花草按要求浇水、定期施肥。租金就相抵了。

这个改变他们生活的同学，就是吴杰豪。

环境是美好的，房屋实际是简陋的。不知道为什么，这栋小平房五个房间的墙壁，都不抹白灰，而是抹的暗色的薄水泥，也许本来就是放置林林总总伺弄花草的工具用品，反而水泥会耐脏而显得干净一点，但是，人住进来，就感到冷飕飕的，有待不住的感觉。和欢看了新房第一句就说，要粉刷一下吧。丈夫说，我问问，他们说好不能改变原貌的。后来说行了。和欢说，我要粉刷淡黄色。丈夫虽然觉得怪怪的，但还是同意了。利用晚上时间，他们一起戴着报纸折的帽子，就把房顶四壁都刷了三遍。

家就马上粉黄粉黄的，很温馨了。虽然家具简单，冰箱和小天鹅洗衣机还是旧货市场买来的，丈夫说，过渡吧，反正到时候自己的新房，什么都要买新的。

粉黄色的家真是温馨啊。当晚，两人很早就开始做爱。和欢在做爱的时候，和以前任何一次一样，掩面咯咯咯地大笑，不同的是，后来像拔河一样叫喊起来。丈夫慌忙捂她的嘴，后来自己也无声地乐了。是啊，今非昔比了，这湖水树木深处，哪里再和单身宿舍一样，到处是人的耳朵呢。

但是，丈夫还是有一个问题。你为什么总是这样笑呢？

和欢答不出来，又咯咯咯地大笑起来。

我其实不自在，丈夫说，真的，第一次你这样笑的时候，我以为你是个老练的过来人。我才动你，你就笑，可是，你其实是……处女呀！

和欢为丈夫注意到自己那样的笑，有点难为情。她觉得自己是有点奇怪，她也不知道就那么掩面大笑了。丈夫可能认为她是个傻妞，被丈夫这样说，她有些不好意思，所以，还是笑。

丈夫说，我知道。你其实是非常害羞的人。过于害羞了，你才有这样的反常表现。你从来都不敢看我，你不想让我看到你害羞，是不是？对不对？我知道。我告诉你，我会让你幸福的，不过，以后，不许你这样笑了，因为，你这个样子，让我有点不自在，好像我做得不好，唔，也不是，反正不自在。

你记住了吗？丈夫想睡了，他含糊地又强调了一下：不许笑了。

泥土其实是有味道的，浇水的时候能闻到，深夜的时候，也能闻到。深夜的泥土，像活了似的，发出很重的气息，像人在热烈说话。比如现在，脚下的那堆碎瓦片，那堆还带着太阳味道的碎瓦片和碎瓦片缝隙中的青草，还有这有点潮湿的泥土，就气息很重地彼此裹在一起。它们在一起热烈说着什么。

和欢就靠在院子里竹篱笆旁的一张帆布旧躺椅上，不知是前面哪位园林师傅遗留下来的，开始，和欢还嫌它有点脏，后来，她经常一个人就这么半躺在这张帆布躺椅上，挺舒适的。那么看着风动的树梢，看天，看星星或者月亮，有时什么也不看，只是依赖性地半躺在这旧椅子上。院子中间是棵树干笔直的老木棉树，当地人叫它英雄花。丈夫说，这是他见过的最硕大的花朵，一个花瓣就有两指宽，合起来就像成年人撮起五指的手，砸在人脑袋上，简直像被榔头打击了一下。但是，这棵老树早就死了。空留着伟岸的英雄躯干。

和欢从来没见过英雄花，回忆中丈夫当时拍着树干介绍它的样子，每次都令她不由追想木棉花究竟的模样。外面的汽车灯光和来往动静，就像从深空中隐约传来。其实，树木和花草也在无人喧闹的月光下发出问话一样的气息，有香的，也有谈不上香味的气息，还有一种酸酸的味道，像奔跑的孩子发出的声音，一下就过去了。她不能分辨谁是谁的气味。她能辨认的花草树木太少了。

后来有男人被她带到这里来。男人一见这里总是惊喜，好像那种偷东西没人管的惊喜。做爱的时候，她会咯咯咯大笑。有的男人不问，埋头做事；有的男人会好奇，会说你为什么这样笑？她就大笑着说，我丈夫说了，不许笑！男人也就大笑起来。

失眠严重的时候，她一个晚上都这么靠在这张椅子上，到了夜深人静的上班时间，或者还没到上班时间，她就出来了。队长说，你这样熬不是个办法，要不你改上长白班吧，反正你一个女的也不方便。她想了想，还是上混合班，就是含夜班的那种。队长说，还是不要啦。她说，要。我喜欢半夜没有人的马路。

队长说，老金说得没错，你真是变死了。

老金就是队长老婆。开始，老金介绍了很多治疗失眠的中医专家给她，还送了五味子配什么的祖传偏方来；在孩子流产后，她甚至来陪她住过两个晚上，炖了鸽子炖鸡什么的忙个不停，挺热心的一个人；后来，就当面呸她口水，每次见面都呸她，呸到队长都难堪起来。和欢就笑，后来学会打呼哨了，她就打个响亮的呼哨，回应队长老婆老金的呸。

很多个男人都说喜欢这个地方。但是，和欢拒绝任何男人停留在这里。一个人在星空下的院子里，在树木四合的躺椅中的时候，她不愿意有人在她旁边。有的男人似乎留恋天上的月色星光，看了天看了地，说我抽一支烟就走，她说，不要。你走。马上走吧。

三

十二点到十五点这趟中班的出车，可以看到略带疲惫的街景。从海洋之心广场的七号取水点，汲满一车十吨的水，就可以把郑成功东大街、郑成功南大街，还有台湾东街，一片一片变成雨后的大街。疲惫的城市就像醒来一样，有了短暂的清新。洒水车队里，几乎所有的司机都喜欢开着提示音乐，路人一听就纷纷避让。还是有居民投诉，尤其临街的居民说，半夜鸡叫啊，知道你们在洒水，知道！可是，五六点钟，这不是人家正好睡的时候？！

投诉多了，队长就说，好了，从今往后，凌晨的出车不准再放音乐，开提示灯就行了，但中午、傍晚还是要开提示音乐。

洒水车的提示灯，也就是像警灯、救护车灯那样的东西。和欢从来不喜欢放提示音乐，和她交接班的圭母（当地话：母鸡）喜欢放，圭母在踢破和欢的胰脏之前，放的是《爱拼才会赢》《双人枕头》，等和欢出院再来上班，和她对接的换成一个蔫蔫的落榜生，他放的就不是闽南歌曲，而是周杰伦的《双截棍》和《简单爱》了。

因为白天半夜都不放音乐，有关洒水车噪声扰民的投诉，就从来没有女司机和欢的份，但是，别的有，比如，把路人弄湿了，把私家车辆弄脏了。投诉还真不少。队长说，你开提示音乐好不好，我的姑奶奶？和欢说好。又有投诉。队长就弯下身子跺脚说，你开提示音乐好不好！我的姑奶！老是心不在焉！和欢说，噢！好。

这种德国产的洒水车，喷出的二十多米宽水径，很壮观；车子慢吞吞，非常宏伟地行进着，和欢就从高高的驾驶座上往下看行人、看街景、看比它快的公共汽车。行人有时有惊慌的感觉，逃窜时步态显得狼狈；有时，和欢不想淋湿谁，就停一停，或者控制一下喷水按键。天气干燥尘土大的时候就使用喷雾功能，那时候，东边或者西边的太阳，有时想穿透她制造的弥天水雾，往往彩虹就不太明显地出现了。眼尖的路人就惊奇起来，连声赞叹；和欢也不惊奇，依然慢吞吞、突突突地带着彩虹前行。

每一辆汽车的屁股都是美好的。因为从汽车的正面或者侧面看，都不可避免地会看得到里面像虫一样的人，汽车所有的动作就成了人的动作延伸；可是，从后面看，汽车很像另一种生物，看不见人，它不仅有力量、有速度，而且纯净、克制、含蓄，通常显得比人有教养，好看极了。

嘉禾银座。洁荷堂——洁荷堂是干什么的？不知道。阿嫂烧饼。

汕味蒸鲍翅。陇上人家。湘厨小苑。船头煎蟹。上海故事。雅子。华山论剑。曼巴之恋。鹿港小镇。从来没有——从来没有是吃什么的？深海苏眉。有人说苏眉是一种美丽惊人的深海鱼。陶然居。黑伙计的陶然居。太阳门。

　　台湾东街的女人很多，买到称心衣服的女人一眼就能看出来。郑成功南街的男人就明显多了。所有的脑袋都那么陌生、令人讨厌，它们深深浅浅地移动，移动在各种招牌下面：金德啤酒——我就要你。专业水带，三角输入管。龙人汽配。燔龙明星。筛网。江木专卖。盛世华城。围墙上有字——多段龄游泳池，成就您海阔天空。十字街头隔离栏上有条红布拉的长标语：见了车祸速报警，患难之中见真情。上次那个位置有一幅长布标语，第一天挂出来的是：热烈祝贺我市住交会胜利召开；第二天，它就变成了：热烈祝贺我市性交会胜利召开。听说市长非常生气，住宅交易会受到了影响，市长要查出那个破坏城市形象的凶手，但是，听说没有办法查出来。上面还有一个大幅的喷绘公益公告：巩固创建成果，提升花园品位。

　　来来去去的公共汽车，凭着车身广告和欢就能猜出是几路车。埃及艳后，7路。第五大街，2路。蓝色天空，43路。动感地带，9路。我家咖啡，3路。百年皖酒，87路。有个长通道车上带着耳机的女郎，不知道做什么广告的。一个男人说，你长得就像那个女人。和欢知道是有那么辆车，被评之后，她就留意那辆车了。她为那个女人的漂亮而发愣。马上想到丈夫第一次见到她说的话。她在那个小县城，她在粮食系统算一枝花吧，但是，高中肄业，靠着会计爸爸给人做假账才得到工作的她,总是担心丈夫看不起她,但是,丈夫说,你比我们大学里的女生可爱多了。

后来,她多看了几次那个美女广告,就不再发愣了。那个美女脖子以上的图案画在车窗上,以下呢在车箱上。车窗拉上的时候,她身首正常,只要有人拉窗,她就身首异处了。头脸和身子就像不是一个人。有一天,她忽然觉得没错,这个女人就是她。身首异处的女人就是她。

有个抱小孩的大汉猛然挡在洒水车前。她定睛一看,一看到那个小童全身湿透,就知道有人要找她吵架了。她就把车慢吞吞地停了下来。

男人厉声咒骂着,动作幅度很大。那个湿漉漉的小童有点怕。男人看她心不在焉但明显垂头丧气地站着,似乎心里好受起来,语气忽然就轻了一些。结果,警察正在往这儿走过来,他就抱着湿猴一样的小童,伸手招拦起出租车,走了。和欢看着他的背影,忽然觉得十分可惜,他的背影太像她的丈夫了。连后脑瓜高高的发际线的头型都像。她一直看着那辆出租车远去,也许,丈夫抱小孩的样子,就是那样了。

电话

请问是福尔事务调查所吗?

是的。请问我能为您做点什么?我是汪侦探。

寻人业务费用多少?一般什么时候有回音?

噢，是这样。寻人嘛，比较棘手。您有什么资料提供吗？根据资料我可以大致回答费用和时间的问题。

要什么资料？

什么人、什么名字、身份证号码、手机号码、最后走失的时间、地点、亲友关系、同学朋友通讯录。个人爱好。——失踪是最近的事吗？

不，一年前，一年零七十四天。身份证号、手机号我都有。我是他老婆。他老家在临州。

他做生意吗？

不做。

他受到打击了吗？

没有。

最后见他时，有什么特别情况吗？你们吵架了？

没有。如果在闽南地区找他，多少钱？如果到深圳找又是多少？

唔，如果你提供的资料准确，七八千怕是要的；全省范围吧，我只能说尽量控制在一万五以下吧。深圳可能会再高一点。你知道的，那种地方，什么费用都高。其实我们真不爱接这种案子。

那什么时候有回音？

签合同之日起算四个月内——有没有找到都有回音。我们做事很清楚的。

五千不行吗？

嘿嘿，小姐。值得找的人，十万八万一百万也值；如果不值得找吧，您就随缘吧。我们可以先预收五千。请您先到我们调查所来吧。

四

那天是个快下雨的星期六。和欢被队长通知要去上市民与法的培训课。丈夫说我去看看老妈。你不便去了吧？和欢说，不敢了。才调来又有了这个好岗位——我才知道很多人想争这个位子呢。丈夫说，那这样吧，我就多待两天，反正我周一周二都没课。

丈夫的母亲身体不好，原来还一直反对这桩婚事。儿子是名牌大学生，又在特区工作，找个条件好的特区媳妇不好，偏找个小县城没见识的姑娘。大学三年，有个女同学对儿子非常好，有年暑假还跟来玩了，普通话说得好听，模样也好，看得出对儿子很有意思，可是，儿子就不喜欢她。现在，听说在深圳一个大公司做管理什么的，钱多得很，全家人都迁过去了。说到这儿，丈夫的母亲就不住叹气，总说儿子没有福气。

有了小县城女友，周末一点时间，儿子不再回这个两小时就能到的临州老家，而是起着大早，长途奔波直往北面那个小城赶，更别提什么寒暑假了。老太太偷偷拿了两个人的八字找人算了，人家回话说，鸡狗不配。成婚的鸡狗到松树下，松树都会掉叶子。但儿子还是不听，鸡狗还是成婚了。老人家暗中生气，一直不太搭理媳妇。后来看到儿子为调动伤透脑筋，老人就说，调吧，把头发都调白了，还不知道调得调不动！现在知道苦了吧！老人对和欢积累了越来越多的不满，倒也不当面说什么，但是，眼光十分锐利，时时刻刻都像评委。和欢就有些怯怯的，只要丈夫不在，和老太太独处她就浑身不自在。

因此，能避开就避开了事。

那天早点是和欢出去买的。丈夫看了说，我说过我要那种放大蒜的海蛎煎饼嘛！和欢买的是煮茶叶蛋和豆花。和欢把蛋剥好了，送到丈夫面前，和欢说，偏不买！一种臭蒜怪味！

大蒜有益健康，你怎么就教不会呢！

丈夫推开了茶叶蛋。似乎不高兴。这个场景经常在和欢脑海回放，到了后来，她甚至也相信，丈夫当时真是生气了，丈夫是生了很大的气出门坐车去的。

丈夫看了看天，拿了伞又放下了。和欢说，还是带上吧。丈夫挡开说，算、算！

和欢看着丈夫走过木棉树、穿过竹篱笆，再穿过比他身子高的芙蓉、橡皮树等不见了。可是，和欢在换衣服的时候，丈夫又匆匆回来了。和欢自作聪明笑嘻嘻地往他怀里送伞，丈夫把它推开，到桌子前面开了那个电脑。

和欢说，不是赶车吗？怎么还回来弄这个？

收个邮件。

什么事这么急啊？

去去去，电脑的事你又不懂！

不给你吃海蛎大蒜饼你就生气呀？

去去。

结果和欢反而比丈夫先出门去。

直到晚上，和欢才发现丈夫的手机忘了带。

丈夫就这样走了，留在和欢记忆中的还是穿过竹篱笆的样子，因为知道这个身影并非是走远，而是又折了回来，回到了那个电脑前。所以，丈夫究竟怎么走的，甚至走了没有，在记忆中和欢都有些模糊起来。丈夫究竟是什么时候消失的呢？不知道。当天晚上不知道，第二天、第三天、第四天也不知道。事实上，永远都不知道了。当天晚上，和欢看着《还珠格格》哭哭笑笑着就睡去了；第二天、第三天晚上也依然看电视，睡得很踏实。

丈夫说是周一周二都没有课，当然也就不用赶回来。小夫妻已经团圆了，刚团圆的那个黏乎劲也过去了，丈夫和朋友的走动自然多了起来，电脑也会玩到半夜。和欢不懂电脑，丈夫玩电脑，她就看电视。她想，生活正常了，是该分一点时间给那个厉害的老太太了。

周三下午，丈夫学校的老师打了电话，是打丈夫手机。可是，和欢没接到，因为她上班时，不会带丈夫的手机去。手机倒是开机的。丈夫的手机入了教育网，听说接电话不要钱，所以，和欢始终没有关掉手机。即使她在家，她也不会去接电话的，丈夫说了，丈夫反复说过，他非常讨厌不尊重人的行为。每个人都要有自己的私人空间。

学校当天实际上打了三个电话。第二天，学校又打丈夫的手机。和欢听见了，从隔壁厕所里奔出来，犹豫了一下，没接。她当时转的念头是，是不是他自己打的，该回来了呀。后来，电话又响了。还不接。电话安静下来，她无意中发现，手机显示已经有五个未接电话。她心里说，再响起来，我可能还是要接一下，告诉对方，我丈夫不在家，来了让他打过去。

直到中午电话就不再响了。下午去环卫大队，一进门，正在接电话的队长就看着她说，来了来了，她来了！队长招手叫她听电话。和欢以为是丈夫打来的，正想埋怨怎么还不回来。却听到陌生的声音：祝老师生病了吗？怎么没来上课，电话也没人接？

和欢说，噢，回老家了。不过前天该回来的，有课。他手机忘了带啦。

对方说，也没给你来电话吗？有什么事应该请假说一声啊！

和欢说，是呀。一个电话也不打。可能用他妈妈的电话，怕她不高兴。这样说，和欢马上就觉得不妥，因此嘻嘻笑起来。

学校那边很严肃：请你马上给祝老师去一个电话，说学校在找他。请他立刻回来上课！

和欢下班的时候，都晚上九点了。她想给丈夫打电话了，可是，她发现记他妈妈家里的电话号码的小本子找不到了。找了一通，又到厨房那个旧课桌抽屉翻找，都没有。她就生气了。气了一阵子，想起《还珠格格》，赶紧打开电视，只看到了小半部分。关掉电视去洗澡的时候，她忽然就十分气恼了。讨厌你！她诅咒出声，她骂的是丈夫母亲，拉住儿子也拉不住他的心，有本事，你就别叫他讨老婆！丈夫得意的时候，有炫耀过女同学喜欢他的逸事，加上婆婆有时一句半句的，和欢就知道世界上还有深圳那个女同学。

睡觉的时候，枕巾上都是丈夫头发的气息，她使劲闻了闻，不知不觉地哭了起来：她呜呜地说，有什么了不起嘛。

第二天丈夫也没有回来。和欢也没有找到婆婆家里的电话号码。

倒是接到了丈夫学校的电话。和欢承认自己把婆家电话弄丢了，联系不上。学校的人就说，手机不是在你那儿吗，你查查里面的电话簿。和欢查了，可能是家里的电话太熟悉了，丈夫并没有把家里电话存进去。学校说，我看你有必要跑一趟。

第二天，和欢就跟队长请了假，直奔长途车站。一到婆婆家，和欢推门就说，学校生气了！祝安没请假。婆婆说，颠三倒四说清楚来。

和欢说，祝安要被学校处分了！

婆婆生气了，我儿子犯什么错了？

和欢说，学校有管理制度，不上课要请假。我就是来催祝安快回去的！

你说什么！婆婆从椅子上站了起来，祝安早就回去了！

和欢就愣怔着，拿眼睛往卧室里睃。婆婆愤怒了，不用看，我不会藏着他！婆婆这么说，转身却把卧室门用力关紧了。婆婆说，大前天就走了！

和欢迟钝地看了一眼婆婆，迟滞的目光在房间里打转，眼光不由自主地停留在卧室门把手上，马上她就把目光掉开了。婆婆还是觉察了。

你也用不着专门跑这一趟，打个电话我就会告诉你他走了。我还骗你啊。

和欢的脑子慢慢地空了起来，轻飘飘的。她说，那会去哪里呢？真的没回家。我一直以为祝安在妈这儿，所以我……

天下的儿子都一样，娶了媳妇就忘了娘！在我这儿？多久没回来了？不吵架恐怕还不会回家呢，我就说怎么好端端的会一个人跑来看我。

妈——没有吵架啊。

那人呢？一个大活人？母亲眉头阴恶地拧了起来：我早就知道松树叶子要掉的。

妈——和欢有点心虚，没让他生气啊，要不要……报警啊？

你真的没气到他，就报吧。反正不要闹得让所有人看笑话！

和欢眼泪冒了出来。婆婆似有所动，婆婆说，吃饭吧。

和欢摇着头，退出了婆婆家。婆婆追了出来，喊了一句，他同学朋友很多呢！

五

祝安是确定失踪了。没有一个人能告诉和欢祝安在哪里。和欢开始以为婆婆知道，因为婆婆知道松树的叶子会掉下来，而且和欢很难忘记婆婆当时马上关紧卧室的门，生怕她多看一眼的样子，还有，她能感到的、婆婆那种认为他们吵架的那幸灾乐祸的眼神。她甚至怀疑丈夫到外地去了，比如那个女同学所在的深圳。这不是婆婆最愿意的事吗？后来，和欢就想可能是冤枉婆婆了，因为半个月后，婆婆赶到学校，找学校要人的样子，和一个老疯子没有什么区别。婆婆哭喊，反复哭喊着：生不见人，死不见尸，你们要给我一个交代啊——我一个好好的孩子交给你们，怎么就会不见了啊——？！

相反，和欢倒是一天天安静下来。

发现自己怀孕是祝安失踪的两个月后。婆婆非要这个孩子，但是，祝安和和欢还没有办下准生证。婆婆又赶到丈夫学校和居委会拍着桌子又哭又闹，还把居委会主任的不锈钢太空杯摔得满地滚。人家说真的临时批不下来。婆婆就像猛兽一样吼吼吼地哭，哭得整个办公小楼都摇晃起来，非常吓人。

和欢也不想要，因为她越来越想不清楚，丈夫为什么离开她。当她终于把孩子流产掉后，婆婆就一病不起，两个月后就去世了。垂危的时候，家里人说，叫媳妇来吧？

奄奄一息的婆婆流出了眼泪。她说，祝家……没有这个媳妇。叫祝安回……

祝安就这样彻底消失了。和欢开始总是梦见他穿过竹篱笆的背影，她一直在后面叫，声嘶力竭地叫，祝安仿佛听不到，就是不懂得转身，慢慢那个背影就气化消失在树叶之间的光影中了。

自从明白祝安走了，和欢就开始不容易入睡了。她想办法。原来她和祝安一人一床被子，祝安的被子有很重的体味，和欢就爬到他的被子里睡觉，不再睡自己的被子。后来她开始穿祝安的内衣睡觉，再把祝安用过的枕巾围在她脖子上，或者搭在嘴唇鼻子之间，鼻息之间，就好像祝安依然睡在身边。

祝安的电动剃须刀一直放在窗前的镜托架上。和欢每天都看到那个黑色的小盒子。那天，她习惯性地把它拿在手上闻着闻着，无意中就打开了，里面有许多铅笔粉似的东西。忽然和欢惊醒了：这是祝安的胡须，这是祝安身上唯一留在这个家里的东西！和欢找出了那个装猫眼石的精致的红绒面宝石盒。猫眼是祝安送的，已经镶在戒面上了，和欢天天戴着。和欢剪了一张大小刚好的干净白纸，小心地垫在小宝石盒里，然后，把胡须粉末仔细地倒了进去。有小半盒呢。轻轻关上。和欢把它放在祝安的枕头下面。和欢感到奇怪，胡须反而没有被子、枕巾上面，有着那么明显的祝安的气息。胡须粉末好像只是用过的头梳的味道，贴近了、闻深了有时还呛到和欢的鼻子。她咳嗽起来。

那个时候，队长的老婆，也就是老金对她非常关心体贴，尤其是和欢流产期间，老金像呵护自己的孩子一样，非常霸道地照顾和欢。和婆婆相反，和欢对这个突然的变故显得十分安静，尽管出奇地安静，队长和车队所有师傅们都知道了这件事。说那个新调来不久的女司机，丈夫突然就没了。把她一个人撂在这里了。在车队办公室泡茶的时候，大家忍不住地有着种种猜测，但是，人人都真心实意地同情这个新来的女司机。包括圭母。

圭母是个快乐的鳏夫，非常骠悍，冬天也经常穿上短袖T恤。圭母个性豪放，语言下流，乐于助人。和欢一来，他就像师傅一样，给和欢各种指点和帮助，送她铁观音茶、汽车香水，帮她擦洗汽车、保养维护，一切都进行得粗俗而热诚，喜欢讨嘴上便宜。有时粗俗得令和欢非常难堪，所以和欢很不喜欢他，但是，和欢以前总是嘻嘻笑着。

后来情况就变了。大家公认新来的那个女司机变化了，大约是和欢丈夫失踪一年多的时候。

男人们多的车队，不是太擅长猜测和议论和欢的生活，但是，司机们经常在背后比较放肆地调侃圭母，圭母慢慢也觉得自己同和欢可以是那么回事，行为语言就比较猖狂，好像圈了地似的。和欢却不搭理圭母，连以往捧场的嘻嘻笑声也没有了。

随着丈夫失踪的时间越来越长，大家对和欢的看法也复杂起来。人们看到和欢身边常有陌生男人。队长警告她说，不许再有外面的男人坐在洒水车驾驶室里。外面单位也有人说了，说环卫车队里有个漂亮的女司机是妖精。说的人多了，队长就问和欢是怎么回事，和欢嬉笑着说，没有啊。后来，和欢和呼哨老师一事，不知怎么就捅到了环卫处负责人那里，上级再转达给队长，情况就很正式，而且十分严重了，一男一女派出所，听起来几乎就是一个嫖娼卖淫案。

大家都认可了老金的评价：这个女人变死啦。

只有圭母说，这个女人不像坏人。大家就笑他。圭母说，要不要打赌啊？！人家说，打什么赌啊？圭母又说不出名堂来，大家就哄笑起来，圭母也大笑起来。但是，就是这个圭母，一脚踢裂了和欢的脾。

那天，学习完三个代表精神，圭母在车场里碰到和欢在擦车。圭母说，我来啦。和欢不接他的话茬，手上不停。圭母说，没有老公的女人可怜咯。其实，说这话的时候，圭母是心疼的，可是，话从他嘴里说出来，就有些流里流气。和欢还是不睬。两个也在擦车的男司机在相视偷笑。圭母见了，口气就更流气了，动手要抢和欢手上的抹布。我来啦！我来啦！你就当我是你老公好了。不收你的钱啦。

和欢轻轻吹了声口哨，走到了取水栓那边。圭母大擦大洗间，嘴上不肯闲着，喂！你老公走了快两年了吧？

和欢吹着口哨点了头。把水桶提了过来。

有人了。圭母小声说，我觉得他是外面有人才这样干的。信不信？

屁！和欢又退到取水栓那边，靠墙站着。

两个司机不知为什么哧哧笑，圭母看到他们在看他。圭母大声大气地说，喂！这样的老公走了更好啊！

两个司机又哧哧笑。

圭母说，你要是想男人，找我就是了。喂，你知道我有多壮吗？

两个擦车的司机放声大笑。圭母扔下抹布，扭身屈臂做了个健美亮相动作。我全身，圭母拍拍自己的二肱肌，都和这一样！

和欢把脸扭向车场大门口。圭母大喊，我！绝对比你老公，比你那些半夜找来的野男人，更好！更厉害！喂——

圭母还没喂完，和欢提着开取水栓的大铁闸冲着圭母的后背，砸了过去，正站在驾驶室外的踩脚上往车顶上擦的圭母，疼得一转身，一脚就踢了出去。和欢叫都没叫就倒了下去。

和欢住院。圭母调到圆桥区扫大街去了。

六

丈夫的手机依然是开的，和欢没有办理停机。说不清为什么，也许是坚信祝安哪一天会打电话回来；也许手机开着就表示主人还在。手机一旦没电，和欢就立刻充上，一年这样，两年这样，第三年还是这样。第二年的秋天，学校那边有个新调来的办公室主任，想把这部电话清出局域网，这样学校方面可以减少一点开支，但是，学校领导犹豫了半天，没有同意。

和欢已经对这部三星手机非常熟悉了。没事就在手上把玩，手机所有的功能她都弄明白了。开始，有些祝安的同学朋友电话进来，后来就没有了。但是，有短信，不少短信。后来，和欢才知道，可能是电子邮件的提示短信。

这些短信有时让和欢困惑和难过。

睡了吗？我想和你聊聊。

最近心情很糟，找不到可以倾诉的人。你愿意听吗？

其实我非常寂寞，但我真的很难开口。

我在宾馆，你呢？要不要过来？

每次看到这种短信，和欢心情就复杂得很。这个短信是发给祝安的，短信的嘀嘀声，就是等于说，在什么地方的祝安，还被什么人联系着；但是，和欢更多的是恼恨。她始终没有勇气回打过去，问问对方你是谁，好像一问，对方就会告诉祝安，祝安就知道她不尊重他个人隐私了。有人告诉她，短信看了和没看，图案不一样。她就有点不安，但是，每一个嘀嘀短信提示一响，她还是想打开，根本控制不住自己，就是想看。

有一种是看不到具体内容的，它只有英文主题，往往只有几个字：

人呢？

讨厌。

照片太糟糕了。

我病了。

有一次接到的时候，吴杰豪正好在她家。见和欢看了手机发愣，就说，怎么了。和欢就给他看，他一看就说，邮件提示。有信到电脑里了。

是深圳的信吗？

那只有看电脑才清楚。

和欢就过去打开祝安的电脑。她请吴杰豪来操作。吴杰豪狐疑地看着和欢。和欢摇头，表示不会。没有登陆密码，吴杰豪又狐疑地点了空白确定，进去了。吴杰豪停了下来。和欢紧张地瞪着电脑。吴杰豪叹息着，点了关闭。他说，没有别人的邮箱密码，进不去的。再说，这样并不能帮你找到祝安。这没什么意义了。

你为什么不换个号码，吴杰豪又说，手机还可以用的。

我喜欢。我就要这个号码。有祝安的电话和短信，我都喜欢听。

傻。

吴杰豪走了以后，和欢和一个面谈过的侦探通了电话。这个胖胖的侦探，目光锋利，喜欢假笑，但是，看上去十分能干而且随和。他不像别的侦探，不是眼里只有钱，就是认定她丈夫抛弃了她。而他总说，查了再说。所以，和欢对他印象良好。

胖侦探说，什么，查邮件？你只是委托我查电子邮件？

这个要多少钱？

这个……我们还没有这个单项收费标准。唔，要请电脑专家，懂网络的……我看还是全面委托，要不先见面吧。

见面的时候，胖侦探仔细看了祝安的手机。然后，两人聊了好一阵子。胖侦探说，你是说，那天临走的时候，他突然回来开电脑、收邮件？

是，已经出门了，突然又折回来的。好像比较急，也……不让我靠近。

还有什么特别的举动吗？

回老家也是突然提出的，我没空，他就说自己去。我当时也没多想。后来，他妈妈也觉得突然，以为我们吵架了。

以前都是你们一起去的吗？

是，只要我和他在一起，都是一起去的。不过，他妈妈好像一直不喜欢我，喜欢那个深圳的有钱有势的女同学。

他的衣服什么的，都没带走对吗？

是的，我不知道他是怎么走的。平时是他管家，我后来看到抽屉的存折。

钱有多少——我是说，有被提走吗？

没有。

里面有多少钱？

……一万四千多。

这是你们全部的储蓄吗？——请别误会。我是帮你思索呢——他不可能另有账户?

我不知道。没有其他存折了。我们调动花了很多的钱,他有说过我们没有什么钱了。

如果这样,不像是抛妻出走啊,当然,他可能根本不在乎这点钱——噢,对不起,我们这个行当,就是要有想象力。请原谅,我知道你们感情不错。

你不是看了手机上面的东西吗?你还觉得他对我的感情……

当然,这年头谁也不敢保证爱情。手机里的东西吧,怎么说呢,可能是交友台干的,我也有收到。邮件短信嘛,还是先放一边吧。我们先理大思路。

其实,我慢慢地也想通了,无所谓了。和欢说,他要真跟别人走,我也没办法。即使找到他,我只是想告诉他,你没必要不辞而别,我知道我配不上你,但我不会拦着你的。

你刚才说,深圳那个女同学非常有钱有势?

听说是这样。祝安不怎么爱说,但有时那个女的会打电话来。我听到过的。

说什么呢?正常交往也有啊。

我们屋里信号不好,他总是出去接电话。我不好意思跟出去。

那么出走之前的那几天,那女同学来过电话吗?

我怎么知道呢。反正,我婆婆说,当时那女的升主管后,一直要祝安辞职下海过去的。还找我婆婆劝他。今年过年又到我婆婆家拜年,送给老人一个玉镯。我婆婆说,祝安没有福气,要是那样,祝安早就发财了。

这么说，你丈夫净身出户还真是没有问题。要不，我先去深圳一趟？你把那女的公司告诉我。

我不知道。我婆婆知道，她死了。我只能肯定在深圳，是个大公司。

那么，我去一趟，你先预付八千吧。我尽量省着花，多退少补。

那……我……再想想吧……你不查邮件了？

没意义。你果断点。现在都失踪快一年半了。时间越推移，证据灭失得越多。别到时候，花了钱还没结果，人家说不定已经双双飞美国、飞澳大利亚啦，你一分钱也拿不到。好吧，你快想清楚。我等你电话！走啦。

七

深秋就这样地又快过去了。满地的落叶欢快地追逐汽车的轮子，每一阵秋风扫过大街，尤其是汽车驰过，它们就在路面无声而疯狂地追舞，汽车像个领舞者。只有纪念大道上有这么多落叶。和欢每天突突突地过来时，那些被水流冲击着的巴掌形的梧桐落叶，就会一队队向两边的路沿奔去，它们一直退守到路沿的边上，但往往还是会被激烈的水流，激得在路沿上蝴蝶一样弹跳起来，甚至跳到那些矮墙一样的绿化带上。

因为是凌晨，整条大街四下无人，和欢把左右水开关统统打开。两侧的水丝绸一样扑了出去。开到移动公司公交站点时，等她觉察到站点的地上好像躺着两个人，已经来不及控制开关了。她开了过去。可能开出了七八米远，内视着脑海里余留的记忆画面，她感觉到，在洒水车洒向地上的两个人时，那个男的好像侧身想为那个女的挡水。和欢倾身从后视镜看，那两个人已经站了起来。想了想，她把冲水开关关了，车停了下来，她开始慢慢后退。一直退到那两个人身边。两个人都像学生，尤其是那个个高的男孩子。女孩的衣服还是敞开的，小胸罩是粉色的。男孩的裤子拉链因为她的后退，正匆忙拉上。一个大学生背包扔在不锈钢椅子上。

和欢把窗户摇下。对不起，和欢嘟囔着说，看见的时候来不及了。

两个人似乎想骂人，看了看彼此，笑着抱在一起。

要不，送你们一程吧，没有车了。

男孩带头爬了上来。女孩也上来了。男孩帮女孩扣上扣子。

本来想去她外婆家，可是，一直等不到车。这么晚了也回不了学校。

男孩子对车上那么多的开关十分好奇，一个个触摸着考察过去。他边动边问，这是CD键吗？

女孩说，如果你刚才放了提示音乐，我们就可以躲起来。

外面的音乐和里面的一致吗？男孩子说，如果打开的话。

和欢还没有点头，男孩就把音响打开了。

歌词。

女孩跳起来，像被水流击中的树叶。她一下就抱紧了男孩子。

想——简——简——单——单——爱——想简简单单爱。两人一起唱着，用懒洋洋的声调，好像是无所谓之极，但是，女孩的一只手，在歌声中，轻轻摸索着男孩湿漉漉的脖子耳朵这边；男孩和着节奏，不住地用脑袋点着女孩的脑袋。

和欢看着心底突然温热了起来。

想——简——简——单——单——爱——

和欢说，你们肯定互相知道名字？

废话！一个系里的。男孩说。

女孩哧哧笑起来。

洒水车在千竹路培养园的路口停了下来。和欢掏出房间钥匙，说，从这路口走进去，一直走树木深处有个小平房，开着灯的那两个房间，一个是厨房卫生间，一个是卧室。你们可以用到明天上午七点。走的时候，把钥匙放在台阶上的茉莉花盆底下。

两个学生有点惊异地拿过钥匙。男孩说，你的家？没人？

没人。

你真的不进去了？女孩说。

还要浇洒四条大街。和欢说，不能把我那儿弄脏弄乱。

嘿——！

噢——！

两个人抱在一起。下车的时候，男孩子用劲拍拍和欢的肩头。

八

祝安说，吴杰豪在大学里一点也不引人注目，为人和个性都没什么特点，就是那种不好不坏、不咸不淡、不温不火、模样不丑不美、个子不高不低的类型。如果那次校庆，他们不是偶然坐在一张桌子，恐怕也不会聊上，更不会知道彼此在一个城市，祝安也是随口说了，还在忙妻子调动。

但是，对吴杰豪来说，只有他心里有数，如果次日不是见到了和欢，恐怕他也没有帮助祝安调动的激情。事实上，这个时候的吴杰豪已经仕途顺坦，不显山不露水不得罪人的世故为人，总是让领导和左右共事者愉快。

调动、工作安排甚至暂时住房，一系列大事，吴杰豪都一手搞定了。祝安领着和欢想到他家坐坐。吴杰豪说，过一段再说吧，我妻子身体不适；祝安后来带了些长白山野参等贵重物品去办公室找他，吴杰豪死活不收；祝安说，我有个老乡承包了一个渔塘，那两家一起去钓鱼好不好？可以吃，也可以玩，风景非常好。吴杰豪还是以妻子身体不适为由谢绝了。

祝安有点不高兴，吴杰豪却突然来电话请他们吃饭。祝安第一次到渔村大宝船吃饭，那是全市最高档的海鲜酒家。每人一盅鲍鱼鱼翅盅，一盅就要两百四十五元，祝安在这里工作六年了，还从来没敢进来过。他踌躇着是不是该他付款埋单，因为就是他们三个人。但是，吴杰豪没有让他们埋单，上果盘的时候，他非常轻地叫过服务小妹，说,埋单。发票给我。

祝安那天回家的时候感慨地说,不知道杰豪是不是真的能报销,不会是为了让我们放心,才要发票的吧。起码要九百块钱呢。肯定能报销。和欢说,但他为什么老不让我们见到他太太呢,我以为今天晚上能见到。可能真是病得很重。祝安说,下次你要主动过问他妻子的情况,女人嘛,好关心的,别像小孩一样,什么事都不管。那个东北野参,下次还是你给她送去。我们欠杰豪家人情太大了。

和欢到底还是没见到过吴杰豪的妻子。吴杰豪的妻子大约是在祝安失踪的两年后病逝的。但这时,和欢根本想不到她。

祝安失踪十天后,吴杰豪来了,找到培养园这边。宽慰了一番,也没说更多的话。小心门户。走的时候他说。后来,他会经常打祝安的电话,因为知道祝安的电话,和欢随身带着。他在电话里问问祝安情况、学校情况;也不多话,问了就挂了。春节、端午、中秋,他分别会叫人送些海鲜、粽子、月饼什么的。但是,和欢人工流产的时候,他自己又到了培养园一趟。当时,和欢见了他,说不出为什么就忍不住泪水。也许她忽然感到,这个城市,最让人想起祝安的,只有祝安的同学也是他们的恩人吴杰豪了。看她泪水直淌,吴杰豪说,没关系,以后再要吧。

祝安失踪的第一年春节,单位照顾和欢,让她回老家,允许她过了十五再回来;第二年的春节,和欢回去了三天。元宵的那天下午,看到吴杰豪在千竹路口等她,手里提着一盒红色鞭炮图案的元宵。正是这一天,他们一起就在小平房里吃了元宵,快吃完的时候,和欢

84

正好一个手机短信提示音响了。和欢告诉他，祝安的手机里有很多短信。

吴杰豪看了一下，有一大排数字，然后是SUBJECT：我火冒三丈啦。吴杰豪说，是邮件提示。吴杰豪指指电脑。

和欢说，是深圳的邮件吗？

吴杰豪说，不知道，要看电脑内容。

和欢把电脑打开了。吴杰豪迟疑地拨弄着鼠标，告诉和欢没有密码是无法进入的。和欢非常执拗，眼神在鼓励和央求什么。吴杰豪说，这样并不能找到祝安。吴杰豪又说，你不要再用祝安的电话卡号了。换上自己的吧。

和欢自己在键盘上乱敲。

吴杰豪说，祝安不可能在深圳或者什么地方。就是他真要离开你，一定会跟你说清楚。他不可能是那样的男人。他母亲不是也不知道吗？

和欢说，有时候我觉得他母亲像同谋。她本来就不喜欢我。

你胡说什么，吴杰豪说，他要是有外遇，干吗费那么大劲调动你呀？

就是费了那么大的劲！和欢喊了起来，而我才来几天，他就跑了，他才不敢说！

说了你又不会杀了他。他怕什么？

他不好意思。我知道他那种人，把我人生地不熟地丢在这里。他会不安的。前些天还梦到他回来了，满头的白发，流着眼泪叫我原谅他。那个女同学追求他太久了，人家的条件比我好，我只是个环卫工人，没文化……

你想到哪儿去了？

那你以为他会在哪里？现在这个社会，死了也有尸体啊！去年一年，所有的报纸，我只看寻尸广告！我翻啊翻啊，我天天翻，我把报纸拿到院子里的月亮底下，我捧着报纸对天上说，如果祝安没死，你就不要让我在这里看到他，如果他死了，你就让他出来吧，可是，都没——有——啊——！

和欢失声哭喊起来，那你说他会在哪里？在哪里——？！

和欢把祝安的手机摔了出去。

吴杰豪说不出话来。他把手机捡起来，好一会儿他说，那你就当他死了吧。

和欢像触电一样跳了起来，眼睛直愣愣地瞪着吴杰豪。吴杰豪慌乱了，连忙把她扶着坐下，对不起，我是……和欢还是直勾勾地瞪着吴杰豪，吴杰豪嗫嚅着，是啊……死一个人……没那么简单的……

九

吴杰豪再来培养园是几个月之后，也就是听了和欢卖淫被警察当街捉到派出所的事之后。这事在环卫部门传得很厉害，园林部门也听到一些。吴杰豪慢慢地也听到了一些和欢轻浮浪荡的传说。那天晚上，说不清为什么，他就是想到办公室看完一份材料才乘出租车过去，而且事先没有打电话。走进小叶桉林时，他甚至想象小平房里慌忙走出一个男人的情景。但是，还没跨进竹篱笆，就看见一个人从木棉树干后面站了起来。

正是星稀月明、清清朗朗的月光下，和欢穿着黑白条纹的睡衣睡裤非常清晰。她似乎靠躺在旁边那把旧椅子上很久了。没等到吴杰豪走近，她就站了起来。

刚好加班，吴杰豪说，本来也想来看看你。

和欢笑了笑。我没事啊。什么都习惯了。

吴杰豪控制不住眼神，因为老想看后面的屋子。和欢说，你是不是想喝点茶？我去烧。吴杰豪跟了进去，里面当然没有人。吴杰豪突然抓住和欢的手，我不相信你真会被警察弄进去。你不可能是这样的女人！

和欢吓了一大跳。可是，很快就笑了。咯咯咯的，声音非常脆。吴杰豪逼近了一步，声音很轻，但是很狠：不是真的，对不对？

是真的。和欢说，因为我说不出那个男人的名字，他当然也说不出我的名字。但是，后来，我都会先问他们的名字。吴杰豪就突然抬手了，和欢以为他要甩她耳光，他却是把和欢手里的电水壶，一把横扫到地。

这之后，吴杰豪很久没给她打电话。又过了一两个月，吴杰豪又开始打，有时转给她些不知哪里来的泰国米呀、进口樱桃等物品，还有购物券。后来和欢都谢绝了。吴杰豪就有点心灰意冷。再后来两人见面，就是在中山医院的住院部，和欢被司机踢裂了脾脏。

吴杰豪说，告他。

和欢笑嘻嘻的。吴杰豪说,要让这个大老粗赔偿一切损失。我会招呼这件事。

和欢还是笑嘻嘻的。吴杰豪被她那种轻浮的笑脸弄得很不舒服,他本来以为和欢见到他会哭泣,但是,和欢始终笑着,有点无耻。她说,不要!她笑嘻嘻地说,我这种人,活该。

吴杰豪终于把不快明显地放在脸上。他把脸拉长了。这个女人令他感到陌生,甚至有点反感。只是脸还是那张熟悉的脸。静默了一下,他转身离去。

身后突然响了一声呼哨。吴杰豪非常吃惊地扭过头,病床上的和欢咯咯咯地笑着,她说,我也是大老粗。

这是祝安失踪后一年零十一个月的事。

日子非常快,祝安离家快两年了。

十

吴杰豪突然接到了和欢的电话。这是祝安失踪后两周年零十个月的事。才进办公室,电话就响了,吴杰豪就认出是和欢的电话,电话通了,和欢却没有马上说话,吴杰豪说,我听着呢。什么事?

昨天晚上,我梦到祝安了……他身上都是血,他责怪我……吴杰豪能听出和欢像是哭过之后的声音。这种声音让他马上联想到第一次见到和欢的那种温婉的感觉。他说,我在开会。下班的时候,我来看你吧。

和欢说,等你来。

吴杰豪没有叫司机，是自己开车去的。到培养园的时候，天还没有黑透，大块大朵的灰云，把天压得很低。吴杰豪把车开进黄土路，小心地转过小叶桉林，和欢也许是听到汽车的动静，已经穿过了竹篱笆，过来迎接。下车的时候，吴杰豪看到一份晚报散着放在木棉树下的那张旧躺椅上。

吴杰豪说，要不一起去吃饭，边走边说？

和欢迟疑了一下，说，祝安突然来了。他走以后，我一直睡不好，靠吃药，吃药睡了就是乱七八糟的梦，有时里面有他，也经常没有他，有的好像是回忆的片段，还有一次是又看到我们结婚……我都不知道是不是睡着了，经常头痛……最近半年来，我的睡眠好了一点，不靠药有时一天能睡四五个小时了，但是，就没有梦了，所以，很久很久都没有梦到祝安了。

和欢停下来，看了吴杰豪一眼，说，昨天他突然来了，浑身是血。我觉得奇怪，好像他从战场上回来一样。他却说，你怎么搞的，这么久了，都不去看看杰豪一家。我说，我是想等你回来一起去的。我一说，他的身子就在雾气中慢慢化掉了。

和欢说得平静，可是，眼泪却掉了下来。

用手背轻轻擦了眼泪，和欢说，你老婆身体好一些了吗？吴杰豪还没回答，和欢就往小平房那里走，他就跟着她走进房间。和欢从一个密码箱那样的包里，拿出了一个椴木盒子，比笔盒更长更大，抽开盖子，里面的红绸缎衬着一根老参，最细的参须弯到盒子边，最细的根须只比头发粗一点。

这里可能太潮湿了，我也忘了，都蛀虫了。和欢把参拿起来，果然参体上面和盒底，都是粉状物。祝安一直要感谢你，你老婆身体不好，祝安更是要把它送给你们，可是，祝安走了。昨天梦到祝安后，我半夜就爬下床，把它找出来，没想到都蛀了。这个，你老婆还能用吗……

吴杰豪说，她已经病逝半年多了。肺癌。

和欢怔住了。

我以为你们单位可能有人会告诉你。吴杰豪把参放回盒子，推上盒盖。走吧，我们去吃饭吧。

树丛深处有只什么鸟，在黑暗中尖声尖气地叫，孤单而任性。两人一前一后，穿过竹篱笆，走向汽车。和欢上车的时候说，我昨天感觉不好，不知道为什么，特别……难受。那个梦也不好，我很怕看到他身上都是……血的样子。前年他走的时候，有一件睡衣，因为有他的味道，没洗，一直没洗，我要留着那个味道，可是，慢慢的味道就不像他的了，我还是没洗。昨晚做噩梦醒来，我把脸埋在那件衣服上，怎么它也变得好像有点血腥味……

吴杰豪看到一颗眼泪从她的脸上慢慢爬了下来。

吴杰豪觉得，和欢主要不是为了东北参的事，而是想排解有关祝安的噩梦。

吃饭的时候，又变成没什么话讲了。

吴杰豪说，这个世界真是荒唐，在我妻子被确定肺癌住院的时候，就有人来提亲，越到后来越多，有介绍人带着姑娘到我办公室，假装找我有事，然后说媒。提了副局长后，有人做得更露骨，好像是订货。那些姑娘也很主动。我一个都不见，那些人太世故了。人还没死呢！

和欢没有说什么。吴杰豪以为和欢不会对这个问题发表任何意见的时候，和欢说，那你现在可以好好挑一个了。

吴杰豪摇头，她们不可能比你好吧。

送和欢到培养园的时候，吴杰豪说，我也下车吧。

和欢下车的动作停顿了一下，说，已经很晚了。

我知道。

和欢看了看安静的院子，那只尖声尖气的鸟已经不叫了。和欢忽然笑了。她笑着把手伸进车里，抚摸着吴杰豪的脸和脖子。祝安说过了，我们欠你的人情太大了。来吧。下车吧。

吴杰豪僵直了一下，把她的手拿开，启动了汽车。他以为他掉头的时候，可能会听到横起的呼哨。他是从和欢的笑声中推断的。他不愿再回头，一踩油门他将汽车开出了小叶桉林，一口气冲上了千竹大街。

那时候，和欢已经慢慢走到了木棉树下的躺椅边，她坐了下来。离上班的时间还有三个小时。

电话

和欢吗？最新数字！我刚认识一个警察。你知道我们这个城市每年失踪的人有多少吗？一千一百多！

赵侦探啊。那又怎么样？

你知道能找回来的数字是多少呢，十分之一！

我也找不动了。你要再想努力，那是凭你的良心做事。还是没钱，也累了。

嘿，什么钱不钱，一家人不说两家话。我晚上可以去你那儿吗？我有很多新情况。

你说说。

电话里不好说。

不说就别来！

好吧，随便说一个给你听。警察告诉我，有个女的和她老公老是吵架，那天吵完后，她就跑出门去了。老公气头上也不找，不就是回了娘家嘛。连续几天那女的都没回来，老公只好给岳父母家打电话，哇！才发现人丢啦！有人发现了她在桥下的衣服和鞋子。人们都说，早都不知道给水冲到哪里去了。那男的不甘心，连续在下游寻找了一个月，没有。最后，你知道是怎么回事？

早就被人打捞起来了。

不！她和她的相好金蝉脱壳私奔啦！

呸！

还有一个，也是真事。一对夫妻关系不好，男的有一天在上夜班的路上就失踪了。到处找不到。周围的人，包括男的父亲都怀疑女的杀了老公。警察来调查，果真发现那女的有情人，结果，统统关起来，查来查去查了半年。没有结果。那人失踪就是失踪了。反正谁也见不着，警察又没有证据破案。哪知道三年后，抓住了一个杀人狂。杀人狂交代说，他把那个男人杀了扔进了钢水池！红红的钢水池啊，连骨头都化啦！

胡说八道！

哎！是警察说的。呃，真的，我想你。今天晚上，我特别想听听你的笑声。

把我老公找到再说。

找到了，还有我的份吗？！

你一点进展都没有。

你没给我一分调查经费哪。你知道我两趟到深圳花了多少？不说啦，不说啦！

谁知道你去没去！让你给我车票，你一次也没带来。

天地良心啊！车票造假还不容易呀。我们是侦探啊。听说你又雇新侦探了？

少来。你到底还有没有新线索？

我今晚去？

等我电话吧。

十二

在南方，在这里，春天和夏天在人的眼睛里，是没有明显的区别的，绿树葱茏，鲜花竞放，每一条大街上绿化带里的三角梅、美蕾花，还有扶桑，都在吐艳。所以，每当洒水车张着水翼逶迤而过时，湿漉漉的街景，在鲜花绿树的摇曳下，真是满地深春。可是，这是夏天了，这的确是个明媚的凉爽的夏天的早晨。

这是和欢丈夫失踪的第四个夏天了，过了这个夏天，祝安就失踪了整整四周年了。

祝安的手机在包里响起来。是连续而零碎的小鸟叫声。每次一听，和欢就自然会想到祝安领着她，第一次到培养园的那个清晨。那个无人打扰的清晨，丝缎般的阳光穿过高高的小叶桉，穿过相思树木，星星缕缕地洒了下来，各种小鸟远远近近的叫声，也像阳光一样，穿透绿叶，从他们头上一串串跳落，弯腰一看，竹林那边，白鹭在有淡雾的湖面上飞翔。

小鸟铃声还在啾啾啾啾地持续着。和欢没接。早上的大街行人太多，如果接电话，往往顾此失彼，倾身调整开关的躲避行人动作不好操作。实际上，和欢换班的那个蔫蔫的落榜生，前两天刚刚因为一手去关右角喷开关，一手持方向盘，结果控制不住，开到了对向车道上去，引发了对向车道上两辆汽车追尾事故。

和欢没有接电话。她就让那电话响着。

电话停了。

电话又响了。

啾啾啾啾，轻轻重重、远远近近的啾啾啾啾声，叫出了一个清凉而透明的早晨。和欢微微扁着嘴唇，想吹口哨。三四年来，这个随身携带的祝安的电话，并不常响。一旦响起来，和欢第一感觉就是祝安！祝安来了！祝安的。当然不是祝安，事实上，它总是和祝安的现身毫无关系。日子，就那么一天天、一月月、一年年地过去了，三年眼看四年也就那么过去了，渐渐地，电话终于渐渐地用事实教育了和欢，和欢也就渐渐地不太容易将响铃和祝安联系起来。吴杰豪说得对，早就该换上她自己的号码了。

啾啾啾啾的声音又响起来。好像副驾座的包里有一窝快乐的小鸟。和欢开始轻轻地吹起了口哨。和欢决定开到前面一段加油站的空旷地，就停下来接。她边开边想，是谁这么急啊，吴杰豪？十有八九是他，吴杰豪有事的时候，就是这样连着催的。吴杰豪上次就是这样的，非要当天晚上见她。和欢说好啊。和欢说，什么事这么急啊？吴杰豪迟疑了好一会儿，说，祝安不回来了，我想陪着你。如果你不同意，我可能就必须考虑跟别人结婚了。

和欢一时说不出话来。停了一下，她说，祝安会回来的……吧。

吴杰豪听出了她肯定的语气最后的转变。所以，吴杰豪说，要回来早就该回了！只要你一句话，我可以陪你等。要我等吗？

和欢摇头。和欢说，你为什么对我这么好？没必要的。

那天晚上他们没有见面。凌晨四点，海洋之心广场，也就是和欢出班的必经之路上，吴杰豪，或者说非常像吴杰豪的、穿着风衣的男人站在路口的猩红色的立邦漆广告牌下，他并不避让和欢的洒水车，等和欢意识到，那人已经淋湿了。和欢转到另一车道，却看见那人还在，只是站在了大街的这一边，这个时候，和欢已经感觉是吴杰豪，但是，等快开到他那儿的时候，和欢闭上了眼睛，她不想看到到底是不是吴杰豪站在水中等她，她不希望看到这样的情景，她觉得会受不了。洒水车就那样越过了那个身影,车子就那么开过去了,直到很远,和欢才睁开了眼睛。

一个月前,也就是五一节,吴杰豪结婚了。听说是个未婚姑娘。他没有请她,事后,和欢主动打电话过去,吴杰豪客客气气地说,只是请双方小范围的亲朋好友坐了坐。谢谢你。

和欢眼泪就冒了出来,喉咙发胀,而且隐约有醋意。我已经不算他的好朋友了。和欢已经打听到了,他那个妻子比他小十岁,有点混血,搞中医研究的。

今天吴杰豪有什么事呢?和老婆吵架?离婚?

到加油站那边的时候,和欢掏出电话看,却意外地看见不是吴杰豪的,三个是陌生电话,是同一个号码。另外一个是队长办公室的。和欢决定先回那个打了三次的陌生电话。

谁打我电话?

对方是个男的,说,你是谁啊?

你打我电话,问我是谁?和欢有点不高兴,口气就粗鲁起来,打了三次,到底干吗?

对方说,谁?谁打三次?——噢!噢!你等等!

换了一个人接电话。也是个男的,那人几乎在叫喊:是小和吗?有祝安消息了!你现在在哪里?我们来接你!

和欢没说话。

对方大喊起来,我们是祝安的学校!你在哪里?!

祝安他在哪里?深圳……?

不，不，你在哪里，我们来接你。

祝安在哪里呢？

隔壁县、临州郊区，他老家。你在哪里，我们马上赶过去。

他出了什么事？

还不清楚，反正有他的消息了。我是校办曾主任，我和你一起去。

十三

曾主任戴着眼镜，有点胖，但一副精明强干的样子，当年要把祝安手机清出局域网、减轻学校负担的就是他。和曾主任一起来的是个老司机。一路无话，曾主任便说了句像玩笑的话，他说，你们开洒水车的，开起小车一定比周师傅更厉害吧。和欢说，和开那个水泥搅拌车是一样的。和欢说，他到底怎么了？

我也没有详细情况，是当地医院打来的电话，后来是当地交警。

和欢就不再说话了。周师傅的车子开得很快，外面的香蕉林在视野里飞驰。和欢脑袋里乱乱的。交警？出了车祸？——既然不要家了，干吗倒霉了就想起我呢？你同学呢？

其实那个交警大队是在临州的郊外。周师傅把车开到一个叫天涯饭店的四层楼前。原来那个交警大队就在那里借了一层办公。总台小姐并不问他们找谁，他们看着标志上了四楼，没到楼梯口，就听到好多个嗓子在高高低低地叫嚷，有人在猛烈地拍桌子。看那门口标牌，正是他们要找的事故处理科。进去一看，两拨人因为肇事赔偿正在沙发那边面对面地吵架。办公桌旁，两个警察低头在看一张血乎乎的现场照片。和欢一看，心就揪了起来，又想再看，警察却把卷宗合上了，说，哦，你们来了。哪位是家属？

曾主任就指和欢。警察打量着和欢，一边从抽屉里拿出一个塑料资料袋，他抽出几张白白黄黄的纸张递了过来。和欢一看："无名氏尸体法医检验鉴定书"，还有一张报纸，一块比名片小一点的方框被红笔圈了起来："认尸启事"，还有一张纸的中央，贴着一张医院病房照片，一个头裹绷带、面目不清的人，躺在氧气瓶、点滴架旁。

和欢已经听不到沙发那边一摊人物的争吵，她在想这照片上躺的人是谁，突然，耳边响起一个轻声：什么？！二〇〇〇年！二〇〇〇年！我们还以为……！曾主任的声音越来越高，最后这句就是厉声质问了：为什么现在才通知？！

我们三年前就登了启事。

这什么报纸，你们地区的小报！我们那儿根本没有！

那总不至于登《人民日报》吧？一直无人认领，我们还以为是打工仔。要不是这次医院清理无名氏遗物，你们现在还是没有消息！

和欢盯着照片看。曾主任说，这照片是他？

警察点头。

肯定是他？

警察点头。

曾主任说，那其他遗物在哪里？

临州二院。曾主任说，你们哪位是事故处理警察，请带我们去医院。两个警察互相看看,其中一个抓起帽子。

临州二院是个小医院,但是,那个一路抓着帽子,但始终不戴上帽子的警察说,这一带交通事故多,别看它小,很多医生手术水平还挺高。曾主任哼了一声,又看和欢。远远的,老周停好车,也急步追了上来。和欢一直没说话,脸上也看不出任何表情。

接待他们的是个年纪不轻的护士长,一张大脸上布满黄褐斑。警察好像跟她已经熟悉。护士长看着和欢,眼睛里闪出了莫名的兴奋,哎呀!也真是怪呢,我们都是定期整理无名氏遗物的,不可能这么久的东西还在。它偏偏不在正常的柜子里,偏偏我昨天突然就想连那个柜子也一起收拾一下,偏偏我又整理得特别细——平时你不可能这样做的,忙啊——听说是个年轻的老师?

没有人搭理那个兴奋的老护士长。曾主任嫌她慢,自己伸手夺过了她刚从一个白矮柜中提出的一个塑料小袋。曾主任把里面的东西一一取了出来。

一本两指宽的小通讯录,上面有很多人的电话号码,有的页码快掉了;一张工商银行卡,背后有祝安的签名;一张折小的职业学校的便笺,上面有学校的电话,也就是曾主任办公室的电话;还有两张名片,一张是吴杰豪的,还有一张是不认识的人的;此外,还有一个穿着红线的小玉片,这个和欢知道,是祝安母亲求来的护身符,平时是挂在祝安的脖子上。

如果照片很模糊的话,那么,这些遗物已经能百分百地确认,它们的主人,的确是死了。早在三年半以前,在那个初秋的下午。他的骨盆和脑颅骨都碎裂了。

和欢身子忽然摇晃了一下，老周急忙扶着她。和欢把祝安的护身符拿了起来。曾主任看和欢站稳了，又迟疑而仔细看了看通讯录和银行卡后面的祝安签名。

我想问一下，曾主任口气很冷：既然祝老师所带的信息这么完整，为什么当时不联系我们？为什么要等三四年之后？！曾主任指着桌上的遗物：这！这！这！这里任何一样东西，只要你们有心，都能指引你们在当天就联系到我们！联系到家属！你们说说，这到底是怎么回事？！

护士长一时难以接受曾主任的指责，她用无辜的眼光看着警察。警察说，这可能有误会。按我们的工作程序，总是积极查找被害人亲人的。他身上没有电话——不然肯定没这些事；当时抢救的现场比较乱，他的穿着也像外地打工仔，颅骨破了，根本没醒来过——不然也好办；等人不行了，我们登报认尸体，也没有结果，所以就分析那些东西，会不会是偷来的。所以……

你们就不能试打一个电话？小偷？！太荒唐了！我这辈子还没听过这么荒唐的事！一个电话就足够了！曾主任重重地拍了桌子，祝安的银行卡和小玉片在桌面轻轻跳了跳。

警察说，你干吗？！

老周说，胡闹嘛！一个人又不是一条狗。

曾主任说，既然在这儿，我们想向抢救医生问点当时情况。警察说，我们已经调查过了，当时的医生已经找不到了。

那入院记录呢？

他们也来调了，护士长拿眼睛看警察说，结果也找不到了。还好找到了这些，多少也是个定心的事。要不你到现在也还不知道你丈夫去了哪里。护士长侧脸看和欢，你说是吧？和欢木然地盯着窗外一个点。

那肇事者在哪里？判了多少年？曾主任又说。

警察说，还在抓捕中。他逃逸了。

逃逸！那祝老师骨灰呢？

无名尸处理当然就没有骨灰。

都是屁话！曾主任说，简直太不负责任了！

戴眼镜的！你说话注意点！

真他妈荒唐绝顶！天下还有这么浑蛋的事，你还让我注意说话？！

十四

回程途中，老周用感慨的口气说，主任啊，你这人真的很仗义，简直比自己的事还急呢。

曾主任不知道老周是真心赞美还是贴切的马屁，反正听了直笑。曾主任说，的确太过分了。小和，你别怕，学校会支持你找他们讨说法的。我看恐怕要请个懂法律的来办。

告谁？医院还是警察？老周说。

我看都该告。看谁在草菅人命！曾主任看着和欢，和欢一直漠然地看着窗外飞驰的景色。曾主任说，小和，你怎么一直不说话？这事肯定有人要负责的，好好的一个人，三四年没下落，不可能谁都没责任。是吧？

和欢点了点头。这时，电话响了。曾主任听出是和欢包里的电话在响，看和欢仍然盯着窗外，似乎没听见，就动了她一下。和欢迟钝地看了他一眼，几乎同时也听到了自己电话在响。

是那个蔫蔫的落榜生打来的。和师傅，我想问一下，你是跟我整个换班，还是让我只替你中班？

和欢说，我快进城了。我来了。车还放海洋之心吧。

那太好啦！晚上正好有场足球赛。好，我把车就停那儿。噢，和师傅，听说你丈夫有消息了？听说在外面开了大公司？

和欢没有说话，也没有挂机。她的眼睛始终看着车外。电话里停留的时间太长了，那个蔫蔫的落榜生醒来似的说，嘿，那回来再说吧。晚班就交还给你了。

一路无话。到市区的时候，曾主任说，你要去哪里？我们送送你吧。

和欢没有讲话。老周回头看了他身后座位的和欢一眼，又拿眼睛看曾主任。车子又跑了一段路，曾主任说，小和，是不是要接班了？我们直接送你到广场好吗？顺路。

和欢看着华灯初上的大街。远远的前方，更加繁华锦绣、星光灿烂的郑成功东西大街发出梦一样的光华，接近地面的夜色苍穹染得金红氤氲。曾主任以为和欢不会回答什么了，正在和老周交换困惑的眼神，和欢却开腔了，声音很轻：你要是不想和警察打交道，你就要先问清楚他的名字；他也要问清我的名字——要和身份证上的一样——不然麻烦就大了——

你说什么？小和？

到了。谢谢。

曾主任和老周目不转睛地看着和欢像梦影一样下了车，往海洋之心的郑成功东路天桥那儿走去。一辆白色的高大的洒水车就在凤凰树下。

十五

海洋之心广场放射出去五条路中，郑成功东大街、郑成功南大街都是双向八车道的繁华大街，台湾东街也是六车道大街，它通过紫荆大道可以一直连到海天大桥。

下班的高峰期刚刚过去，但是，来来往往的车灯依然喧嚣，被洒水车喷洒过的路面，黑黢黢的成了水路泽国，把车灯的灯影拉得很长，让人想回家。看不到人影的汽车，来来去去走走停停的样子，总是非常可爱的。郑成功东大街、郑成功南大街，再取水，然后洒水车上了台湾东街。就像在一个喷泉的中心，和欢在水中央突突突地行驶着，所到之处，汽车的灯光都映照出满地的莫名的忧伤。其实，不仅路人，还有汽车，尤其是私家车，看到那张着巨大水翼的行进洒水车，都有了畏缩和逃避的姿势。

并不喜欢使用音乐提示的和欢司机，忽然打开了音乐开关。她把音量开到了最大,车里车外,机动车道、非机动车道,甚至是洒水车水翼接触不到的绿化带边的人行道上,人们都听到了那个蔫蔫的落榜生最喜欢放的周杰伦的《简单爱》。

> 我想就这样牵着你的手不放开
> 爱能不能够永远单纯没有悲哀
> 我想带你骑单车,我想和你看棒球……
> 爱可不可以简简单单没有伤害
> 你靠着我的肩膀,你在我胸口睡着
> 像这样的生活,我爱你,你爱我……
> 想——简简单单——爱——

开关已经不能再开大了,但是,和欢突然把左边右边的洒水开关统统变成冲水开关,这原本是规避行人车辆、夜深人静才使用的冲击清洁方式,她突然全部打开了,而且冲水转速和车辆时速都打到了极限。

劈面激流中,车辆几乎所有的车辆都停下了;

劈面激流中,行人几乎所有的行人都愣住了;

紫荆大道上,那辆有着女人图案的公交车上,有人看到这辆飙行的洒水车,慌忙关窗,那个身首分离的美丽女模特儿变成了一个完整的身姿。

洒水车和它猛烈地邂逅。

这个恐龙般的洒水车,在震耳般的《简单爱》提示音乐中,向着两边喷射着激烈的水翼,就像一只巨大的翼龙在夜色中几乎要离地飞翔。它挟持着两侧巨幅的水的翅膀,奔驰着横扫台湾东街、紫荆大道,一直冲向海天跨海大桥。

爱能不能够永远单纯没有悲哀……
爱可不可以简简单单没有伤害……

海天跨海大桥上,传来一连串紧急的汽车刹车声,汽车车灯在惊慌地互相交错;而那个水势磅礴的洒水车,终于像一只真正的翼龙,它超越了大桥护栏,在音乐中,在海天之中腾起、飞翔。

想——简简单单——爱——

想——简简单单——爱——

二百四十个月的一生

一

楼上又在放那首一个男人和一个幼儿合唱的歌，鹅洁把收拾行李的手停了停，站起来，她开始等那个段落。来了，那句，合唱部分，那个可能还要抱着的孩子，总是拖不了和那个男人一样的四拍长音，他（她）那个小小的肺，力气太小了。这个时候，文仔的笑声就隐约在屋子的哪个隐秘的地方嘘了出来。遍布灰尘的阳光像刀片一样，从它能进入的缝隙，灰拉拉地穿刺着这个木板屋子。文仔像嘘声的笑，昙花一现，就在这个尘烟的刀锋之外。

文仔已经死了三个多月了。鉴定上说，是当场死亡。当场是指什么时候呢？是车子和文仔相撞的那一瞬间，还是文仔被撞上引擎盖、推出一百米后从车上掉下地的时候？

鹅洁把最后一个大编织袋拖出门，要锁门的时候，觉得再也不用锁了，就让门虚掩着，觉得还是少了什么，就又推门看。屋子里，阳光淡下去了，灰尘就不那么生机勃勃地闹腾了，屋子里闷闷的，似乎有人在看不见的地方不开心。

鹅洁从中间的楼梯上去，楼梯踩起来咣、咣、咣的，似乎整座老木头楼房都摇晃起来，令人心慌。音乐早就变了，不知道什么歌，听着像人刚刚长跑完的喘息。楼上是两个小伙子租住，他们正在下棋。鹅洁站在门口的时候，他们都抬头看她。

鹅洁说，那个……我今天搬走了。

一个小伙子说，哦，要搬了。想了想，他说，前几天就看你搬东西呢。鹅洁点头，我一点一点搬。双方似乎没有话讲了，鹅洁猜他们更想下棋，以前，文仔有时也找他们下棋，不过，文仔极爱悔棋，打手都不怕，经常被他们赶下楼。

小伙子看鹅洁站着，说话的那个小伙子想了想也站了起来，说，是不是要帮忙？鹅洁连忙摇头。俩小伙子互相交换了眼神，一个说，我们也在联系房子，这里就是旧城不改造，我们也想走了，电线老化，噪声也太大……

鹅洁点头。那……另外一个小伙子说，那我们再见了……

鹅洁说，那个……你们刚才放的那个有小孩子合唱的歌，再放一遍好不好？

小伙子如释重负，说好的好的。有个小伙子打了个OK的响指。鹅洁说，等等，我下去的时候，你们再放，我都是在我家里听，鹅洁就咣、咣、咣地下楼了。两个小伙子互相看着,都笑了。一个说,听说她老公死了赔了二十万,是不是住高级房子去了?另一个说,正好那个老太婆也死了,这二十万随她花了。

鹅洁回到自己屋里,阳光再度裂壁而来,灰尘和生机在屋子里期待地回荡。鹅洁笑了,那个孩子的声音来了,这个口齿清晰的幼儿,一定是一口小乳牙,他(她)唱得很卖力,奶声奶气,口水不小心会掉出来。来了,那一句来了,这个男女莫辨的童声,就是拖不了那么个长音,他(她)很令人心疼地停了下来。鹅洁竖起耳朵,文仔的嘘声令人不易觉察地出现了,很快就消失在阳光末梢的灰尘深处。歌声结束了。

鹅洁站了起来,拖起大编织袋,忽然发现,文仔前一段收养的流浪狗小白,正脏兮兮地直坐在旧柜子边。鹅洁叫它出来。这时,音乐又响起来了,小伙子可能摁了重复键,楼下,鹅洁抬头看天花板,呆立着,又听了一遍就出来了。到了巷子口,她还能听到小伙子为她放的歌,只是文仔的笑声再也听不到了。街上太嘈杂了。

鹅洁在前面走,脏兮兮的小白在后面跟着。

二

回头看这个巷子口,鹅洁在这里进出了六七年。文仔的老婆跑了的第三年,媒婆就找到一直想嫁城里人、相貌平凡的鹅洁。鹅洁小文仔九岁。媒婆说,文仔是真正的老城人,家里有海外关系,有老底。主要是不会生养,老婆就跟人家跑了。嫁过来鹅洁才发现,文仔很不怎么样，和他浑厚动人的嗓子完全不一样：小小的个子，爱驼背，爱说话，黏乎乎的什么主张都没有，什么事都是听他母亲的。比如，每周六可以同房一次。那么，文仔基本不可能在母亲规定的时间之外，违规大动作。鹅洁也不行，甚至一个眼风也不行，如果被婆婆觉察，婆婆就会说，你难道和前一个骚女人一样，不要自己男人的命吗？！文仔就会有一种奇怪的表情，好像幼儿园里被别的孩子抢夺了宝贝一样的孩子，一副被欺负被掠夺过的样子。

　　文仔家也没有什么海外富亲戚，春节中秋有一两张明信片飞来，都是毛笔竖写字，有气无力的，一看就知道是老人写的，果然，鹅洁过来的后几年，连这个有气无力的明信片问候都没有了，肯定是写信人不知道什么时候死了，但是，海外并没有消息来确认。

　　这栋十几家共住的三层老木楼，是政府解放后没收的公房。整个楼房有点歪，到处是电线、电话线纠结，横拉斜过。有一次老鼠咬坏了电线失火，婆婆差点烧死，是文仔奋不顾身冲进去，救出了婆婆。文仔和婆婆就是这样的生死与共关系，当文仔车祸死亡的消息传来，婆婆并没有眼泪，而是立刻传授鹅洁，怎么争取更多的赔偿。对方要求在十六万外，再追加四万，条件是为他们出个请求宽恕处理的申请书，婆婆一听，一针见血地说，司机想不坐牢。婆婆说再加十万，否则不写。

　　鹅洁第二天就要按照婆婆的决定，去交警那里谈判的，谈判的当晚，婆婆半夜里就一头在床前栽倒了。在医院拖了三天，再也没有醒来过，就这么随儿子走了。鹅洁最终只拿到二十万，而不是婆婆指令的十六万再加十万。鹅洁也帮对方写了宽大处理的申请书。

三

如果那天晚上，文仔不是出了车祸，按规定，鹅洁和文仔就可以做一次爱。那天晚上是周六。那天傍晚的时候，婆婆就示意鹅洁去煲一个花生猪尾巴汤，汤里面照例放了强身补肾中药。平时文仔也可以申请吃点宵夜，但一般是方便面、汤圆、咸菜饭之类。那天，猪尾巴汤已经煲得很浓很香了，婆婆看了电视去睡觉了，文仔还是没有回来。十一点的时候，婆婆起来解手，闻着满屋的香味咕哝了一句，这么大的人了，玩得都不知道回！

十二点的时候，文仔还是没有回。外面好像起了小雨。鹅洁还在等，她感觉自己并没有睡去，却被电话铃炸了一下，惊别了一个模糊的梦境。她跳起来去床头接，陌生人的声音，说话冷漠简洁：陈连文家吗，他被一辆车碰了。请马上到湖东路建安小学门口来。有警车在这里。

电话上显示的时间是零点四十分。

鹅洁后来很多次到达那里，她一个人待在那个叫事故现场的地方。有时是白天，经常是晚上，有时下着雨，或者是月光明亮的时候。第一次去也就是事故发生的那个晚上，还没有到地方，鹅洁就感到冷，她克制不住地微微发抖。她以为是倒春寒。很远，她就看到蓝白色交替闪烁的警车顶灯，还有一些黑乎乎的人影在路中间移动。

这是一条八车道的大路，鹅蛋青的路灯光，薄雾一样笼罩着夜深人静的充满死亡气息的路，大路看不见头的前方是稠密的青白色，大路看不见底的后方，也藏在一片浓密的青白色中。夜色间，好像没有人知道这条路前后通往哪里，只有中间这一段，鹅蛋青稀薄的灯色下，文仔像一段扭不好的被子，草率地被扔在地上。走近就看见他的手一只在前，一只奇怪地折在身子后，而脚上什么鞋子也没有了，只有扎眼的白袜子。隔离栏边，看到一只像文仔鞋子的物件，还有一只呢？鹅洁问。

穿着黑色警服的警察说，你冷静一点。

鹅洁说，还有一只呢？

他是你家人吗？警察用手电照了文仔的脸。鹅洁就扑了过去。她还是被这个手电光的明晰确认给震骇住了，文仔的后脑勺好像没有了，空瘪了。她不知所措地看着警察，警察对她摇摇头，但鹅洁拒绝对这个含义的理解，依然茫然地看警察，警察就给她指了指正在启动、显然放弃了文仔的120救护车。鹅洁这才哇的一声惊叫起来，文仔死啦？文仔——！

撞文仔那个人，到得好像比鹅洁还迟，当时她也想不明白怎么回事，只看到那个人忽然到路边呕吐，有个女人去护他领带，似乎怕吐到。她闻到了一阵酒气。一会儿警察领着那一男一女过来，没有人介绍他们是谁，那女的就拉着那酒气熏人的男人，在鹅洁和文仔面前，跪下了。女的说，对不起，实在是不应该……害了我们两家人了……我一定好好补偿你……女的声音听起来是哭腔，鹅洁有点意外和温暖。男的什么也没有说，呆头呆脑的。警察就把那个呆头呆脑的男人带去做笔录了。

建安小学门口左右各有一条斑马线，因为靠近学校，都设了交通协管员护送孩子，督促行人走斑马线。老许原来就在文仔被撞死的那一条路口的斑马线，后来可能是路实在太宽，人流量太大，交警就把机动车与非机动车车道隔离起来，只留下一个连接斑马线的口子，也就是说，行人要过马路，只有通过斑马线走，这样，这一段就不用设岗了。老许就调到小学前面的那条斑马线做看护，而前面原来这个协管员，没有老许尽责，就被撤了。老许每天戴着红帽子，挥舞着小红旗，以手势或者突如其来的尖厉哨声，制止行人的违章企图。文仔觉得威风有趣，也想去。但是，婆婆反对，让他继续在他家附近的私立幼儿园搞食堂的采购运输。

老许和文仔都是住在老市区贫民窟长大的朋友，偶尔一起泡泡茶，但来往不多。文仔撞死在老许原管辖地段，老许心情不一般，主动为鹅洁打听了很多情况。

按照交警最后的事故认定，对方司机聂某酒后驾车，将斑马线上行人陈某当场撞死，应负主要责任。而陈某快速通过斑马线，而非正常行走，因此承担事故的次要责任。

认定书上还说，事故后，司机主动报警积极抢救伤员，并在事后积极筹钱安抚受害家属，提出了补偿方案。

老许打听来的情况是：对方是一个公司的副总，当晚的酒精测试达到二百二十微克，也就是说，每一百毫升血中的酒精含量达到八十微克,就被认定醉酒,而聂副总的酒精含量远远超过了标准值,醉酒性质严重;其次,聂肇事后逃逸,是他老婆感觉瞒不了,才把他带回现场并投案的。老许说,要不是他逃逸,说不定文仔还有救呢。

出事的第二天,对方就拿了十万块钱过来。协商的时候,交警动不动就不耐烦,而聂副总的老婆非常能说,经常是鹅洁问一句,她就说了十几二十句,搞得鹅洁老实的脑子茫然混乱,一会儿觉得自己家可能亏了,一会儿又认为对方家的确可怜,加上鹅洁害怕交警一不小心就给疾言厉色,她就同意了赔十六万的方案。婆婆很不高兴,责骂了她。鹅洁解释说,普通人都是赔十四万。而且,警察说了,要是这次是撞到乡下人,最多赔六万。法律有规定的。也就是说,要是撞到以前的我——户口还没有转过来的时候,也是最多五六万……

鹅洁还没有说完,婆婆就把手里的药碗当啷砸到了灶台上:你还知道你的命是怎么变金贵的啊!

按死去的婆婆的意思,文仔这条命要值二十六万。但是,婆婆死了,鹅洁最终还是二十万把这个事情结了。对方知道鹅洁婆婆的死,又找人送来了五千块。鹅洁也按照交警的意思,写了一份申请,主要内容是歌颂司机怎么积极抢救受害人,怎么主动赔偿等。请求对肇事司机宽大处理。

聂副总后来真的免于刑事处罚,出来的时候,他的妻子找到鹅洁和文仔所在的幼儿园,给鹅洁深深鞠躬,她说,我的孩子正在初三。要是老聂进去了,我们家就全完了。现在虽然难一点,可是人在外面就有希望了。谢谢你了!

四

一条命就这样一下子就结了。二十万。比婆婆计划的少了六万。

屋子里一下子少了两个人，鹅洁很不习惯，甚至有点害怕。夜晚，她把婆婆的小房间锁起来，有时好像听到里面有人轻轻走动的声音，好像婆婆和丈夫生前在那里发出的动静。鹅洁知道是老木头房子自然干裂的声音，可还是感到紧张。睡觉的时候，她把一贯蜷在门口的小白带进自己卧室，但小白实在很脏，她又让它出去。后来，她在婆婆那个门前加挡了个条凳。其实凳子也不能抵抗这种害怕。这几间合起来还不如人家一个客厅大的房间，让她感到每一间都深不可测。鹅洁决定打开所有房间的灯，包括婆婆的那间，可是婆婆那个开了灯但依然锁上门的屋子，一样给她不安的想象。后来，她又把小白赶进自己房间，可是小白已经不喜欢她这样反复无常，坚决要挠门出去，她就坚决不肯。结果大家一夜都没有睡。

靠婆婆的老街坊关系，文仔在小私立幼儿园里从打杂变成搞供应的。每天，文仔踩着一辆车斗比床头柜大一点的蓝色铁皮小板车，呼哎嘿哟地经过他们家去菜场。回来的时候，会偷偷扔下一点菜肉什么，又若无其事呼哎嘿哟地骑向幼儿园。有一次，他在买冻鸡腿的时候犯了好心的错误，当时他在挑，两个大妈也挤过来挑。文仔敬老爱幼地说，你们先挑，先挑。挑剩给我，我们幼儿园不是炸鸡腿就是卤鸡腿，不新鲜没有关系。人家看了他一眼，文仔为自己先人后己感动，又怕人家负担不了这种感动，马上说，不客气，不新鲜不是更便宜嘛。

那俩大妈家里都有在园里的孙子,其中一个就在这家幼儿园,所以这事情闹得很大。幼儿园差点开除文仔。婆婆拄着拐杖和居委会的人,一起到了园长办公室,诉说了家里经济困难情况,又成功地说明了两点问题实质:一、文仔的确是想替园里省钱;二、文仔是个不会说话的、实心眼的好人。

后来鹅洁也进了那个幼儿园。当时扩招,园里阿姨不够,鹅洁看上去随和干净,园长说先试试看,结果就试下来了,孩子们、配班老师,还有很多家长都挺喜欢目光柔和的鹅洁。园长就提前给鹅洁加到八百元月薪。一家人都非常高兴。

但是,文仔死后,鹅洁因为连续出了大错,最终被园长开除了。

五

马路是最健忘的东西了,无论经历了多么深厚的血腥苦痛、多么严重的肝脑涂地、多么分崩离析的酷烈刺激,只要几天工夫,就什么都忘记了,一点痕迹都没有,清风明月,纯然如什么都没有发生过。

杀死文仔的这条大马路,就在鹅洁家的两条胡同前面,可是文仔死后的前一两周,忙着处理接连的后事以及赔偿事宜,她不敢多看也没有时间多注意那个地方,有一天突然发现,现场竟然一点痕迹也没有了,血迹、体液、油脂,什么污渍都没有了,根本看不出一条命脑浆迸裂地在那里终结。它分明和这条马路上的每一平方米上的地面,一样地平常整洁,一样地面色祥和。鹅洁几乎认不出文仔撞死的准确位置了。天色微暗,白天和路灯正在交接班,它们一起发出不吉祥的青光,整条看不见首尾的大街顿时像腰带一样,迷离青白得要飘忽起来,唤起了鹅洁那个夜晚不吉祥的寒战。鹅洁在晚风中微微抖动着,意外地,她看见了脏兮兮的小白。她以为是小白偷偷跟她来的,但小白对她、对车流视若无睹,它在马路中间,东嗅西闻,西闻东嗅,最后在一个地方坐了下来,嘴里时不时发出猫一样的低语。鹅洁很惊异,她终于在小白的身边,确认了文仔第一次被车撞上的地方。

老许不知什么时候站在鹅洁身边。手里提着大玻璃茶瓶,另一手拿着卷好的信号旗。他下班了。老许指着斑马线说,告诉你一个天大秘密吧,文仔没有跑过斑马线,他只是大声哼着歌走过去——是走!那车就狠狠地干上去了!

鹅洁看着老许。老许瞪起眼睛:这是真的!千真万确!有人亲眼看见啦!

鹅洁说,他也没什么好跑。回家嘛,有什么着急的。鹅洁马上想到了花生猪尾巴煲汤,甚至一股浓郁醇厚的香味穿鼻而过。但文仔不会跑的,他从来没有猴急过。他不需要。

老许大喊一声:你不明白吗?!他没有跑!没有快速通过!所以他没有任何责任!

鹅洁有点明白了,不过,她想,人都死了,再大再小的责任都是一条命没有了。老许显然生气了,他像耳语一样趴在鹅洁的耳边,但脖子的姿势十分猖狂激动,他说,那他就不是什么次要责任,对方也就不是什么主要责任,而是全责——就是负全责!那你们家就该得到更多的赔偿,而不是什么二十万!四十万、六十万你也可以要!现在,你懂了吗?!

脏兮兮的小白,还坐在它认定的一个有意义的点上。很多司机在避让它,也有懵懂的司机突然发现小白后,仓皇发出紧急刹车的声音。

鹅洁过去把小白抱起来。小白身上都是打结的毛和浓重的土腥气。鹅洁抱着小狗走了好远,又被老许气喘吁吁地追到,老许说,三十万!他妈的他一年年薪快三十万!我忘了告诉你!

六

如果没有文仔喜欢偷看人的望远镜,鹅洁搬家后的生活,可能就和过去联系不大了。原来那个旧屋子,在二楼的木楼梯外,紧挨着一个市场海水周转站的水泥屋顶。文仔在上面种了几盆兰花、仙人球。这都是他致富追求的失败遗迹——当时兰花、仙人球一度身价暴涨。但是,文仔从来没有追上趟过。那上面有一张白色的旧塑料躺椅,冬天太阳好的时候,文仔会跨过木楼梯扶栏,在躺椅上面看《故事林》《知音》之类旧书,夏天的时候,文仔喜欢躺在那里,喝茶看天。夜晚的时候,四周杂乱的广告灯光打过来。文仔常常怀揣望远镜,在这里探看周围,有时和楼上下棋的小伙子一起看,一起笑。他们最喜欢看一代佳人夜总会里服务生宿舍。有时流连忘返得不下楼回家,婆婆经常要鹅洁去叫他。

搬家还是把文仔的东西搬过来了。鹅洁以为没有拿望远镜,因为没有用。过去她从来不参加观看，那东西也重。可是一天，鹅洁百无聊赖地把它掏了出来，她焦距还不太会调、百无聊赖地四处张望的时候，竟然看到了轧死文仔的肇事人聂总的家。

鹅洁太意外了。在文仔的望远镜里，聂总家的床靠、台灯、柜子清晰无比，尤其是人的五官表情，就是历历在目，仿佛触手可及。近得简直吓人一跳。鹅洁下意识地要扔下望远镜。穿夏装的聂总看上去要比撞死文仔的春天，胖了不少；那个能说会道的聂妻，头发不再披肩长卷，而是扎了起来，有时候还盘着。她有点憔悴，但很时尚。

在没有翻出望远镜的时候，鹅洁凭窗也能看到模糊的聂家，而且也注意到他家，因为那户人家周末总是人声鼎沸，很热闹，经常发出一阵一阵的、浪潮一样的大笑声。没有想到，这个欢乐人家，就是聂家。

应该承认，一开始，鹅洁并没有这么兴致浓厚，当时擦拭镜头仔细确认后，她更多的是惊讶：世界这么大，怎么能这样冤家路窄，窄得能随时在家一眼看到聂总的两个卧室一个书房呢。不过，鹅洁看了就看别的地方去了，或者把望远镜收起来，忙别的事了。但是，渐渐地，不知不觉地她看望聂总的家多了起来，有时候好像望远镜自动就调转角度，好奇而不倦地久久打探起他们的家来。

鹅洁租住的房子，和聂总家的那个二十层的竹海大厦相距山边的一条小区干道。鹅洁住的这个半坡黄楼，是六七十年代的机关楼，两层楼高，一直说要拆迁还没有拆迁。虽然它也身在市区，但两层楼房里住的也是比较底层的人。鹅洁租住在这里，是开除她的园长又看她可怜,把她介绍到一个亲戚家来帮工。这里靠近一所重点小学,那园长亲戚搞了个午托班,生意很好。鹅洁有陪伴照料孩子生活的经验,一去就很受欢迎。午托老板主动帮她联系了附近半坡黄楼的一个单间,租金也不贵。鹅洁就搬过来了。她住二楼,也就是顶楼。由于老房子楼层挑高五米多,鹅洁的二楼相当于现在普通楼房的三四楼,加上地理位置高,所以和竹海大厦的七八楼比肩,因此看聂总卧室也就毫不费力了。

一段时间之后,鹅洁就对聂家情况有些明白了,比如,家里有个老人——老太太有时在阳台上晒太阳。中午、晚上,聂妻正常下班,家里还有一个十来岁的男孩子,在隔壁卧室,他喜欢在床上打游戏机;聂总经常要很晚回来,所以晚上,聂妻一般一个人在床上看电视,她总是吃零嘴,吃不停。书房里通常没有人,但是周日,他们家会来很多人,也许是两夫妇的兄弟姐妹,也许是老乡或者同学。阳台上总能看到很多人,在那里吃着、喝着,有时打牌。看上去那些人都很快活,有听不清的方言和洪亮的、爆发性的笑声,像鸽群一样荡起来。这一天,聂总好像有时在里面唱歌,有着表演性很强的身形、手势,也许年轻的时候是个文艺青年。顺风的时候,鹅洁又竖起耳朵仔细捕捉的时候,好像就能听到一点古怪的、丝线般的长音。有时看到客人纷纷拍巴掌的热闹样子。

每当这时候,鹅洁就心情沉郁。后来她很讨厌听人拍巴掌的声音。

有一次深夜,鹅洁起来上厕所,忽然发现那边卧室灯亮着,鹅洁拿起望远镜看，他们夫妻显然在吵架，聂妻把枕头一个一个摔向一个方向，样子很野蛮，可惜太远，不能明白他们为什么吵架。就是从这一次开始，每天夜里，鹅洁在这个时候会自动醒来，生物钟就这样轻易地调整了。每夜，醒来的第一眼她就想看那边有没有亮灯，有亮灯，她就睡意顿消，马上拿起望远镜就观察。这时候，她才明白，他们夫妻吵架的画面，在深夜多么醒目，多么令人向往。她感到莫名的欢乐。

七

在那个私立幼儿园，文仔死后，鹅洁连续犯了两个错误。一个是有个小女孩睡午觉的时候，一直在小床上讲话。鹅洁告诉她如果不睡，就自己闭好眼睛，不能影响其他小朋友睡觉。小女孩静了一小会儿又开始嘀嘀咕咕，鹅洁再次嘘起指头警告后，小女孩说要小便。最后小女孩回来，不知为什么和更远一张小床上的孩子搭上了，一东一西，互相呼应着咻咻咯咯笑。虽然声音很压抑，但对于困乏的鹅洁来说，实在烦躁，加上其他小朋友举报，鹅洁起来就对那个小女孩动了手，她记得是推搡了她一下，但是小女孩的牙齿磕到下嘴唇，出血了。小女孩哇地大哭起来。家长傍晚来接孩子就闹了起来，指责保育员重重打了孩子一耳光，把孩子嘴都打肿了。园长拉着那家长到办公室恳谈，说，这保育员丈夫刚刚被汽车撞死，飞了一百多米，很惨。最近她难免有点恍惚。以前她是非常认真和气的。你回去可以问问你的孩子。园长终于把家长说得缓缓点头，总算摆平了这件事。

接下来，鹅洁又犯了错误，她把两个淘气的小男孩关在小消毒室，忘了关紫外线消毒灯。还好被其他老师发现，孩子还未出现皮肤发红、眼睛不适等症状。这事幸亏被其他老师及时发现，否则后果不堪设想。用园长的话说，我们就算是玩完了。

园长决定开除鹅洁。园长说，你现在也有二十多万块了，还是先休整一段。二十多万是文仔的一条命换来的，是你二十年没有文仔的日子换来的，所以，你要每一天好好地、小心地过。像你这样不在状态，一直出差错，别说我的幼儿园让你搞完了，最主要的是，你老公命换来的钱，可能到时候都不够赔人家宝贝哪！不值得。

这一次谈话，鹅洁突然理解了二十万和日子的关系。二十万是什么？是文仔二十年的日子，也就是二百四十个月的日子，二百四十个月，那也就是七千三百天，对不对？算起来就是每天二十七，这就是文仔的命了。一天二十七的命，贵不贵？在交警那里理赔的时候，听起来二十万蛮大的一个数，这样细想起来，实在古怪。这是什么价呢？一个呼哎嗨哟来去的，爱炫耀、会占公家便宜、依赖母亲、经常悔棋、周六做爱、看电视爱哭的大活男人，一天的日子，原来只值二十七块。二十七块。二十七块可以买什么呢？折价的几包鸡肉火腿肠。一打水笔。十几个电池。一小袋大米。一盒夹心饼干。十斤红富士苹果。

还有一个问题，也是鹅洁模模糊糊感到但还没有想明白的问题，那就是自己和这个一天二十七块的关系。也就是说，二十七块好像不是单纯地属于文仔的二十七块，这二十七块和她鹅洁，是不是也有点关联呢?

每当发现他们夫妻吵架,鹅洁就有过节的感觉,虽然几乎听不到声音,可是,他们激烈的身形,神秘地荡过来一波波欢快的气浪。遗憾的是,他们显然不是那么爱吵架的夫妇,也就是说,鹅洁由此期盼的快感是十分有限的。而有一天差不多晚间新闻的时候,忽然听到窗外有砰砰声,鹅洁奔向窗口,心里想着聂家出事了,到窗口一看,果然是聂家。聂家在灯火璀璨中如诗如画。

聂家的阳台上,聂家父子在大放焰火。好几个少男少女在兴奋地跳脚尖叫。

从鹅洁这里看过去,竹海大厦各层几乎家家户户的阳台上,都有人出来看聂家焰火。黄楼这边,也不少人在看,菜地边,还有孩子发出欢呼:再放一个!金头发丝的,再来一个!或者,绿色红心的,好看啊!

鹅洁颓然把望远镜扔下了。

第二天,她听午托班的一个孩子说,那是聂家孩子过生日。

八

那是一个突然下雨的中午,午托班老板让鹅洁抱了五六把雨伞去学校门口接放学的孩子。学校也就是七八分钟的步程,但要路过竹海大厦小区的大门口。鹅洁还避让过那辆黑色的小车,等她走到竹海大厦门口时,看到一个男人和保安站在那辆黑车前争吵。面对面而过,鹅洁已经对聂总的脸几乎模糊了。那辆车也换了,撞死文仔的车是银灰色的，这个她有印象。站在黑车旁边激动的聂总，身形动作似乎和望远镜里看到的差不多，在感觉像是聂总后，鹅洁立刻就把他全部回忆起来。是他，就是他了。他在生气，生保安门卫的气，因为他说他的新车被人刮了一道。说去喷漆起码两千块钱，他问保安，谁出？！

抱着一堆伞的鹅洁本来慢慢走过去了，听到这句，好奇而吃惊地回头看，她甚至管不住自己的脚，顺着聂总手指方向，她回走几步，看到了车门边的一道牙签粗的、发白的、尾巴像头发样飘起的刮痕。这让她极为震撼：一条这么细的刮痕要两千多块？两千多块？聂总和保安为区分责任在激烈地对话，谁都没有注意到这个恍惚的女人。鹅洁糊里糊涂地往学校走。

在校门口等到最后一个孩子，鹅洁和他一起往午托班而去。在竹海大厦门口，前面先走的几个孩子，居然还在竹海电动拉栅大门讨论汽车被刮事件，看来聂总和保安的争执才散。孩子们并不在乎谁的责任、谁受了伤，他们关心汽车本身。他们嘴里冒出很多汽车品牌。鹅洁催促他们走，说汤菜要凉了。一个男孩挥舞着伞对另一个男孩说，你懂什么，奥迪2.0T四十万，刮了喷漆，两三千块是自然，可不是普通别克，我告诉你，那车，就是摆在那儿，不开，一天折旧就要五十多块钱呢，懂不懂啊你？！

雨也若有若无细小零星，鹅洁一路都在想那辆车。看不出，怎么也看不出，一辆黑色汽车那么值钱。她怀疑小孩子信口胡言。你说一辆车摆在那儿，一动不动，一天折旧就五十多块，那文仔一天折旧多少钱呢？二十七块吗？那辆撞死文仔的银色汽车，一天又要折旧多呢？按这样算起来，会不会倒是文仔应该赔汽车的钱才对？因为那个车，再差，也不可能一天折旧才二十七块吧？

懂不懂啊你？脑海里是那个男孩自负的声音。鹅洁神情恍惚，这里面的价值关系式，让她的头都有点发晕发涨了。但是，有一种说不清道不白的不舒服，再度在心底氤氲起来。

九

周五下午就没有孩子需要管理了，一点多孩子们上学，鹅洁清理完厨房餐厅回半坡黄楼睡觉。一觉起来四点多了，鹅洁就一直趴在小小的木窗台上看风景。对面，没有望远镜的竹海大厦很乏味，很多阳台上的花钵和人头都不太好分，你以为是人头的，却是花钵；你以为是秋海棠什么的，却是一女一男勾头在栏杆上说话，手势还很多；天光明亮下的卧室窗口，看进去更是枯燥单调，不仅是聂总家，每一家每一户的卧室都了无生趣，呆板得像一张张死去的照片。有的人窗帘半掩着，就这么一整天都半掩着，你永远只能看到柜子的一角；有的人窗帘大开着，一整天都让你看到里面乱七八糟的一床狼藉、没有折叠铺整好的被子、死猫死狗一样团在床上；床头柜上的睡衣、睡裤；半开的衣柜门；半拉开的袜子抽屉；还有临时被弃的领带、丝巾、衬衫……看得鹅洁都累了，镜头就转开了。

晚上鹅洁更喜欢看。因为人出现了。夜色是一种铺天盖地的掩护，而鹅洁的眼睛却力图突围。她的眼睛渴望像匕首一样，挑开对面的窗帘，挑开所有的遮蔽，她喜欢放大局部和细节，进入隐秘的最前沿。通过慢慢积累，鹅洁发现，周一到周四，对面大厦的卧室熄灯大都比较早，大概在十一点左右，到了周五，很多卧室通常要延迟到十二点一点左右。即使他们都拉上窗帘，灯光还是透露了他们的不眠。不过，好像聂总家周五变化不大，有时可能主人通宵不眠，窗帘甚至防蚊纱门都打开，外面能看到里面两三点的电视屏幕幽光闪闪。周六好像晚一点，不过这也没有规律。总的来说，周五的夜，包括聂总家周六的夜，是充满特别意味的。

对周末夜晚的异样感觉，可能和鹅洁看到的预防艾滋病宣传的墙报有关。那上面说"全球每天有一亿多次性交活动，导致九十一万受孕和三十五万次性传播疾病发生"。鹅洁每一天走下黄楼石梯，一拐弯，就会路过那个宣传栏。那上面有三组数字，她总是会被"一天一亿"这个数震撼一下。

周五的饭后起，鹅洁一直伏在窗台上。放下望远镜，聂家人是那么的遥远，拿起望远镜，聂家的一切触手可及，那种猛然拉近的自由探勘，真是令人流连不倦。聂总家的灯光发出偏橙色的光，像老式灯泡，但它的光却像玻璃一样透亮；上半夜中的夜色里，卧室的灯光和所有的窗口里的灯光一样，喧嚣热闹，尽管聂妻穿起了睡衣，长发纷乱，但还不能体现出它暧昧的魅力，但九十点以后，镜头里出现的卧室感觉就明显不一样了，鹅洁自己都隐约亢奋起来，窗户像一个隐秘的眼神，它过滤一些明亮灯光，意味深长地暧昧起来。

鹅洁自己这边是不开灯的，像一只夜行雌兽，总是潜伏在黑色中观看，隐身在黑暗中流连。为什么拒绝灯光，一方面，鹅洁感到安全,窥视的安全感;另一方面,还有一个原因,当她明白"一天一亿多次"以后,觉得她的灯光,会混淆那个统计数据的准确性。因为这不是具有统计意义的灯光。

文仔是喜欢开灯的。他有一种很小的、颜色和样子都像块小香皂一样的小灯。直接插在插座上。他用他好听得不像是他的声音轻轻抱怨说,噢,你的胸这么小,城里人是不会娶的,你的屁股也太没有肉了,猪蹄髈一边都比你的全部大。知道吧,你这叫发育不良,在我们城里,根本就是次品,亏得我娶了你啊……文仔自怨自艾地快活着,之后,他照样用更轻微的声音抱怨,怨天尤人,随后警告鹅洁不许出声,他自己也能死咬牙关。鹅洁想不要那个香皂灯,她觉得没有灯婆婆就监控不了他们,可是,文仔说,看不见他就不行了。文仔完事了,吃着鹅洁赤脚端来的猪尾巴之类的宵夜,满脸吃亏地叹息连连,你的屁股,肉在哪里呢?真是不如一只小猪蹄髈哪。

一开始,鹅洁被他的毫不留情的评价,搞得十分难堪自卑。没有几次下来,情绪就转变了。有时看文仔一边抱怨一边叹气,她会笑起来。她觉得他非常有趣,完全像个幼儿园的孩子。尤其是他用他那条好听动人的嗓子,发出轻得不能再轻的哀怨,窃贼一样机密,津津有味又不厌其烦,这让她感到滑稽之极。而且她的发笑,往往会使文仔通过加重语气和更夸张的表情,来强调这事的郑重性和严峻性,结果,鹅洁就一头栽到被子里笑。文仔有时会相当恼火,狠狠抽打鹅洁的屁股,随后,他又唉声叹气地叫起来:这哪里是女人的屁股啊,城里的女人再不吃不喝、再没人疼,也长不出这样骗人的东西,瘦巴巴的我手都打痛了呀。

鹅洁就傻呵呵地大笑。隔壁就有声音喝过来了，还不睡！或者木板墙砰砰砰地响了，婆婆在用力拍墙。鹅洁和文仔就赶紧睡去。

十

周六一大早，鹅洁到市场买了猪尾巴一条，猪肾一个，也买了海蛎。巴戟天、仙灵脾、菟丝子什么的，都是婆婆以前就配好放在碗柜抽屉里的。她在洗猪尾巴和猪肾之前，在望远镜里看到聂总到了书房，又到了阳台。在阳台上他做了几个扩胸动作和摇动脖子的动作，就开始低头弄手机，不知道是不是收发短信。今天没有唱歌。周六的上午或下午，只要来客人，他总是要唱歌的。姿势端起来，很有几分在舞台面对万千观众的那个架势。第一次惊异之后，鹅洁就很不喜欢他唱歌的样子，在她看来，他不应该这样想唱就唱，撞死过一个人，才多少天，那个样子，几乎就是撞死过一只老鼠、蟑螂之类，令人很不舒服。一个大活人就这样莫名其妙被撞死在车前，带了一百多米，后脑勺都没有了，一个凶手怎么这么快就扩胸唱歌呢？鹅洁甚至讨厌那些爱鼓掌的客人。

下午，聂妻在指挥一个女人擦洗阳台大拉门，可能是钟点工。那个女人赤着脚，爬洗了她家的每一个房间窗户。一直没有看到聂总，后来在小区靠黄楼这边的路上，鹅洁看到一辆黑车，从外面开进来，汽车号牌最后是两个六。但车子一拐进竹海大门，那个角度就看不见了。鹅洁记得聂总的车号码尾数是三个六，什么什么666，看不全就不能断定是他的车,鹅洁又不能像午托班孩子一样,马上认出车型车号,只是觉得眼熟就是了。

鹅洁是在傍晚的时候,把这个文仔最爱吃的汤煲下去的。先用武火煲开后,再用文火煲,慢慢开始出味了,等海蛎猪尾巴汤芬芳四起的时候,对面聂总家的卧室灯也亮了。除了汤香,鹅洁的屋子里没有一丝光,黑暗中,只有香味在屋子里走动,或浓或淡,一会儿过来,一会儿离去。鹅洁照例把沙发拉到窗边,再把枕头垫在沙发上,望远镜架在窗台上,这样看起来不累。

聂妻在床头看书,聂总进来一下又出去了。聂妻看了看表,又看书。聂妻又出去了,过了一会儿,夫妻俩都进屋了,他们相拥而进,聂妻不断伸头舔聂总的脖子,说起来也看不太真切,对面灯突然弱了。

猪尾巴海蛎汤浓香四溢。

鹅洁离开了望远镜,她把自己所有的衣服都脱了,她赤身裸体,在黑暗的香味中慢慢游梦般行走,香味在她的肢体之间穿过,她也不断穿越着最浓厚的芬芳。一个轻若游丝的声音在香味中逸出来了……噢,你的胸这么小,城里人是不会娶的,你的屁股也太没有肉了,猪蹄髈一边都比你的全部大。鹅洁抚摸着自己的乳房。黑暗适应了,黑暗中的次光明就来了。鹅洁拒不接受,她需要更大的黑暗,只好闭上了眼睛。闭上了眼睛,这里就是猪尾巴海蛎汤的世界,这是唯一的主宰……知道吧,你这叫发育不良,在我们城里,根本就是次品,亏得我娶了你啊,不然你怎么办……这个自怨自艾的声音,在浓郁的芬芳中快活地抱怨着、叹息着，如袅娜的香气一样翻转腾挪。不许出声。捂住嘴巴。不许叫喊。铺天盖地的醇香呵，每个毛孔都在呼吸，在渴望。多么令人窒息的芬芳啊，全身都是稠密的呐喊，这是文仔的日子。鹅洁的身子和香味扭在了一起，互相缠绵互相绞杀，香味狠狠把她揉碎了，她随着香味芬芳腾起，飘荡出屋子，游弋于所有的、辽远的黑，她的身体为香味遍体筛穿，有如星光绚烂，生命的光华璀璨，肉体已经消失了。那轻微声音在黑暗的诡秘的芬芳中传来，叹息连连：……你的屁股，肉在哪里呢？真是不如一只小猪蹄髈哪……这哪里是女人的屁股啊，城里的女人再不吃不喝、再没人疼，也长不出这样骗人的东西，瘦巴巴的我手都打痛了呀……这是文仔的日子呵，是文仔和鹅洁的日子呵……

对面聂总的卧室还是像夜色中一只暧昧的眼睛。他们是经常不拉上窗帘的，但有时候拉。依然裸体的鹅洁，重新拿起望远镜。聂总的家，还是微弱的灯光。鹅洁的镜头，捕捉到四条腿，小腿以上，被风动的窗帘挡住了，但那显然是游戏中的四条腿。鹅洁想，那个地方，无论拉不拉上窗帘、门帘，都是她想探究的地方。探究什么，她有时清晰有时模糊。那个屋子的床头，会不会也有一个小香皂灯？那个屋子里是什么味道呢？是望远镜看不到的味道，这个香味，遍布着身体狂欢的密码，望远镜是看不到的。但是，它们必定是有味道的。一种味道统领着一个完整的家，无论开不开门，无论家里的人走到哪里，他身上一定有那个味道。

这锅补肾壮阳汤，最终彻底熬干了。没有人吃它。在猪尾巴汤浓得要窒息的香味中，鹅洁越来越清晰地想到一个数字，周六这一天，文仔是不是也等于二十七块呢？文仔的周六，充满着猪尾巴汤的芬芳日子是多少钱呢？而这一天，如果聂家也承认要贵重一点，那么，到底要比平时贵重多少呢？一年有五十二个周六，二十年，文仔有多少个周六呢。鹅洁又有多少个周六呢？鹅洁开了灯，翻出计算器想算一下，文仔的计算器却怎么拍打也显不出数字。鹅洁只好把它扔回抽屉。鹅洁心算了一下，好像有一千多个。就算一千个吧，要不要算上鹅洁的一千个周末呢？那么，这一个日子多少钱？两个人叠加的周末日子，又是多少钱能够计算呢？

这样的日子，有没有折旧可以计算？

黑暗中，鹅洁泪水满面。

十一

文仔救的那个流浪狗小白，总是爱回过去那个老木屋老家，脏兮兮地蜷在文仔过去的家门口，那里已经有新人家住进去了，人家很烦，踢赶它，它就躲到楼梯下公共电表箱底下。有时几天没有人给它一口吃的，它才会想起来，鹅洁这边的半坡黄楼也是自己的家，于是就脏兮兮地回家，等鹅洁给些剩菜剩饭吃。吃了没有多久，它可能又想老家了。

老许经常看到小白在文仔死掉的斑马线上溜达，老许就摇头感叹，有时还借机教育一些不礼让行人的司机，当场讲叙小白主人的故事。很多行人听了唏嘘起来，被教育的司机也非常内疚不安，有个司机还想把小白抱回家去养，老许说，你要抱走了，他家里真是没人陪他老婆了……老许说着说着，自己眼眶也红了。他自己也很意外，没想到自己这么良善。

小白被撞死，老许马上打电话给鹅洁，说，赶快来！就在文仔被撞死的地方，真是一条义犬哪！鹅洁去了，没想到现场比文仔的还要血腥，小白腰部以下都被车轮碾烂了，血肉模糊，皮毛像被脱掉一样，堆在一边。鹅洁一下就哭了起来。老许说，拖着那么烂的身子，它还爬了两步，可能是想回家。鹅洁呜咽不止。

老许说，我看我要和你好好谈谈。你请我随便吃点什么，沙茶面什么的。虽然你有二十万块钱，但我不吃你大户。你这是什么钱？是两条人命一条狗命钱！老许说得鹅洁哭个不停。走，我们去吃饭。老许拍拍她单薄的肩。

老许吃沙茶面很快，面条上，那么多的鱿鱼圈、猪肚、大肠、油豆腐、鸭血、鱼丸、肉柳，还有卤鸡蛋、油条，还有那一碗沙茶面，他稀里哗啦一下子就吃完了，也不怕烫。最后还把碗端起来，汤也响亮地喝得一干二净。然后，老许说，你不应该。

鹅洁还没怎么吃。那个猪肝和肉羹，让她有点想吐。小白最后的样子，好像一碗沙茶面。老许擦着嘴说，你不应该。

鹅洁以为老许是批评她不该不管小白，那毕竟是文仔收留的狗。没想到老许说，你就是让文仔委屈了。狗是最明白事理的，它不服，它心里有冤。你却不懂这个道理。鹅洁低着脑袋。老许说，你吃，你吃，你边吃我边给你讲这个道理。你吃啊！

你看，老许说，文仔最清楚，他高高兴兴回家，规规矩矩走斑马线，他一点责任都没有，突然就被一个醉汉撞死了。这本来已经就够冤的了，人家还硬要他摊点责任去。你呢，为了多四万块钱，就替他们写申请，还从轻处理。唉，这事情啊，我在斑马线上是天天越想越生气，你这个乡下女人呀，不是我爱说你，你真是不懂法、不懂理、不懂事啊。文仔冤！

鹅洁被他训得又抽抽噎噎起来。筷子都放下了。老许赶紧劝她吃吃吃。鹅洁说实在吃不下。老许招呼店家打包，鹅洁摇头说不打包了，不要了。老许说，打包，我带走好了。唉，我就是有二十万也不浪费。

分手时候，老许语重心长：你想想看，二十万，买你老公一条命，值不值？

十二

那个通冥的妇女，住在一个离漂亮公共厕所不远的独立小别墅里。那里原来是老式公园。老许说，到了那里，你什么都不要多说，就说想问问我老公在那边的情况。

进屋的时候，里面光线不好，一个穿男人圆领汗衫的人，对着大门坐在一个灰绿色格子的灯芯绒沙发上，可能是天热，沙发上铺着麻将席竹垫。歪斜的竹垫上，乱七八糟地散放着拆开的报纸、扑克牌、压扁的洋参小空盒、钥匙之类。老许领了鹅洁进去，那人也不起身，照样抚摸着自己的一个个脚趾头。老许叫那人什么仙姑，那个人回应说话的时候，鹅洁才知道那人是个女人，不过她的声音很不好分辨。

她随便看了鹅洁一眼，眼睛却停在老许身上说，唉，不是熟人介绍的，我不想做。你不知道，到那个地方，那个伤元气啊，几分钟就像拉了一列火车，夭寿！这钱我不爱赚。

老许就笑着给那人说了很多奉承的好话。那女人听舒服了，拍拍脚趾头站起来说，走，上去。

鹅洁记得那是个二楼楼梯口的小房间，推门就是一座黑黑红红的大神像，下面是一条长案，上面摆着香炉以及水果、包子等供品。里面没有灯，四壁灯柱上都是蜡烛，不是真正的蜡烛，而是像蜡烛的那种灯。但是，里面都是烟熏火燎的气味，有一面墙黑乎乎的，后来鹅洁自己奉命烧纸的时候，才知道，那墙下是专门烧纸的，所以给熏黑了。

鹅洁有点紧张，按照仙姑的要求，烧香礼拜过后，就退在一边。仙姑问了文仔的名字，包括他的生辰八字，又叫鹅洁把它写在一张黄纸上。仙姑点了一根黄色的铅笔粗的香，拔掉了四壁的蜡烛灯。屋子一片昏暗，只有鹅洁的紫红色细香和仙姑那根粗黄香，有两点微火光亮。仙姑嘴里念念有词，又把写有文仔生辰八字的黄纸烧在一个酒杯一样的东西里，里面有水。鹅洁看到她烧完，合掌拜过神像把水喝了下去，之后，嘴里的念念有词更加急促零碎了，似乎在请求、在用力挤门的感觉。忽然，仙姑的声音变了，变得细声细气千娇百媚，鹅洁正在困惑，声音又变了，它似乎很害怕，急急忙忙的，还是个女声；鹅洁心里刚想不对，仙姑的声音又变了，很苍老，像个老人，而且还在咳嗽。仙姑的表情看不到，但能感觉到她的身子在扭动，在奇怪的变化中，好像是水不断地被装到不同的容器里。她扭动、抽搐。伸长、舒张又紧缩一团，喉咙里各种声音杂乱出来。忽然，鹅洁听到一个好听的声音，但马上像收音机里的你要找的频道，不小心就滑过去了，又掩盖在其他陌生杂乱不息的声音里。鹅洁想，那是文仔。文仔的声音，好听得像播音员。仙姑忽然发出剧烈的咳嗽声，不知是她自己喉咙痒，还是别的鬼魂喉咙发痒。仙姑好像在哀求什么人，说着鹅洁听不到但感觉得到话的意思的话，随后，各种杂乱的声音互相交叠，在这个交叠的声音中，隐约传来文仔呼哎嘿哟远去的声音。

不知什么时候起，鹅洁已经一头大汗。仙姑像羊角癫一样，倒在地上。

有什么事啊？香火黑暗中，一个并不熟悉的声音厌倦万分地说。鹅洁不知如何是好。那个声音说，没事别来烦我。我身子还痛呢。鹅洁觉得这个声音不属于文仔那条天生磁性动人的嗓子，但是，它那种自怨自艾的口气，倒和文仔说话有几分像。老许激动地推了她一把。

鹅洁磕磕巴巴地说，你还痛啊……其他呢好不好……

那个声音说，好什么哪好，你来试试看。饱汉不知饿汉饥啊，天地良心……

鹅洁说，那个……我想问问你，二十万你觉得值不值……

那个声音说，你神经病啊……

鹅洁眼泪汪汪，什么也说不出来了。

鹅洁付钱的时候，通冥的妇女，看出鹅洁没有多少感激的表情，收钱的时候，有点不以为然。她重重拍着鹅洁放她掌心里的钱：你不太相信是不是？她说，那好，你回去，想清楚再来听。我等你！

老许说，哪里！她是吓到了。

回去的路上，老许说，我说了吧，我就知道文仔会生气。因为他在下面，看什么都比我们清楚！

鹅洁很小声地说，声音不像……

老许大声说，咳呀你这个人！都被汽车撞得脑子都瘪了，喉咙当然也撞坏了。这，你还想不通吗？

十三

从通冥仙姑那里回来天快黑了。仲夏的雨，往年没有这么多，隔着雨幕，鹅洁一直伏在窗前看聂家。聂家今天洗了被单，也是被早上灿烂的阳光欺骗。现在，阳台那里，只有那个半干的被单在不死不活地翻动着。那个腿脚不好的老太太，时不时过来，表情发愁地摸一摸。鹅洁就这样透过灰蒙蒙的雨，看着对面聂家。

老许是个相当多管闲事的人，昨天回来的路上，他竟然盘问鹅洁他们夫妻关系怎么样。

鹅洁觉得他有点欺负人。鹅洁不想回答他，实际也答不上来。鹅洁最后咕哝了一句，就那样。老许说，哪样？鹅洁声音低低的，反正就那样了。好还是不好？老许追问。鹅洁说，平常人嘛。鹅洁更小声地反抗说，人都死了，好不好有什么用呢？

幼儿园小朋友做过一个游戏，爸爸、妈妈、亲人、好吃的、好玩的、诸如此类的图画卡片，让孩子们给它们的重要性排队。有个别孩子把好吃的、好玩的，排到了队伍第一名。鹅洁下班回家，和文仔说起，文仔大声嘲笑了那些不懂事的孩子，说，我们一人写一张，来对对看。

结果，文仔写的是：我妈妈、我自己、你、小白，鹅洁写的是：父母、弟弟、文仔、我。对纸条的时候，文仔很生气说，你怎么把我排在第三名？真不像话！我是你丈夫！鹅洁说，我把你排在我前面，你才把我排在小白前面。文仔气愤难当，那你不知道我多么爱小白吗？我还把你写它前面！乡下女人真没良心！

实际上，要鹅洁回答夫妻关系真是不好回答。鹅洁也没法说清，因为太普通。文仔对她好不好、爱不爱，她对文仔好不好、爱不爱，都是普通得一句话说不清的问题。当初她投奔陈家，是为了减轻家里负担，为了让弟弟上大学；而文仔，就是想找个人顶前妻的岗。反正就那样，什么叫好，什么叫不好的夫妻关系呢？反正，这是鹅洁的生活。文仔死了，她很不习惯。一个一起吃饭一起睡觉一起说别人家坏话的大活人，突然就没有了，那一下子还是忘不了这个大活人的。

结婚不久，文仔代表他母亲去出席一个婚礼。因为人家在文仔二婚的时候，还包了重礼过来，所以婆婆要儿子回个重礼去。吃了一半，文仔打紧急电话报告说，不小心吃错了酒席，红包也交错了新娘，问怎么办？婆婆快气疯了，说马上去讨！文仔说，已经吃了别人的酒席的七道菜，也喝了那家新娘敬的酒了。婆婆说，猪头，不要说了！给我马上讨回来，不然我打断你的腿！

文仔回家却兴高采烈，说，吃错的那家新郎新娘都没有骂他，很干脆就把红包还给他了。一分都不少，真是白捞了一顿。婆婆说，败家子！那边该去的没人去吃，这个亏、这个人情，你就不算了？

还有一次，是鹅洁和他在一起，那天下午，婆婆要他们去旧货市场买个茶几，忽然鹅洁就天旋地转，恶心得站都站不住。文仔马上借用店里的电话，打了120救护车。等救护车好不容易拐进旧货市场的小巷子时，鹅洁觉得自己已经好多了，因此想不上车。文仔说，不行，车都来了不上白不上。鹅洁说，茶几还要抬回家呀。文仔说，你先上车。文仔还和救护人员商量，可不可以把茶几也抬上救护车，因为那样回家比较近。人家断然拒绝，说车里面还有设备。等到了医院，听说要付九十元的救护车出车费，文仔气得捶胸顿足，简直要哭了。他说，怎么救死扶伤的车还要钱？要钱怎么还敢比的士还贵？的士还可以搬上茶几呢！

这就是文仔和鹅洁的普通夫妻生活。都是平常日子。只是，要用二十万一笔彻底勾销它，心里还是感到古怪的。

十四

鹅洁也不明白怎么就喜欢上刮聂总的车。

竹海大厦一户人家通过午托班老板请周末钟点工的时候，午托班老板以为有了二十万打底的鹅洁，不会接这样的辛苦活，没想到鹅洁就同意了。午托班老板想当然地说，也是，近倒是很近，反正你一个人无聊。鹅洁点点头。这样，每周六上午，鹅洁就进入竹海大厦，去那户人家搞卫生。聂总就是这个时候发现他家的车，老是被人刮伤的。

鹅洁认识这尾数666的黑车。它和小区里很多汽车一样，都没有进入地下车库。鹅洁第一次到这里做钟点工，就从这辆黑车身边过。因为那个雇主知道鹅洁住半坡黄楼，让她从后门走。后面其实有铁门锁着，但是，被人把铁栅栏拉弯，很多贪图近道的人，就在那里穿出穿进。当时，鹅洁从后面进来，一眼就看到一丛紫竹林下停放的尾数666的聂家黑车。她忍不住伸出一根手指，指头摸过它的车身，光滑厚实，指头很舒服。她想象手上有根钉子，那么这样顺势走过划过的感觉一定也很好，鹅洁一下就理解了那个刮车人心花怒放的快活。下班出来，鹅洁就把那辆黑车刮了。用的是雇主家里偷藏的一个女孩发卡。发卡有点软，刮痕因此很细，就像头发丝。

鹅洁回忆了那个雨天，聂总发现车子被人刮后气急败坏找保安算责任的样子，忍不住就窃笑了。明天，聂总又要找保安算账了。鹅洁也在心里已经算好了账，刮一下如果真是两三千块，那就差不多等于文仔一百天的日子。一天二十七，十天二百七，一百天就两千七，那么刮一下，文仔就等于活了一百天，有三个多月呢。

这一百天里，文仔会怎么过呢？鹅洁不由想了想。

文仔会做出很忙的样子，他细小的身子，发出好听的叽里呱啦的声音。

他可能会炫耀又发明了一个菜：青瓜冷藏后，带皮，合夹起酥的儿童肉松，加点干桂花，非常非常好吃啊。

他还会去那个卖体育彩票的小店，找店老板聊天，可能照样会很大方地给买彩票的打工者，指点一下买什么：咳，这么说你还不懂吗！

一到星期六，他就像要凯旋的战士，交代鹅洁宵夜要吃牛肉羹或卤羊排面什么的，你要给我多加几粒花椒！

反正这一百天里，文仔一定有很多活动，呼哎嘿哟地在小巷里进进出出。鹅洁有时候想不明白，文仔怎么有那么多话说，有时还为很微不足道的鸡毛小事感慨万端。有一天，文仔回家，大声感叹：唉呀，真是想一想就高兴，我今天在菜场，看到新苦瓜上市啦！哎呀，那么漂亮，绿宝石一样，每一根我都摸一摸，摸呀摸，真是觉得幸福啊，我这一辈子有这么好的苦瓜吃啊……

很多话，在鹅洁听来，文仔和幼儿园孩子的话一样天真可笑，而他可能还反反复复地说，比如：嗨哟，养羊的怎么就正好在我家隔壁哪——那煮羊奶的香啊！哎哟，前面鲁二的卤猪耳朵实在是好吃；或者，刚刚因为悔棋，被人家赶回家才闷闷不乐坐窗边，可能他看看窗外一线天，马上就赞叹起来：也还真是啊，你看这天，多少天没有下雨了，我们这里的天气就是好，冬天不冷，夏天也不热，风也好，从来不厉。哎呀，老天让这么多好东西陪我，这辈子真是满足哇……

鹅洁记得有一次，文仔从塑料袋里摸出一个新鲜葫瓜，到水槽边给鹅洁分析：你说奇怪不奇怪，这瓜皮上都有一条条刨皮的痕迹，是不是？

鹅洁把它推开，她是从小见惯不惊了。在农村地里，瓜架上的瓜,不是个个瓜皮都有这样一道道表皮吗。但是,文仔说,你知道吗?这是刨刀的痕迹呀!就是它上一辈子被人刮皮的痕迹。鹅洁笑起来。

文仔很不高兴:这是我刚刚想明白的东西,你怎么不领会呢?知道吗?这就是说,这些个瓜种子,在瓜肚子里,记住了吃瓜的人,记住了吃瓜的人在刨它的皮。它记住了,就这么长了,就这么一代代地把仇恨记下来了。

鹅洁哈哈大笑,越笑越厉害。文仔扔下瓜,忿忿地瞪起眼睛:找乡下的老婆好在哪里?好在她们有个屁文化素质!

一个大活人的一百天,有着什么具体的活法和说法,真是不好预想完全。不过,汽车刮到第三次,也就是鹅洁第三周去搞卫生的时候,忽然又觉得这个账好像还是不对。这么个算法,文仔恐怕会闹。鹅洁知道,文仔觉得自己是了不起的男人,是了不起的丈夫,也是了不起的食堂采购员,幼儿园没有他,家里没有他,情况都是非常糟糕的。一条细细的发卡刮痕,要抵他一百天一千天了不起的日子,不要再去问通冥的仙姑,她也知道文仔会很不高兴的。

那天,提着清洁桶刚出竹海大厦电梯的时候,意外碰到了聂妻。那女人散发着非常好闻的香气,和卧室里的情况完全不同,漂亮、炫目、芬芳得令人不敢多看。比鹅洁以前任何一次看到的都要年轻。可是,聂妻看了她一下,眼神过了一下,就过去了。她已经认不出鹅洁了。这一点,鹅洁大为奇怪,她认为聂妻当然认得她,她受过他们一家的跪,几乎算是聂家的救命恩人呢,怎么这么快就认不出来了?鹅洁之所以在脸上没有配合出表情，是因为心里积淀了复杂想法。鹅洁本来以为聂妻会招呼她，会问候她，会关心她的生活，但是，没有，聂妻的表情也不像装的，她看来是想不起这个有点眼熟的人是谁了。鹅洁感到失望，原来这么快呀，这么快人家就忘记了他们。文仔死了才半年多吧。

十五

聂总无论把车子停在楼道地面哪个角落，刮痕都会找上它。因为发卡不得力，鹅洁已经专门弄了一个一寸半长的新钉子，新钉子就放在口袋里，只要鹅洁一看到那辆黑车，钉子好像自己就发热起来，它在手心里不断发热、催汗，不刮黑车一下，它根本冷不下去。

但鹅洁一次也没有看到聂总和保安大吵的情况。从望远镜里看，聂总和聂妻吵架多了起来，有一次还打起来了。每天半夜，鹅洁的生物钟还是很准地让她醒来，她照例要到窗台上，举起望远镜，实在看不出新意，她才去洗手间。回头可能再次举起望远镜，也可能摸摸它就算了。爬上床，她照例要等一会儿才能重新入睡。聂家人还是有下半夜吵架的坏习惯，夜晚，整个对面楼只有聂家的窗口有着灯光。鹅洁猜可能和聂总晚归又总是酒后晚归有关。可惜的是，因为听不到内容，也就猜不出他们夫妇为什么吵架，比如，吵架和刮车有没有关系，这些都听不到。但鹅洁希望它们是有关的。

在鹅洁第五次刮车之后，那辆黑车再也找不到了，前门也没有。喷水池边、千里香绿篱丛旁，或者活动中心门口，都没有。口袋里的钉子整天冷冰冰的。后来鹅洁才发现,那辆黑车原来躲进了车库。鹅洁后来打听到,聂家高价买下了别人的一个车位。鹅洁不高兴,因为车库下面都有刷卡保安,刮车就不再容易了。鹅洁把那一家的钟点清洁活给辞掉了。那家人不同意,他们对鹅洁十分满意,说加点薪行不行。鹅洁摇头。他们不知道哪里得罪了鹅洁,着急地反省。鹅洁差点说,车子刮不到了。这个时候,鹅洁才明白,自己原来进竹海大厦打工,根本就是为了刮那辆车。

刮不到车的鹅洁,情绪相当低落。五次,她不过替文仔刮来了五个一百天的日子,不管文仔自己认不认可、满不满意,鹅洁对这个数量首先就感到不如愿。五百天,还远不够二十年日子。

这个郁闷局面直到一个月后的一个下午,才彻底改变了。

周五下午的竹海大厦,照例每一个窗口都是沉闷乏味的,可是那一天,鹅洁的镜头里,聂家忽然出现了三个年轻人。他们在聂家的卧室和书房里,肯定还有看不到的房间游动,个个身轻如燕、神色匆匆、动作敏捷。鹅洁没有看过他们的脸,调近来看,一张都不熟悉。有个人可能在鹅洁镜头没有捕捉到的地方,打翻了什么,在鹅洁镜头里的那个人,猛地竖起了噤声的指头。三个人都僵直了一下。鹅洁忽然明白了他们是什么人,心情猛然欢腾起来,天哪。

在望远镜里,他们在快速而准确地打开柜子、拉开抽屉,他们好像在互相抛接着什么,鹅洁追不上看,很快看到两个人在床边飞速地拧开首饰盒子,大大小小的首饰盒,竟然倒了一床。聂家竟然有这么多的首饰啊!他们根本不是按金属扣打开,每一个都是把盖子狠狠一拧而开,把里面东西倒到一个黑色塑料袋里。看着看着,她感到了莫名的紧张。鹅洁调转望远镜,远远地,楼下,她看到竹海大厦的两个保安在神色严峻地说什么。望远镜里什么声音也没有,完全是直觉,鹅洁就是感到他们接到了有人举报异常的报告。小保安在紧张分析对策中。

鹅洁想都没有想,她放下望远镜,立刻下楼。她走得飞快,熟练地沿着紫竹掩映的锁死后门,拨开竹枝,钻到了里面。面对着大楼前面的喷泉池,鹅洁有点傻了。她不明白自己下一步需要干什么,她甚至不知道那三个男人走掉没有。正打算出去,耳边已经传来跑步的声音,几个保安冲了过来,对讲机哇啦哇啦的,保安们刚冲进电梯,另外一个电梯门开了,三个聂家的客人,跨出电梯门。他们神态从容,手上什么也没有拿。有一个长发的,可能还专门梳过头发,齿痕犹在的样子。他们往前门而去。鹅洁突然异常大声地叫了一声。喂——

三个人顿时扭头看她。鹅洁抬手一指后面,小门……

几个人面面相觑。迟疑间,前门又跑来四个保安,三个男人非常默契,立刻掉头往鹅洁所指翩翩而去,鹅洁几乎被他们的镇定潇洒弄糊涂了,简直好像她指错了路。可是,望远镜里,聂家忙碌的,的的确确就是这几张脸。这几张脸是不是在鹅洁的脸上也读出了和自己相似的东西,那么短暂的一两秒间,他们选择了信任。

一辆蓝白色警车没有声音地开进了小区。

后面一拨保安从安全通道冲上了楼,前面的保安又下来了,两个警察和他们边聊边等电梯。一个警察看到了呆若木鸡的鹅洁,过来问,看到什么人出去吗?鹅洁点头。警察一发问,鹅洁感到自己就像亲身经历了偷盗,事实上,她的眼睛也确实参与了整个过程。警察显然看出她在微微发抖,笑着说,没事。他是怎么走的?鹅洁说,三个,从后面……

警察说,长什么样?

鹅洁张大了嘴巴。差一点鹅洁就要详细描绘了,忽然她害怕极了。她才明白自己那么仔细地看到过聂家的人,是没有道理的。她口吃了。警察宽慰地摆摆手:会抓到的。大白天入室盗窃太猖狂了。今天已经三起了。

突然,另一个警察脸色异常地过来对这个警察说了什么。这警察脸色随之一变,两人奔向电梯。

十六

因为老人死了,竹海大厦的入室抢劫大案,一下子人人传扬。据说老人是被枕头闷死的。鹅洁心里隐约拂过不安,但是,她还是想打听聂家究竟失窃了多少钱。借着人们的谈兴,鹅洁到处打听,但似乎没有人确切知道。鹅洁希望他们最好失窃价值有十万——就是婆婆开价的那个数,既然是婆婆开的价,文仔意见也不至于太大。当然,二十万也没有什么不行。可是,通过打听,鹅洁知道被害的老人,是聂妻的母亲,六十多岁了,是个聋子,但是小偷不知道她是聋子,还是把在睡觉的她,用枕头闷死了。

这样的消息,鹅洁听了很不是滋味,就更加密切地观察聂家,可是，从望远镜镜头上看，聂家和过去，看不出有什么不一样。镜头里，她根本看不到他们的沮丧和哀痛。也看不到他们夫妻的关系紧张。办丧事的那个下午，阳光灿烂，照样有很多亲朋好友来，宾主一两下好像还有点谈笑风生的意思，只有那孩子神情落寞，老是在窗边看天。

直到有一天，午托班那个竹海大厦的小孩，那个爱分析左邻右舍生活现象的饶舌孩子，在吃饭的时候说，他们家那个楼道老太婆被杀的那个人家，丢出来的装首饰的空盒子，有四个大纸袋。所有的宝贝都被小偷倒走啦，只剩下浴室里换洗衣服边挂着的一副白金钻石项链。

鹅洁还是不敢断定，那四个大纸袋里的宝贝有没有二十万。她实在推测不出，那天就问了午托班的老板。老板说，说不定全部是假的，一万块都没有；也说不定一个小盒里就值几十万。鹅洁小心翼翼地说，人家说他年薪有三十多万块。老板眼睛一大说，靠！那我敢肯定地说，四袋宝贝，起码要丢一百万！

一百万！

一百万！

数目太大了，外搭上一条聋子老太太的命。鹅洁眩晕了一下，努力想估算：一百万等于文仔要活多少年？可是，她算不下去了。

一百万呵……一条人命……鹅洁趴在桌子上。她的脑子有些烦躁混乱。

从那一天开始，鹅洁第一次没有举起望远镜，而且，从那一天之后,她再也没有在子夜的黑暗中窥视聂家了。就是不想看了。鹅洁没有去多想为什么,不想看就不看了。望远镜随着一百万的确定而终结了使命。很快,鹅洁把望远镜又收到文仔原来的杂物抽屉里。

一个细雨霏霏的下午,鹅洁再次独自去找那个通冥的妇女。

那个通冥的妇女脸色倦怠,显然已经忘记了她。鹅洁小心翼翼地介绍了自己,那个通冥妇女灵光一闪地愤怒起来:哦!你不是不相信我吗?你问问这里走出去的人!我什么时候搞错过!吓!真是!

鹅洁赔着笑,说自己蛮相信的,所以又来了。

通冥的妇女:你想问什么?

他最近好不好?他好……我就心安了……我婆婆也不知道满意不满意,他们母子差不多时间走的……

一个一个来!通冥的妇女上楼的时候,丢下一句话。

在二楼那个烟熏火燎小黑屋子,婆婆来得很快。令鹅洁惊骇的是,那个通冥妇女不断撩着自己右耳边的头发,要把碎头发刮到耳后,那不满的口气和婆婆生前一模一样:哪有你这样做人媳妇的?我走的时候,头发都没有梳清楚,我的那个发卡,我是天天要用的,你又不是不知道……你看这头发乱的……

鹅洁几乎不能呼吸。婆婆当时死的时候,头是梳了,但是那个黑色的扁扁的发卡,一时找不到。给婆婆换衣服的街坊随口就说,算了,也不是值钱的宝贝。

鹅洁呆若木鸡。本来她想问问,她害聂家丢了一百万,聂家还死了一个老太婆,婆婆是不是觉得她干得很好,她和文仔现在是不是都很开心。可是,她完全被眼前的景象震慑了。

那个通冥的妇女突然语气又变了,好像是文仔来了,可是,声音还是不大像,抱怨的语调倒还是熟悉,鹅洁迟疑是不是他们母子两个人都在这里,一时惊惧,眼泪汪在眼眶里。

……真是人走茶凉……花也是一条命啊……为什么都不去浇?

花?什么花?鹅洁脱口而出。

没有人回答她。通冥的妇女正在安静下来,仿佛海水退潮。鹅洁茫然地环顾黑屋子,看着那个紧闭的门:婆婆和文仔真的进来了吗?现在,他们母子是不是又相携离去了?

那天回去,鹅洁直接去了过去住的老木屋。

在鹅洁、文仔和婆婆曾经住过的房间,已经换了新房客,好像是卖虾米墨鱼干的,过道里味道就很是腥臭。鹅洁径直上了楼,果然,楼上那两个爱下棋的小伙子也搬走了,住着俩年轻时髦的丑姑娘。

鹅洁突然看到了阳台,她像被电击了一下。

那个海水周转站屋顶的水泥平台上,晒着一匾苍蝇飞舞的墨鱼鱿鱼干,旁边一双才洗的、舌头高拨的球鞋,也落着苍蝇。满地都是绿色的啤酒瓶子。边上,文仔的几盆兰花早已枯萎死透,只有三盆仙人球还刺刺地活着,毛尖上挑着晶莹的雨水。球体颜色发褐,还不如酒瓶子绿。

鹅洁跨过栏杆,在兰花和仙人球那里蹲着。她很不自信地说,不是吗?他们就是被抓住,老太婆也是死了,和我没有关系……她那么老,又聋,和文仔怎么比呢?……对不对……

鹅洁想松土，后来决定把仙人球带回去。

卖虾米墨鱼干的贩子老婆很客气，送给她两个大塑料袋。

鹅洁提着仙人球，慢慢走出木楼。在记忆里，她想回想那首孩子和大人合唱的歌，可是一点也想不起来，她很想再听听文仔在歌声里发出的带嘘声的笑声，结果，连这个也模糊不清了。

她慢慢走到马路上，走到学校那边的斑马线。老许还在那里，握着一面脏脏的小红旗，戴着一顶黄帽子，嘴里发出哔哔严厉的哨子声。

老　闺　蜜

一

高老太婆和林老太婆这次出名了。当着那么多人的面，警察差点对俩七旬的老太婆动粗。第一次警告，警察已经吼得很绝望：你们是不是想跟我们走一趟！但是，她们轻视了警察的警告。事情到最后，很多年轻腿快的坏人都跑掉了，高老太婆和林老太婆因为迟钝、傲慢，真的被带进了出事辖区的小天青派出所。

高老太婆面如重枣发如雪，如果她一不高兴吐出假牙，就像一个风干的枣子。七十来岁的老高满头白发，依然保持静电牵扯的张扬动感。如果是年轻姑娘，有这样一头倔强的雪发，人们会说非常前卫，但是，在一个干瘪的枣子脸上，你只能感到怒发冲冠，世事不平。

林老太婆整个人像一个腌橄榄，黑褐色的，两头尖中间粗。橄榄尖上端,年轻时可是一张细腻无骨沉鱼落雁的脸,鼻梁秀美,下巴轻盈,标致得令人无措,现在呢,一张用旧的脸上、杏眼下垂、鼻梁和眼袋争锋,下巴界线模糊了。但总体而言,她比一般的老太婆,还有几分姿色残余,尤其是丰硕的胸部和丰硕的臀部,虽然感觉上质地稀软垮塌,但走起路来,那些性别元素的摇曳,也还是有些女人味道的。林老太婆依然是个美女,如果按分组评断的话。

两个老太婆今天上午出的门,相约在红茶餐厅。她们边喝茶边等张丽芳。如果不是张丽芳,隔一两个月在红茶餐厅见见面的高老太婆和林老太婆,肯定还是按照老习惯,八点半九点过来,然后一杯老水仙茶,吃点雪片糕,排毒似的,各自抒发完心中的郁怨,十一点钟左右又各自回家做中饭。但今天张丽芳要参加,计划就有点改变了,变成要一起吃午饭。是谁提议的,都记不住了。高老太婆和林老太婆总觉得是张丽芳要请客。张丽芳去新加坡陪儿子孙子,两年三年一个来回,一回来总是眼界不凡,四处批评。开口闭口"人家外国"。高老太婆和林老太婆听来先是羡慕,后来渐渐生气,觉得张丽芳太神气太不爱国。而且,她每次回来的礼物又总是很轻。上回带回来的是比较独特的圆筒湿纸巾。昨晚,张丽芳来电话,说回国了,要叙一叙,说给她们俩带了礼物。高老太婆和林老太婆并不动心,但碰上她们既定的约会日子,俩人就顺口邀她一起来世贸中心旁边的红茶餐厅见了。张丽芳说,好呀好呀,一起坐坐。

张丽芳当时还撒了点娇,说,哎哟!人家都多少年没回来啦,怎么找得到呢?

打的呀！高老太婆气鼓鼓地骂，你儿子那么有钱！你全家那么有钱！你不打的谁打的？！

二

这一天，皇历上肯定是老太婆不宜出门的日子。

从一开始就哪里不对了，可惜两个七旬老太太到底迟钝，照样克服困难，执拗地按照习惯行事。事后，两个逾七脑袋瓜寻思一下，一起埋怨张丽芳，如果不是她插进来又约吃饭，又害她们等了老半天，就不会发生那么麻烦的事情。谁知道呢，真是很糟。关键就是，张丽芳害她们一直拖延在那个很糟糕的情况里。惹毛警察，平心说，也从来不是高老太婆和林老太婆爱做的事。她们还是有点敬畏警察。何况人都老了。一个老人，除了坏脾气，还有什么可以拿出来做有恃无恐的凭据呢？

这一天的早晨有雨。高老太婆翻出自己裤缝笔直的灰色涤纶裤子，特意把插电的小暖水袋放进包里。关上自家的门，她慢慢走下五楼。还是那样，两只腿关节上下楼走一步疼一下，平路就不痛，有时，左边膝关节每下一步就嘎嘎响，这声音让高老太婆觉得自己的膝盖里面好像是天津麻花，随时会四分五裂地炸开。

楼道有点潮湿。高老太婆扶着旧住宅楼生锈的铁栏杆，慢慢往下走。身边，那些赶上班赶办事赶上学的邻居们，左一个右一个，兔子狐狸老虎一样跳层而下，冲冲撞撞地超过她，奔蹿下楼。男女老少都比她快，没人和她打招呼。六楼那猪脸男人，边大步冲边为那个总是迟到的上学女儿打开雨伞，弹开的伞剐了高老太婆肩膀一下，他也没有一句请罪招呼。这个多层建筑是丈夫单位二十多年前盖的。单位的人有一半把这个便宜的房改房卖了，去外面换了大房子。现在住进来的住户，高老太婆大都不认识。就是本单位的，谈得来的人也越来越少，他们的子女亲戚住进来，更是彼此视若路人。不过加装电梯运动的时候，四楼以上的住户彼此都是战友同盟。但说起关系，真正只有一楼103独居的老头子叫赵会计的跟她最好。赵会计退休前还是很会巴结高老太婆的丈夫王局长的。王局长死了以后，他对高老太婆一家比之前不那么周到，但也没有一落千丈。前年加装电梯一事，赵会计就态度明确地说，他签字同意，完全是因为五楼独居的高老太婆，她走楼梯太困难了。不是可怜她，他绝对不同意安装电梯。因为他根本无须电梯。那个时候，这个九楼的居民楼，为了加装电梯，高层住户彼此热络同心同德，住户代表开会、找专家论证、研究电梯供应商、跑申请手续、低层逐户谈判。诸方面交集密集而贴心，但这事最终流产。因为104和203的住户坚决反对，尤其是那个104的钉子户，说，谁敢叫她签字同意，谁就先和她换房子。对峙一年半毫无结果，有些人对"百分百住户同意"的政策丧失信心，就把房子卖了，走人，去别地方住带电梯的房子去了。高老太婆没地方走，虽然儿子女儿都住电梯房，虽然高老太婆最需要电梯。但高老太婆没地方走。

一楼的赵会计家的擦脚垫，被上下楼梯的人踩得湿啦啦的。即使雨天，也挡不住那门缝往外冒出的孤老头子的腐臭气味。高老太婆皱着鼻子，厌恶地走过他家大门。刚走出防盗门，就听到赵会计的问候：下雨啊，还出去。

他正在阳台上挂晾一件白得发灰发黄的白衬衫。

一个老同学从国外刚回来啦，高老太婆炫耀似的抱怨似的说，下雨天！非要见！神经病！

高老太婆说得有一点点夸张，这个夸张让她感到满足。

那也等雨停啊，赵会计说，和赶上班的人一起挤车，不好。

确实不好。赵会计说得没错，挤上公共汽车，那些赶上班的人，有座没座的，看到高老太婆都很不高兴。站着的人瞪着她，嫌厌这个不识时务的老太婆，堵了抢座的机会；有座的人更不高兴，这个颤巍巍的老东西，分明是来煎熬人的。尊老扶弱谁不懂啊，但你也不能因为我们懂这个道理，就一大早过来逼迫人啊！高老太婆更不高兴，知道自己不该拣这个点和年轻人一起挤公交，可是，既然已经上来了，让个座会死吗？一个个在座位上假装看风景，看手机，打瞌睡，尤其是她跟前座位上的一个女人还看起了病历！高老太婆一直想啐她一口。看上去，高老太婆是紧抓着扶手，事实上呢，她是暗暗控制身子，为车辆的颠簸推波助澜地摇晃。果然，后排有个坐客看不下去，起身要让高老太婆来坐。高老太婆一看是个六旬干瘦老汉让座，而且老汉头发比她还雪白，高老太婆气得断然拒绝。老汉看出她的客气，更加想让，结果拉扯间，碰翻了一个女孩的早餐麦奶。女孩大怒，说你们还嫌不够挤啊！一个四旬女子趁乱坐了下去：嘿，你们不坐我坐！老汉傻眼了。高老太婆抡起伞柄就要敲那个女人，车子正好一个颠簸，高老太婆连人带伞，栽进一个小伙子怀抱，小伙子反应不及，自己也在趔趄中。高老太婆滑到地上,还撞到了铁扶手。额头顿时鼓包,老太婆痛不可挡。她听到了自己膝关节脆麻花的嘎嘎响。她的拐杖掉在一个推销员一样的男人身上。

男人怒斥:站都站不稳,还打架啊!

高老太婆分不清他是敌人还是朋友,便放任地哎哟呻吟着,捂着额头不起来。

整车人立刻屏住呼吸。没有人过来扶她,但整车人只是不呼吸了一下子,渐渐就松动起来。有人见老太太凝然不动,大喊,不好啦!老人家怕是摔坏啦——

司机吓得靠边停车。乱七八糟的声音同时传来:

——哎呀添堵!刚才人家让座她又不坐!

——老人骨头松,要去医院好好查查!

——喂快开啊!上班迟到扣五十块啊!

——真他妈的缺德,抢老人让座的位子坐!

——天啊,这会害死人哪,我有个早会啊!

——老人可碰不得,一碰就骨折。

——这都站不稳了,大清早还来挤什么公交!捣乱嘛!

那个抢了干瘦老汉让给高老太婆的位置的女子,招呼熟人一样大喊着,说,来来来,老人家还是您坐吧!站都站不住您还客气什么呢?来!来!您坐下来休息一下!

高老太婆把脸一下扭开,看都不看那女子一眼。

您来啦来吧——那女子又骨头轻滑地叫唤着,语气间甚至有了些大人宽容倔强小孩子的语气。

高老太婆狠狠回头,说:——你、不、得、好、死!

这一声诅咒,有点震撼,不让座就是死——这个惩罚,有点重,多少让乘客们消解了不少歉意。高老太婆也感到大家不友善的安静和嬉笑,但她不在乎他们想什么,反正,这个车厢里的人,根本没有一个好人。

刚才那一撞,额角很痛。高老太婆真的后悔挤这趟车了。

这时,女司机哭丧着脸分开乘客走过来,她对着老太婆喊,她以为她耳朵不好还是怎么的,事实上,高老太婆很明显地戴了个助听器。她喊:一个摩托车突然冲出来,我我……——女司机眉眼悲愤,但眼神茫然地不敢聚焦某一个人,她歇斯底里又有气无力地,我都播放三四遍了,请给老弱病残的乘客让座——可你们——

——嚯!刹得那么急,绑在位子上都会跌下去的,你想怪谁?

你一路都把车子开得像甩干机!

更多的乘客齐声吼起来:喂喂!要迟到啦先开车!赶紧先开车!

有个好心的声音说,让公交公司领导到下一站接老的去医院——

女司机犹豫着似乎想把高老太婆扶起来:老人家,您……还好吧?能起来吗……您要是摔坏了,我肯定要扣奖金了,我已经……

女司机畏首畏尾地不敢动老太婆。原来安坐在老太太跟前大看病历的女子大声说,我不是不让老人家坐啊,我是自身难保,去医院保胎哪……一车人齐心笑起来。笑得聪明又阴险。高老太婆勇气倍增,自己抓着旁边的座位扶手,呼地站了起来。膝盖嘎嘎乱响,有点惊心动魄。高老太婆痛得又弯腰抚膝。有个男扮女声的戏谑的声音说，奶奶，下车我们打市长热线去！又有个声音反驳说，别听他，没用！那电话我打过两年半，一次都没有打通过！那才真正是聋子的耳朵，还没有助听器！

整车人嬉笑起来：好啦好啦快开啦快开啦。

高老太婆在下一站就告别了这趟不义的公交车。

红茶餐厅就在站点的斜对角。她下去的时候，有个同下车的人，若有若无地搀扶了她一把，老太婆感到她移动踏上下车梯阶的时候，车子里面的人，都随着她嘎嘎刺耳的膝盖骨头响声，又一起屏住呼吸了一下子，然后，那辆车就如释重负地走了。

红茶餐厅的鲜黄色的招牌一抬头就看到了，不能看到全部，是因为它旁边有个世贸中心副楼的世贸美食城霓虹灯大招牌的铁架。红茶餐厅都是白色钢塑桌子，白塑料椅子。茶绿色的大吧台。它是那种猛看一眼很时尚打眼，细看一下就明白是讨巧的低档粗糙货。但客人还是很多。它有各种茶，包括奶茶、鲜榨果汁，还有早中晚的商务简餐。高老太婆和林老太婆总是在这里约会，她们会选一个大玻璃幕墙拐角的座位，那里和大堂，有个装饰性半墙，装饰着塑料爬山虎和紫藤什么的。半墙表面，贴的是红砖墙纸，每一次来，高老太婆和林老太婆都会发现，那逼真红砖墙纸又被手贱的客人撕掉了一些，暴露出的水泥面积越来越大。

高老太婆落座老位置的时候，发现林老太婆居然还没有到。高老太婆很不高兴。是她提议要早来，说好久没见，想说一点不要外人听的体己话，言下之意就是避开张丽芳先说点私房话，高老太婆欣然应允。没想到，林老太婆言而无信，害她在公交车上受那么大的委屈，都没有时间去计较。

高老太婆坐在那个半墙边的座位上等林老太婆。一落座，和原来一样，高老太婆招来服务生，把她的软质插电热水袋递给他。服务生迟疑了一下，扭头看柜台里一个女子，女子像点头那样一闭眼睛，服务生便看不出表情地接了热水袋，到柜台把不知谁的充电手机拔掉，把老太太的热水袋插头用力插上。

高老太婆把加热后的热水袋，捂在自己的左膝盖上。她小口啜吸着一杯有柠檬片没柠檬味的免费柠檬水，抚摸着自己肿胀的老膝盖。她瞪着世贸美食城七楼那大白天也灯光明亮的玻璃大窗，在钝痛中发愣：七楼那里那么明亮奢侈的光，感觉照耀的不是地方小吃，而是世界宝石。这时，她看到一个咸橄榄一样的两头尖老太婆，涂着鲜红的嘴唇，抓着一个分辨不清颜色的旧伞，裤缝笔直地一步步向这边走来。

雨过天晴了。一街道的树木和地面，都是湿淋淋的阳光碎片。高老太婆觉得林老太婆走得太神气也太造作。她一辈子都自我感觉是美女。高老太婆皱了一下眉头，额角包也跟着痛了一下。

三

高老太婆今天看林老太婆特别不顺眼。她远远地看着那个生姜黄的熟悉身子过来，就感到额角的包在一步步跳痛。当然是都怪她。要是晚一点出来，什么屁事也没有。那个生姜黄是鸡精广告T恤，林老太婆前一次穿的时候，非常得意。她把胸口上棕色的母鸡图案，用一朵巴掌大的粉红梅花给缝盖掉了。她觉得自己手很巧，但高老太婆觉得很拙劣。林老太婆的手是巧，她甚至能把礼品包装盒里的黄色白色绸缎，一块块收集缝制起来，然后连成片，把家里的被头一一包上。这样，容易肮脏的被头，就被保护起来了。生活里的这些小聪明小匠心，让林老太婆有成就感而且自视不低，她一向看不起手笨的女人。

高老太婆是个手笨的女人，不过，林老太婆看得起她，非但看得起，而且有类似崇拜之情。她们俩说话，基本是高老太婆拿主意、定主张，林老太婆积极附和，她的语句一般是：是的呢！是的呢！或者：真——的是！真——的是！为什么会这样，因为高老太婆和街道里的那些女人不同。这是从小就注定了的。干部家庭出身的高老太婆，虽然从小到大都不漂亮不苗条，但从来都是很骄傲的人。虽然她也不会读书，除了大嗓门，除了鲁莽大方，没有什么更多的过人之处，但是，她就是很神气。到处都是她嘎嘎嘎嘎大笑的声音。班上的同学们也就允许她骄傲。其他女孩如果比她整齐漂亮，可以的，但是比她神气骄傲，别说她自己不答应，全班同学都不同意。有的人就是这样一辈子被人从小到大地惯着。这俩人同过桌，后来上课太爱讲话被老师分开。直到初中，两人已经结成飞短流长的老铁闺蜜。虽然，高老太婆年轻时就从心底看不起小市民林老太婆。但高老太婆由衷羡慕来自街道小巷的林老太婆的小家碧玉的干净漂亮与乖巧，好像和她在一起，她自己也变得熠熠生辉起来；而来自街道的小市民闺蜜小林，则从小就羡慕高老太婆干部家庭的无厘头的优越气质。甚至她的彩色皮筋、白球鞋、她家里的大收音机，都是林老太婆年轻时的无尽向往之物。反正有这么个闺蜜，她在街道的身份自然就高了些，在学校，她们形影相随，获得的礼物也是连带享受的。

两个闺蜜平平庸庸地交往了几十年，共同应对生活的磨难。林老太婆因为美貌，嫁给了城东九市王汉哥，也就是第九菜市场那边的一霸。九市王汉哥的父亲家族是屠夫世家，虽然养了四个男孩，但家里有点积蓄。汉哥啸聚九市四大街，人高体壮，义字当头，喝酒打架，有钱有威风，当时还是吸引过不少街道小女生，最终还是林老太婆嫁给了他。生了一男一女。后来九市王赶上严打被发配新疆最后死在那边了；同年，他们那个长得比女孩还美貌的十一岁男孩子，莫名其妙死在河里。所以，林老太婆也算命苦。

高老太婆和一个门当户对的干部家庭孩子结了婚。这对出自小地方干部家庭里的一男一女，彼此都有点自命不凡，所以，俩人互不买账、吵吵闹闹地过了一辈子，为子女起名、为借钱给邻居、要不要纠正孩子的左手写字、为公公死后的拉舍尔毛毯分割、为儿子工作、为先买电风扇还是中华鳖精，什么大事小事都要吵一吵。但是没有离婚的念头。高老太婆每次都是到林老太婆那里，狠狠说了一大堆丈夫的刻毒坏话，然后，就怀着深厚内疚而生发的柔顺心情回到丈夫身边，继续过一般般的、吵吵闹闹的、互不买账的日子。

两个女人，从年轻到老，就经常诉说她俩以外的所有人的坏话，包括国家领导人、包括张丽芳。张丽芳也是她俩的同学，初中之后常和她们一起玩，但是，她们两个还是暗暗另眼看她，只要她不在，她们就要嘀咕一顿，恶评几句。这样宣泄，保证了她们再见张丽芳时的格外友好友爱。所以，张丽芳一直以为自己是她们最好的朋友。嘀咕、抱怨、差评、谩骂，好像成了俩人的养生健身之道，这样无须负责的宣泄，好像花蛤吐泥一样，不仅使她们身子轻快，更主要的是使她们精神纯净轻快。

两个小闺蜜就这样互相精神按摩地厮混到了老闺蜜。

四

大橄榄一样头尖脚尖、裤缝笔直的林老太婆，春风盈盈地进了店里。她觉得自己是熟客，所以主动跟一个穿白衬衫打黑领结的侍者优雅点头微笑。侍者很淡漠，甚至有点皱眉头。说起来，这些阅人无数的角色，基本看不起这些一杯茶一包雪片糕耗一上午的顾客。这些老家伙，几乎清一色地小气得要命又挑剔得要命。茶都续成白开水色了，还是舍不得再泡新的；一包雪片糕吃一半还剩一半带回去，一份布丁蛋糕，恨不得用挖耳勺吃；不过有些迟钝厚道的侍者，也不一定都给这些讨厌的老顾客眼色看。好在天下还是迟钝厚道人多一点，所以，红茶餐厅大体还是和谐招客；而林老太婆看到那侍者的白衬衫下摆发黄发暗，就对侍者本人和这个店的管理十分不屑，立刻敛起优雅笑容，回敬对方一个不屑性的冷脸。但是，转眼她看到高老太婆又乐了，她笑嘻嘻地走过去，一拉开白色钢塑座椅，就放了一个响屁。

高老太婆避嫌地捶了下桌面。林老太婆很洋派地耸起一个肩头，很无奈很潇洒，也有一点点机灵的造作，这主要是害羞造成的，但那个屁实在是很响亮。高老太婆狠狠翻了她一个没好气的白眼，说，我上次就跟你讲，这鸡精衣服难看死了！还穿！你给人家做免费广告，人家一包鸡精有便宜你两块钱吗？神经病！

神经病是高老太婆的口头禅。林老太婆也好不到哪里去。她也习惯用神经病来表达吃惊、愤怒、不解、咒骂，不过，她最近有了个新的口头禅：搞笑！

太搞笑了！她说，我家那个做肉松的，你知道吗，没事了。什么世道！这种人要关起来枪毙！肯定是花钱消灾摆平了工商局那些浑蛋。

高老太婆更想让林老太婆关注她额角的青包。她心里也惦记那个黑心肉松店被查处的事，可是，她还是先把自己的飘张的白发归拢按到一边，好让林老太婆看到她的包。

林老太婆果然看见并大为惊讶：搞笑啊！这么大的包！你摔倒啦？！

这样，今天俩老太婆见面第一主题就是骂人心冷漠、骂公交车司机素质低。因为住菜市边上，见多识广的林老太婆旁征博引地揭批了很多她所知道的公交车的可恶，比如，一辆新公交车，把菜市口一个靠修自行车微薄收入糊口的自行车修车铺整个撞塌。

有人可骂，就比较上下通气。老水仙茶第一杯也差不多喝完了，俩老太婆心情转好，高老太婆开始关心林老太婆要避开外人跟她说的事。她说，你什么鬼事？害我这么早挤车被摔，快点说啦！

林老太婆矜持地挺拔了有些佝偻的身子。

跟你说的那个,老苏,他又来提那事了。

高老太婆愣怔了一下,并为对方害自己显得迟钝的囫囵表达而生气:什么老苏啊还藏头露尾的,不就是苏景贵!怎么,高老太婆说,他子女想通了?同意你们结婚啦?

屁。谁答应他了?

神经病!那苏景贵说什么?

他说两个办法,一是要我直接住过去,反正他一个人,好互相照应;二是我们去领证,但做份公证,说我自愿放弃苏家全部财产,这样各方都安宁——搞笑啊!

那你呢?

我不是来听你的意见?我自己在想,年轻的时候,他老苏不要张丽芳,死活追我,这你知道的,我没答应;后来老苏他老婆死了,守寡的张丽芳又对他动了心思,老苏也没理她。你知道嘛,张丽芳每次从新加坡回来都偷偷邀老苏吃饭——看,从来不叫我们去!——还说她就是为了老苏才回来的,唉,林老太婆缩着脖子笑,那身体语言是蔑视张丽芳的肉麻。林老太婆说,她说新加坡比我们这文明。不是为了老苏,她根本不想再回来。这次,她还给老苏送了两包新加坡肉骨茶——他老苏偏偏又都送给我了!搞笑吧!我才不稀罕。你说,我们女生再怎么也不是没有原则是不是?是你在追我啊,怎么又跟我讲条件?我一个人过得好好的!你老苏一直叫我住过去,说我现在的这一间也租出去,说反正干洗店和肉松店都想扩张,谁出钱高就租给谁。

噢我那么下贱啊，我要么跟你非法同居，要么公证弃权，还把自己搞得没地方住，这太搞笑了吧？！

林老太婆上气很快，刚才还笑吟吟的，现在嘴角都气得又白又皱，而且唾沫飞溅，高老太婆一把推开她的脸，不客气地阻止她唾沫飞到自己的茶杯里。高老太婆哼了一声说，干洗店和肉松店想扩张，你不说，苏景贵怎么会知道？高老太婆讥讽地刨问。

林老太婆吃了一片雪片糕，嘟嘟囔囔地避过高老太婆的锋芒：我才没有穷到帮黑心店赚钱呢！

嚯，你清高啊！管它们扩不扩店，也都是黑店，你老早不也租给他们了？！

那我原先又不知道。现在知道了，老苏叫我提高租金不是，说就让他们……犯罪成本变高。这是跟不良现象做斗争。

哼！我就知道你什么事都要跟苏景贵说！现在你和他，比和我说的话都更多。

才没有呢。

在第九菜市边的林老太婆的家，是林老太婆嫁给九市王汉哥后一直住的老房子，六七十年了，它实际是面临拆迁的砖木旧房子。那是解放初期的政府公房。后面那一排火灾过，就拆掉了，前面这一排也说要拆，几年前就有部门来察看过，也在墙上写了很多"危"字，并加了红圆圈。但后来又没有动静了。紧邻菜市，那些小日杂店、粮油店、鱼丸店、制冰店、豆腐店、馒头油条铺、青草药铺挤挤挨挨占道经营地开，菜市场越来越膨胀发达，后一排的林老太婆那些要拆迁没拆迁的二线房，也沾上了出租需求的较好风光。林老太婆只有一个日型套间，但她嫁出去的女儿和女婿帮她把套间前一间出租，而且一分为二，五六平方租给卖肉松的，六七平方租给隔壁家租户扩张过来求租的干洗店。老太婆自己住里间，里墙打了个小门，简易外搭了个小厨房。

　　林老太婆的生活从此有了改观。在倒闭的街道拖鞋厂退休的林老太婆，过去不时去收市的菜场，捡点贩子们卖不了的菜，人家也说得好听，说帮帮忙我带不走啦。当然，贵的菜，比如龙须菜、猪肚菇、荷兰豆，人家还是再麻烦也会带走的，处理好明天再来卖。但是，自从租了两个屁大的小店面出去后，林老太婆就不再去帮忙处理那些卖不了的菜了。说起来也都是不像样子的烂水叶菜。她小心眼地告诉高老太婆：你想如果洒洒水，明天还能有卖相的，她们哪里舍得送给我？

　　现在林老太婆也是个收房租的人了。她不仅不要靠卖春饼皮的女儿接济，每月三四千的收入，还让她自己也有了一点点富人的感觉。本来，高老太婆的条件比她好很多，后来，丈夫王局长死了，俩老太婆就基本扯平了。只是，事业单位退休的高老太婆，加上两个儿女不是公务员，就是医生，整体经济状况还是优越些。不过呢，两年前的一天，回国的张丽芳跟她们倒八卦，竟然说，她妹夫单位有个离休老领导，已经在医院高干病房住了十二年！高干的老婆干脆把自己家房子出租，也搬到医院病房里去住。白住、白用，其他什么都由护士等医院人员照料，吃喝拉撒，连水电费都不用交，这比住自己家好多了。高干病房反正是一个套间,高干妻子在外间用电磁炉煮饭炒菜,护士医生一点办法也没有。如果他们批评劝告,那位老干部就呼吸不畅、心跳加速、病情加重。

高老太婆听了气得要命,痛斥张丽芳造谣传谣:这是不可能的!这是社会主义社会!

张丽芳说,你自己去第一医院看啊,人家有名有姓,又不是死人!你儿子不是医生嘛,你去问啊!

林老太婆关心的是——那老干部自己房子的租金是多少?

我哪里知道?人家离休干部,肯定是三房四房好地段,租金肯定比你的破房子高啦!

轮到林老太婆气得要命。一个人,怎么能生病住院都在捞公家好处?!

这种糟糕的话题,会让两个老太婆气结很久,她们要通过骂很多人、批评很大范围的事,才能一点点缓过气来。慢慢地,也不知道是她们越来越老,心胸越来越萎缩、脾气越来越坏,还是世道越来越糟糕,越来越让人失望,反正,高老太婆和林老太婆一杯老水仙茶在手,总是戳天骂地,唾沫四溅,比巫婆还遭人讨厌。不过,一旦招呼服务员添水、要纸巾什么的,她们都会比赛似的让自己显得优雅尊贵,有时彬彬有礼到让服务生背过身去哂笑。不过她们今天没有一直麻烦服务员,她们不约而同地要等张丽芳来,才点茶点,比如雪片糕、布丁蛋糕什么的。这是礼貌,也可能是推断出张丽芳会愿意埋单。反正,尊重她的意思吧,人家两三年才回国一趟呢。俩老太婆达成共识。

五

张丽芳还没有来，反复过来的是一个新来的服务生。他很固执地向两个老太婆推荐一种绿豆做的新式茶点。高老太婆礼貌地说她不喜欢吃甜食，林老太婆也优雅地解释说绿豆太凉了。但那个该死的服务生，竟然走马灯一样，又拿来了核桃咸糕，又拿来花生芝麻酥，又拿来了板栗饼。他说这些都是名品新茶点，不甜，有的健脑，有的健脾胃。高老太婆问了一下价格，林老太婆率先放弃礼貌地叫唤起来：死贵啊！这一份都可以买三份雪片糕了呀！

高老太婆就火了：说不要就不要啦！你靠推销拿提成啊？！

服务生用无辜而实质傲慢的耐心说，在这里喝茶的人，都要用茶点的！

两个对神气与傲慢最为敏感的老太婆，立刻接收到服务生骨子里的瞧不起人的信号。高老太婆叫嚣：叫你何老板来！他知道我们喜欢吃什么！

就在这个时候，林老太婆又放了一个很响的屁，但是她很快地指着服务生说，上班时间不要放屁！

服务生哭笑不得、百口莫辩，他瞪着高老太婆，指望她给他平反。没想到高老太婆哈哈大笑，说，去去去，先去拉屎再来卖你的绿豆糕——

服务生绝望得汗都要下来了，也就在这个时候，所有本来被这俩老一少吸引的全体服务生，呼啦都跑向餐厅大门口，每个人都在急切地抬望世贸大厦的美食城餐厅那里。

俩老太婆的玻璃幕墙边的桌子位置太好了，只是一转脑袋，她们就看到了那个自杀的男人。世贸中心九楼的美食城霓虹灯广告招牌下，一个穿蓝钢笔水颜色旧外套的男人站在平台上。俩老太婆惊得茶杯都拿不住了。有人要跳楼？！真真切切地要自杀呀！她们不约而同地站起来，也到大门口去看，但很快就发现，大门口还不如她们的茶位看得清楚，但是，她们听到了一些议论，确认那个男人是真的要寻死，因为，他把美食城通往户外平台的小门反锁死了。而且，即使他没有锁死门，那也很难走过去，因为那个巨大的LED灯广告牌钢架，把那上面的空间都挤占得差不多了。是怎么发现那个男人的？有人说，听到他哭着上去，有人说，他把球鞋砸下来了。那男人在广告招牌下，有时站，有时坐。坐的时候，两只光脚就晃荡在九楼边缘，把下面的人看得非常紧张。不过，他站起来的时候，大家也跟着捏一把汗，因为，他会剧烈地晃动手臂，好像在抱怨，在对天诉说什么，看得出他情绪很强烈。下面的人总以为他狂乱挥舞着手臂，会计划外地提前失足摔下来。

十几分钟过去了，那个男人并没有跳下来，也没有失足掉下来。张丽芳也没有来。半个小时过去了，俩老太婆站在人群里看得很累，慢慢回到自己的茶桌前，继续喝茶。茶水变得冷了，高老太婆招呼服务生过来换。好一会儿才有个女孩过来，一声不吭地给她们续杯，还抽空看了两眼那个准备跳楼的男人。

高老太婆说，我就不爱喝太浓的茶。

是的呢！她以前也是拖拖拉拉，我就是跟她合不来。林老太婆说。

女孩不理她们，加了水离去。

六

两个老太婆隔着落地大玻璃墙，为那个准备自杀的人，设想讨论了很多种理由。因为那个人久久不跳，茶餐厅的经理把手下都呵斥回岗。那个被她们栽赃放屁的推销茶点服务生，路过她们的桌子就绕开了。高老太婆和林老太婆见状，交换得意又调皮的眼色后咕咕直笑。高老太婆说，我们还是买一份核桃咸糕吧，可怜可怜他吧，反正叫张丽芳请客！

老太婆对那个服务生招手，服务生迟疑着。

高老太婆突然吹了一声锐利的口哨，吓了所有人一跳。高老太婆若无其事。林老太婆替高老太婆谦逊又自得地耸起一个肩头，一偏脑袋，很洒脱地示意那小弟快点过来。

吃着核桃咸糕，俩老太婆悄悄议论：味道还真是不错呀。

不知道有没有放什么化学毒在里面。现在好吃的东西，一般都放了毒。

对，对。我第一口就觉得味道好得有点怪。

因为张丽芳还是没有到，她们一边关注那个孤零零呆坐在高高的世贸九楼广告招牌下的跳楼男子，一边开始打赌那个男人到底会不会真的跳下来。

两个老太婆都认为他不会真的跳下来。不是会不会的问题，是她们一致认为，是敢不敢的问题。她们觉得他不敢跳。跳楼是那种很勇敢的寻死人才能做的事，高老太婆说，以前他们总工会有个女人跳楼，电线杆把她腿剐了一下，那条腿就分家了。掉到地上，哎呀那个响，简直比放大炮还响！脑浆都像核桃仁一样摔出来了。我没告诉你吗？

林老太婆说，没有。

肯定有。

我觉得没有。

是你忘记了！

不会了。

你就是忘记了！你现在忘性大得很！

是的呢。不过，如果摔成那样我怎么会记不住？

高老太婆叹气，你真是老糊涂了！

高老太婆是个爱抱怨的人，因为个性明亮坦荡，所以她的抱怨都具有明火执仗的激烈攻击性。

林老太婆说，你的头要不要紧？回去叫你那个医生儿子看看哦。

哼，他几个月没有来我这里了。

他那个红包风波过去没有？是不是真的都退缴了？

我哪知道！他们主任带头退，下面还不是都得乖乖退！

也是，是不应该拿病人家红包了。病人多可怜啊。

医生不可怜啊？你不懂！我家老二累死累活，赚得不及他出国同学的零头，人家外国医生一天才几个病人啊！国际上的情况你又不懂，我也懒得跟你说！

高老太婆锋芒毕露，林老太婆不接她的话茬，又开始吃核桃咸糕。但这两个老太婆是闲不住嘴巴的，缓了缓，林老太婆说，他为什么几个月不回你家啊，唉，医生还真是辛苦啊！

看你这忘性！不是每次都跟你说，他老婆不喜欢他来我这儿吗？来我这儿她会死啊！神经病！

哦，那个老护士。她那人不好。我怎么不记得，我都记得的。那个人不太好。过年过节到你家来，买了一袋苹果也要叫你儿子报销的，对不对？还把人家巴结你老头的画，借回家挂了就不还你，对了，还有那年你生日，他们没有一个人记得你生日，只有一个骗子，来骗你钱的骗子，对你说生日快乐的那次？

高老太婆有点发愣，她只是感到莫名的不快，铅块似的堵了心口。可是林老太婆以为她记忆不好，大声解释说，不是嘛，骗子声音很像你儿子，他要骗你打款，你一直说，阿斌，你不是出差了吗？阿斌，我还以为你是来跟我说生日快乐的。然后，那骗子就说，妈妈，生日快乐。后来你问阿斌，才知道，他根本没有给你打过电话啊。那天，只有一个骗子，跟你说生日快乐——你看，我都记得清清楚楚。

你都是记坏人坏事！阿斌太忙了。

林老太婆说，你就没有说过他们什么好事。哎，对了，你外孙钢琴考级过了没有？上个月我们一起喝茶，你说他要考级不是？

是是是，算你记忆好！

那考过了没有？

神经病！哪有那么好考过的？

是呀，那就不要再考了，都是烧钱呢。我早就说了，培养这个培养那个，都不如培养孩子孝顺心。他不孝顺，你让他上天也没用。你看你，辛辛苦苦煮了一桌菜，他们来了，儿子啊、孙子啊，女儿呀、外孙呀，一大桌人吃啊喝啊，没人要等等你。说是来陪你呢，给你面子呢。等到你解下围裙到饭桌边，人家都吃了一半了。然后呢，大人小孩手上都一个手机，每个人都低头玩自己的，谁搭理你啊。你买啊洗啊煮啊炖啊，累死累活，就没有人想和你说一句话。你看，我的记忆好着呢。不过，你女儿晶晶还是比儿子好，她给你买过鞋，是你嫌太小给我穿了，是不是？我都记得呢。她小时候真是漂亮。人家还以为她是我的孩子！我们家爱华丑是丑，不过，还比较孝顺啦。算啦算啦，人世就这样，有一好没有二好，我们爱华虽然肯陪我逛服装城，但是脾气坏得没有人受得了，所以她只配一辈子卖春饼皮没有出息，可是你们晶晶是公务员喏，退了休，什么都不干，一个月七八千块，保险还不用自己管。一个天上一个地下，我们爱华……林老太婆絮絮叨叨地说，她没有注意到高老太婆正专注地伸着脖子，转脸在看那个想自杀的男子。

也真是搞笑啊，林老太婆剥着核桃咸糕，笑吟吟着。吃咸糕怕掉散粉，所以，她的嘴变得尖尖的，舌头也不时伸出来，吃相很像一只老土拨鼠。她以为高老太婆盯着自己，所以，她吃得很悠然。从小她就知道，伙伴的脾气很坏，基本上是只有由她欺负自己的份。但是，现在，高老太婆已经没有地方任性了。她要是不乐意听高老太婆说话，那高老太婆真是连个说话的人都没有，哼。所以，俩老太婆的友情，随着世事变迁，越来越平等，这个情状，让林老太婆变得报复性地爱表达，爱指点。

核桃咸糕的粉已经沾了林老太婆一鼻尖，但是，对面的高老太婆没有发现，她在开小差。当然，核桃粉不是那么白，可能她看见了也看不真切。靠林老太婆自觉发现，基本不可能。人老了，不只视力差了，皮肤也变得迟钝。俩老太婆曾经吃雪片糕，被一阵风吹过，弄得像两只花猫脸，不是店老板老何路过，连忙发她们纸巾并示意揩擦，她们还一样挺着腰身很郑重地喝下午茶。

鼻尖发灰的林老太婆说，想一想就很搞笑，你以前一直反对我嫁给汉哥，我为什么爱嫁九市王汉哥？说白了，他就是个孝顺人啊，他死在劳改农场，虽然不得好死，但是，凭这一点，我到现在都没有后悔呢。

高老太婆敲了一下桌子，哎！你说人跳到消防员那个垫子上，是不是蛮舒服的？

林老太婆张大眼睛。

不知什么时候，世贸楼下来了很多警察和消防员。八九个消防员，在拖像席梦思那么大的大方块，跟着上面走动的那个男子，把垫子移来移去。围观的人更多了，有人性子急，大喊起来，到底跳不跳啊！把人累死啦！

嗨呀呀，要跳就跳好啦！林老太婆其实视力很差，但她起哄地说，那些消防队员真是一头汗哪！啧啧啧——

我打赌他不敢跳！要跳早都下来啦。

林老太婆说，我也赌他不会跳。

高老太婆转过脸来，你要赌他跳！既然打赌，当然要不一样，我说不敢跳，你就要说他敢跳。不然我们赌什么赌？！

那我也觉得他不会跳啊！

你前面就有说他会跳，还说张丽芳来晚了看不到好戏。

林老太婆想了想，好像她是说过这样的话。

你赌他跳！我赌他不跳。高老太婆说，输了的人埋单，或者买一斤卤鸭心！

唉，张丽芳这个人一贯说话不算数。到底还来不来呢，再不来人都跳下来了！

看——你又说他跳了！高老太婆大叫一声。我们不管她了，反正我们赌了。输的埋单。不靠她！

七

没想到又等了快一个小时，那个男人还是没有跳。他只是把他的蓝钢笔水色的旧外套扔了下来。下面一阵潮涌，以为尖峰时刻，但不是。很多围观的人发现浪费了太多时间，折损了太多期待，所以，对他只扔外套不扔自己都有点生气了。有一些人走掉了，又有新的人加入。一直不走的人，就是那些很执拗要看到结果又没什么事干的人了。

所有的人都疲沓了。有个警察好容易挨近那个地方，通过一个小间隙，给那个寻死男人送了一瓶矿泉水。俩老太婆以为他会不要，没想到，他还真没志气地接过了。他在上面肯定被太阳烤得够呛。一接过水，他就拧掉盖子，仰头大喝起来，随后，把瓶盖又扔了下来。人群又有一点点骚动。喝够了水的男人，又开始晃晃悠悠地走在高楼广告钢架子的边缘上，从下面看上去，他真的很像随时都会一脚踩歪就掉下来，但是，那个男人就是没有跳也没有掉下来。警察一头臭汗，拿着一个灰色的小喇叭筒轮流在喊什么话，那个男人打着剧烈的手势表示不屑，表示反对，也表示了愤怒。他做很多有力的动作，大家都以为，他就要跳下来或者他马上就要掉下来了，可是，很奇怪，他就是不掉下来。

下面的人真是筋疲力尽。七八个消防队员猫着腰，提着那个沉重的救生大垫子，急急忙忙地跟着他在下面移来移去，一会儿东一会儿西，围观的人们也跟着他涌过来涌过去，一个个也累得慌。那个男人就是没有跳，他张臂比画了很多好像是毅然决然的跳跃意思，大家阵阵惊声潮起，后来发现都是骗局，是自己白白捏了把汗，继而就淡定麻木了，而且，一个个越来越不高兴，有的人简直是大光其火。

这个进行中的自杀事件，让俩老太婆的吐糟约会也有点心猿意马。

玻璃墙外，那个自杀的景观一直没有突破性变化，前后快两个小时了，很多人有了审美疲劳。两个老太婆又开小差骂了一会儿张丽芳。按过去约会时间，待了两个多小时，想倒出来的话也倒得比较彻底了，想骂的人也基本骂得比较痛快了。周遭景色渐渐迟钝，茶叶淡了，心也空了，该一身轻松地分手说再见了。但是，因为那个要来不来的张丽芳，俩老太婆只好再坐一会儿。又因为那个想自杀又不自杀的男人，害得她们今天的谈话断断续续，身心都有点不舒泰，好像便意还在却拉不出屎了。再后来，那两杯老水仙茶，也确实有点和白开水差不多颜色了。高老太婆说，算！反正张丽芳埋单，再来一份核桃咸糕！

可是，高老太婆喊出来的是，再给我热一下热水袋。

一个系绿色小围裙的女服务生过来，说，刚不帮你插过了？灯不亮。

现在可以了！高老太婆把热水袋高高递着。女孩沉着脸一把抓过。旋即又把热水袋拿回来，放在桌上还有点手重：灯不亮！女孩边说，边利用这个好位置不动声色地瞟察外面进行中的自杀景观。

喂！高老太婆说，你是跟我说话，还是跟那个找死的人说话？！

女孩愣了一下，说，没有彻底降温，指示灯真的不会亮。还、不、行——

其实那女孩语气已经婉转了，但高老太婆没有觉察。她发出了耳背人习惯性的高亢音量：什么态度？！放放柜台等就不行啦？马上给我摔回来——还给我脸色看！顾客是上帝又不是神经病！

柜台里一个领班模样的人，立刻走了过来。那女人笑起来牙缝发黑，但是，一张大胖脸倒很机智随和。喔，您别着急，她拿起热水袋说，奶奶，我再试试。我们小妹是怕你要捂腿，所以，插不上就先还你了，好不耽误捂腿嘛。我知道奶奶风湿病，每次来几乎都带这个，是吧？

风湿？哪有那么简单！我是关节增生，半月板也退行性坏了。上个月又打了玻璃酸钠，昨天还在里面抽了液。风湿我才不麻烦你们呢！风湿！

哎哟，可怜啊，看不出奶奶遭这么大的罪还来照顾我们生意呢。

黑牙缝的美女边说边偷瞄美食城上那个要自杀的男人。到了这个前线位置，她也到底忍不住。高老太婆也在偷觑自杀的动静，但却不喜欢她们一个个对待她的事这样三心二意地分神，所以，她斩钉截铁地说，知道就好！问你们何老板，他懂！我这快碎掉的老膝盖，上下五楼一趟，起码要十分钟！这样的老顾客，一个小服务生还给我脸色看？我神经病啊！

领班呵呵笑，哪里！奶奶！我们最喜——

领班的话还没有说完，就看到自杀围观者忽然地波涛汹涌，奇怪的是，内围的警察和消防队员没有一个奔窜。茶餐厅所有的服务生和顾客都站了起来。这时，大门外一个男服务生报信似的疯狂大喊，哎呀！！扔个本子呢！说是遗书下来啦——

关键的东西还是没有下来。

围观秩序很快又恢复，单调和沉闷也很快卷土重来。俩老太婆收回枯燥的目光，重新落座。可是，黑牙缝的美女发现自己忘了刚才说了一半的话，她不为人觉察地愣怔了一秒，马上呵呵笑着，说，奶奶，这样吧，我送您俩一杯新茶吧。那热水袋我先拿过去，等好了马上给您送来？

高老太婆舒坦了，但她依然把不舒坦横在脸上，就不给对方占一丝便宜。高老太婆凝重地点头，说：那人是真的要跳楼？

黑牙缝美女哂笑，说，也许他在等什么人。

高老太婆狠狠啐了一口，最看不起这种男人！死能解决什么问题？

搞笑！林老太婆说，他也不一定真的想死呢。你看吧，说不定他闹够了就走了——唉，张丽芳怎么还不来啊，等下子人都跳下去了，她还没有到。

你不是说，他不会跳吗？高老太婆说。

我是说万一跳了，或者不小心掉下来，她就看不上好戏了。

对啊，我们这个位置简直就是贵宾席啊。老太婆们重新兴高采烈起来。她们喝着领班赠送的新茶，一边牵牵挂挂地赏景喝茶，没一会儿，又各自轮流去了趟厕所。高老太婆回来的时候，一直对林老太婆使眼色，林老太婆循着她的暗示，东瞅西看，看不出茶厅里什么变化的名堂，只看到一个女的从她们桌前款款走了出去。

你猜那人是男是女？高老太婆说。

哪个？

刚才不叫你看了吗？就那个！

女的啊。

男！的！他从男厕所出来！！我吓了一大跳！

林老太婆说，我才不会被吓到呢。哼。现在的男人，都喜欢打扮成女人的样子。我们家肉松店那小老板的表弟还是什么人，哎呀，你要不听他讲话，他就是个女人！还动不动比画兰花指，小指头这么粗，恶心死人了！有一次，我看他拔拔鼻毛、拔拔眉毛，那眉毛修得比女人还弯……

都神经病！高老太婆说，我上次跟你说的我们顶楼来小偷的那事，记得吧？

林老太婆的茫然又刺激了高老太婆。她说，你真的老糊涂了，很多事情你都记不住！一个人老不老，就是看你记不记住事！你现在要我回忆我们小学的事，我都一清二楚。有一次，我经过我们学校那个闹鬼的老樟树，邹老师她……

你刚说小偷什么呢？

又打岔！我说过我说话你别打岔！很不礼貌又让我脑子乱了——谁小偷？

我不知道。是你说的。

我没说小偷。我不是跟你说我们学校那棵闹鬼的树吗？那棵在河边的树……

是的呢。

那树上老挂下一种黑色的毛毛虫，这么长的，高老太婆比画了一下，有一天，王安富……哎，我们说学校干吗呢？

说闹鬼呢。

不是不是！我想说什么来着？——都怪你！我说话你非要打岔。

俩老太婆沮丧地沉默下来，她们各自看着玻璃幕墙外，都致力于糟糕记忆的挖掘中。那个自杀的男人叉腰站在高空，有些愤世嫉俗、仰天长啸的样子。几个警察和消防队员上上下下的，有人给那个男人打手势，好像是从一个缝隙给那男人递送一盒快餐，警察拿着一个导游用的那种老式喇叭，在跟那男人咿咿哇哇什么。男人背对着警察和快餐，根本不猫腰看后边广告牌钢架缝隙外的东西。他迎风而立，沉默决绝。

一个男服务生过来，一边给她们续杯，一边顺便瞅着外面的自杀风景。高老太婆指着那个男服务生说，你这个小指头的指甲长得打卷，都像瓜蔓了。还不去剪掉！

是的咧！林老太婆说，还两只手都这样呢。

服务生居高临下地瞟了她们一眼。什么也不说，水壶一收，转身就走。

林老太婆倾过身子，对高老太婆耳语。她说，他还有耳洞哪！什么世道啊……

我听得到！高老太婆一把推开林老太婆，口水都到人耳朵里了！

你不是助听器没有电了？

有电！是快没有电了。我关掉好等一下再用！等一下，他真的跳下来了，等一下张丽芳来了，都要用的。现在，我听得见！你不要自己像个聋子一样，对我大叫大嚷。高老太婆愤愤地盯着那个男服务生，说，哼，不稀罕！男人打耳洞，我早就不稀罕了。现在的男人还算男人吗？哈！我想起来了！我刚跟你讲小偷的！还记得吧，我前年讲过，说我们那栋楼来过小偷不是？

轮到林老太婆一直斜眼瞟察玻璃幕墙外的自杀动静，她觉得围观的人好像潮动了一阵子，她这个角度，看不到那个自杀的男人的一个工友来了。救援的人和男人的老乡们,好像在热烈交换什么救援意见。林老太婆分了心,但她对高老太婆点头,说,嗯,搞笑咧。

就是我们那个楼道顶楼的那次,那一家,那个男人和儿子,小偷一来,父子都躲进了卫生间,只留老婆在外面和小偷对打。那十四岁的儿子很胖呢,那个男人也很壮,结果,那个瘦瘦的女人差点被小偷砍死了。

真的是!搞笑啊。

那女人平时是凶,但是,你说,一个女人再凶,那种关键时候哪有你男人的力气大?结果,真是笑话啦,那女人在客厅和小偷对打,男人都躲起来发抖。所以,我不是跟你说了嘛,那女的妈妈在医院甩了她女婿一大耳光。活该!

你上次是说,是她爸爸打了那个女婿一大耳光。

高老太婆一下子反应不出来林老太婆在说什么,直愣愣地看了对方半天,掉转眼睛看玻璃墙外面。两个老太婆似乎彼此都接不上话,彼此看上去都有点呆头呆脑。

那个男的还是没有跳下来。

高老太婆突然用力砸了一拳桌子。她自己也不知道怒气从哪里来。所有的男女服务生包括收银台小妹,都一起转过来看老太太。高老太婆指着外面美食城上准备跳楼的男人的方向说,他肯定不敢跳!我就是赌他不敢——他不敢!

高老太婆怒气冲冲地虎视红茶餐厅。没有人接她挑衅似的目光。

八

张丽芳还是没有来。外面围观自杀的人，不知道换了多少拨人马，很多人拿着手机等着精彩一刻的拍摄，后来一直等不到，实在熬不住，就随便拍了一个见证现场的意思，快快离去。到中午下班时分，围观的人更多了，很多人举着手机在拍。也不断的有口讯号外，在附近传播，这大大满足了那些不得不坚守在岗位上又实在牵挂这头的人们，比如，那些卖处理毛线的特价摊子、那些广场一楼化妆品专柜的小姐们，京东包子铺、牛排馆、茶餐厅、土特产超市、果蔬地带等形形色色的伙计们。总之，以自杀者为中心点，百米半径的范围内，各色人等都在引颈翘望，工作者基本都三心二意。有消息说，消防人员准备从侧楼飞吊过去，但又害怕惊动自杀者，反而促发他急跳；所以，还需要有人在这一边吸引自杀者的注意，让他分神。有消息说那男人的亲生父亲来了，又有人说是他舅舅。说那个来的人一直在用老家话，破口大骂上面寻死的人。大家听不懂，可是，大家心里都巴望九楼上寻死的人能听到他的鞭策；最后，有个模糊不详的消息传来说，这男的是个精神病患者，要不就是在精神病院做护工。还有人说，他是个大学生。

关于自杀者的简介陆续传到茶餐厅，高老太婆和林老太婆渐渐地变得越来越不以为然。不知早上在公交车上趔趄的那一跤，是不是伤到了老膝盖。高老太婆感觉自己的膝盖仿佛越来越痛，那个自带的热水袋，死死捂着，好像也没有缓和多少。高老太婆心烦意乱。

看来自杀也是相当耗神的事，围观者虽然没有作为，但是那种关注与巨大焦虑，就是劳民伤财的本身。所以，那个男人久久没有付诸自杀行动，很多人嘴上虽然没有说什么，愤怒失望的心里却有了一些鄙夷。

茶餐厅里，高老太婆和林老太婆虽然没有和外面一线的观众交换心得，但是，很明显，她们对这一突发事件，正在淡化关注，鄙夷感也有那么一点点滋生暗长。

张丽芳还是没有来。俩老太婆不由又说起了张丽芳的坏话。林老太婆把椅子往高老太婆身边拉。林老太婆说，你知道张丽芳对老苏怎么说我吗？她说，我要是用租金入股，就是合伙犯罪。嘿嘿，她说我犯罪？！

又老苏！神经病。高老太婆在轻轻按摩自己的膝盖，哼，可惜人家才不要你入股。

你说什么呢！当时最早的时候，那个肉松店被我发现用豆粉掺假时，他们家就是怕我呀！那时，我要入股不是一句话？

高老太婆睥睨着林老太婆。她已经想不起来那事后面的发展，但出于维护记忆的自尊心，高老太婆闭口不问。其实，左右租户违法乱纪的事，一直是林老太婆每次见面必聊的大事，只是，一耳朵进一耳朵出，高老太婆竟然忘得差不多了。

你想想，一斤肉松起码掺了三两豆粉，是不是太过分太黑心了？我心里就是一直有这个气。他租我的房子，就在我眼皮底下发横财，不讲良心，这怎么行呢！

怎么不行？高老太婆一个指头塞在鼻孔里，然后退出指头使劲捏鼻子，鼻子似乎很痒，听上去也有鼻涕的动静。林老太婆赶紧递了一张纸巾给她。高老太婆瓮声瓮气地说：怎么不行？你又不是公安局的。

　　公安局才不管这个！工商局管。我女儿说这黑店有保护伞。

　　你不是告过他？高老太婆心不在焉，她掉转眼光去看自杀风景。林老太婆絮叨说，老苏说，我行动太慢了。等人家有保护伞你再告他，他就不怕了。老苏说我心太软了。

　　高老太婆意义不明地哼了一声。

　　林老太婆贼头贼脑地窃笑，鬼祟中透着自得。她说，张丽芳没有想到，任凭她怎么说，老苏还是护着我。老苏就说了，肉松加点豆粉，至少是人家可以吃的东西，添加物算是很绿色啊！这比那些毒奶粉、毒豆芽、毒凤爪、毒盐、毒银耳、毒粉丝、毒腐竹、毒水产，还有毒什么毒什么的有良心多了。是不是？加豆粉就是加植物蛋白，对身体好着呢！

　　高老太婆被林老太婆的话吸引得扭过脖子，一下子老脸渐渐涨得通红。

　　她说，是苏景贵说的？

　　林老太婆侧脸看外面自杀的动态，幸福地点着头。

　　那是不是还要给这个假肉松店发红旗？发文明经营奖状？

　　林老太婆吃不准高老太婆是不是生气了，她谨慎地咕哝着：豆子是有营养的。附近的幼儿园都进他家的货……吃不坏，反而好……

　　那你那时告他家干吗去？

就是看不惯在我眼皮底下乱来。要是让入股的话，收入也比租金更高一些嘛。

你还想入股干洗店呢！你说过。我记得清清楚楚。

是啊。那个黑店又不一样了。她们家弄了个报废的干洗机做摆设，说是干洗，其实全部是水洗。乱洗嘛。主要是靠烫。后来那次，我不是跟你说的，她们把人家西装给踩洗坏了，变得很短，衬里这么长！吓死了，赔了钱了。五百块！我最知根知底。老苏说了，要么提高租金，要么让我们入股分成。不能由他们黑得这么逍遥自在！

什么黑店你都想入股！高老太婆咬着腮帮子，好像膝盖很痛。

我说良心话一下吧，说黑也不是很黑了，就是弄虚作假了一点点。用水洗也很辛苦的，唉，你不知道，现在的人和我们那时不一样，什么衣服都要干洗噢，是写在衣服上的，它就要你干洗，不干洗就不好看。所以，如果我们两人合伙开个干洗店，那真是……

开你个骨头店！成天做梦发财！高老太婆瞪起浑浊的老眼。

不是我想发财噢，是他们都这么坏地赚钱，你不做真是不甘心……

苏景贵从来就不是个东西！我看你现在——

高老太婆突然发现了一个人。那个人抱着一包超市的大购物袋，站在人群里看自杀的热闹。其实他看了蛮久的，老眼昏花的老太婆刚刚才发现。一看清那人，高老太婆的满头白发，通电一样直立如刺猬。

她不说苏景贵的事了，她说，看到没有？就那个男人！

林老太婆懵里懵懂，说，什么呢？

就是他！那个穿大头菜颜色衣服的，军裤，抱着个白色大袋子的，看到没有？白汽车那边，喏，他在走动，就那个，那个红衣服女人旁边，看到没有？

林老太婆茫然，而且也没有多大兴致。高老太婆站了起来，她的膝盖嘎嘎地响了几声，果然像要爆碎的麻花。这声音让老太婆一下又跌坐下来，膝盖随之再次爆响。高老太婆像被子弹打中一样，呆滞了一下，一脸凶恶之相随之而起，看上去有点疯狂：就是我跟你说的那没出息的浑蛋！104的浑蛋！他同意我们补偿他两万块，让我们加装电梯，家庭代表开完会大家都签了字了，后来他就反悔了，说他老婆不同意，他说的不算数。你看，就是那浑蛋！都签了字了的！什么烂鸡巴东西！算什么男人！

高老太婆像个备受委屈的孩子，绝望而愤怒地指着外面。她已经把话说完了，可是颤抖的老胳膊还是指着外面点点戳戳。餐厅里的服务员被老人突然的激动震撼了一下，以为那边终于跳下来了，腿快的直接往大门外跑。

结果，服务生们的仓皇情状，又刺激到俩老太婆，她们也慌慌起身。林老太婆站得比高老太婆利索，她边站边扭脸看了一下那个跳楼了的男人，无恙啊！那男人还在高高的顶楼边上矗立着。高老太婆无比焦躁地捶了一下桌子。

林老太婆说，急不来的。

高老太婆使劲擂桌子，两万块啊！她说加装电梯会挡住他们客厅的光。说谁要她同意，谁就先跟她换房子的！神经病啊！这么自私自利的浑蛋！七楼有个八十岁的老头子，十年都没有下过楼。下不来嘛！他那个老婆明明看到我上下楼梯很难，到处造谣说我装的！说我假装走得慢假装上不了楼梯。我气得又上楼去拿病历，我就要给她看看。她竟然把我的病历一把拨开，说，她不看！她没吃那么饱！她老公出来，就那个浑蛋，他系着花围裙出来说，这年头造一份假病历太简单了！爱谁信谁信！我当时就要用拐杖打他，她护着他赶紧关门，躲在里面还骂我。后来看见我都躲着我。我使劲打他家门，都不开。门上有猫眼……

　　林老太婆就是不被跳楼者分心，就算她认真听，高老太婆这段他她不分的指代，她也糊里糊涂，根本听不明白谁和谁的。但反正她知道，高老太婆就是被人欺负了。所以，林老太婆说：

　　真的是！这种人怎么不去死？

　　林老太婆说这话的时候，高老太婆已经离开茶桌，她直接往店外走。走平路她好像还行，虽然缓慢，倒也步伐分明，看不出拖泥带水的艰难，膝盖也没有嘎嘎直响。林老太婆也拉开椅子，但她想了想，怕店家或别的茶客以为她们要走，把这观赏跳楼自杀的贵宾席给占了，她把自己的雨伞放在桌上。走两步又怕雨伞被人顺走，又过去收回伞，然后把一方手帕放在桌上，特意与核桃咸糕的碟子整齐摆在一起，表示正在使用中。

九

　　一出来才知道自杀场面气氛的鼎沸喧腾。

刚才，隔着玻璃幕墙，就隔绝了那种生煎的情绪波澜。那种高度牵挂的紧张与期盼，那种箭在弦上又缓滞绵长的尖峰时刻，那种让时间变形、空间变异的生死对决，都在空气中发酵、弥漫、涌动，大潮一样、针尖一样撞击人心。这些稠密幽微的气息，到底不是玻璃幕墙能够转达致意的。

走出茶餐厅的老太婆们完全感觉到了。

高老太婆还是向那个抱着超市白色大购物袋的男人走去。有两个赶路的人，因为扭脸察看高高在上的自杀者，先后不小心撞到了高老太婆。但他们不约而同都一指天上的自杀者，莞尔而过。老太太瞬间就谅解了彼此不看路的缘由，因为她自己也不断抬头看那个自杀者，她一改平时敏锐的被冒犯感。在这件进行中的自杀前提下，围观者好像已经达成一种包容的默契。就在高老太婆就要走到那个抱纸袋的男人后面时，那个男人突然登高，站到了一个水泥预制排污管的大圈上。那上面还有两个观望男人。他们似乎正在打赌那个男人跳不跳、死不死得成。从水泥预制圈那个角度，能看到一个黑衣女人在警察的帮助下，正在接近那个自杀男人。救援者一直在打着手势，喊什么。

裤缝笔直的林老太婆，一出茶餐厅门就叹了一声：真是的！不知道她是感叹自杀的漫长，还是抱怨高老太婆的快捷，抑或是感叹场面的热闹。她语焉不详，攥着伞，絮絮叨叨地追赶高老太婆，一辆黑车从她身边过去，噗的一声，车里飞出一口浓痰，正正打在她手背上。林老太婆难以置信地看了手背好几秒，忽然恶心得想吐。她转身去追那个车子，谢天谢地，那个车子也爱看自杀的热闹，它在人围外慢慢地蹭,给了林老太婆赶过去的时间。

林老太婆用伞把子使劲打那个黑车的门,因为用力过度,不单司机吓了一跳,围观自杀的很多人,也被她分心,纷纷掉头看她。司机降下玻璃窗,正要咒骂,却发现一只老胳膊老手反手在车窗上揩擦。司机惊得弹跳出车子,没命地喊:你想干什么?!

瞎了你狗眼!痰往哪儿吐你!林老太婆把浓痰搽在车窗上,此间的滑腻让她想吐。

你神经病啊!司机怒吼。

林老太婆伸着胳膊,上前就往司机身上擦。司机惊恐闪躲。车里有个人说了什么,林老太婆没有听到,她也看不清深色车玻璃内的其他人影。但司机听到了。

去!司机暴怒中熄火,老太婆,司机说,给你五块钱擦痰去吧。

围观者忽然"轰"地移动摇晃起来,远近高低,所有的围观者,他们都在大幅度变动体位,仰脸向上,就像一圈一圈密匝匝的向日葵,炫目的蓝空中,一团黑影大剪刀一样下来了,不是人腿的姿势,是裤子,是一条深色的牛仔裤,无耻地连着皮带。

那个家伙,那个所有的人都以为他要跳下来的家伙,还站在高高的美食城顶层!阳光在他的头部,打着金色的光圈。

围观者炸了窝,愤怒与失望的情绪,火山爆发了。恼怒像传染病一样地蔓延。连最有耐心、脾气最好的围观者也说话了,他们说,去他妈的!这人到底是不想死呢!他们说,他到底想要什么呢?

有两个男人,对着天上的自杀者,直接竖起了中指。一个人竖在耳边，一个人竖在伸臂极限。

对自杀者的蔑视与愤怒情绪，完全占了舆论上风。

被那个飘张下落的蓝色外裤吓了一大跳的警察与消防队员，似乎半天恢复不了拯救元气。他们呆立着，面面相觑中，看上去是无奈，实际上偷偷交换鄙夷与厌烦。四个小时了，神仙都要中暑了。

就这个惊恐混乱失落交织的时刻，林老太婆再回过头，那辆吐痰的黑汽车已经悄无声息地溜走了。连刚刚叫嚣给五块的擦痰钱也没有留下，就这样乘乱逃走了。林老太婆极目张望着，骂骂咧咧。有个同样大年纪的老太太以为她骂自杀者，忍不住过来觅知音地发表意见。那个老太婆说，笑死人！她佝偻着背，特意走到林老太婆跟前，说，真是一个天大的笑话！我活了一辈子……

林老太婆弯腰，往地上狠狠吐了一口唾沫。

林老太婆看到了高老太婆。她莫名其妙地站在一堆围观者的后面，看上去很不高兴。这群围观者占据了最有利的位置，既可以看到救援人员在顶楼送水送饭做思想工作的顶层交接点，又可以看到地面消防队员疲于奔命地拖拉救生垫。几个救援临时核心成员也不时在这边的紫荆树下碰头，他们商量的各种失败对策，会隐隐约约地飘到这厢来。

林老太婆捡了张树叶，擦了擦自己的手背，气鼓鼓地去和高老太婆汇合。如果她再看到那辆黑汽色，她要踢它一脚，再报警、再索赔。天下没有这么便宜的事！

林老太婆拉了高老太婆袖子一把，高老太婆回头一瞪眼睛：死到哪里去了你,一出来就找不到你了!

还说人家!林老太婆说,你自己先走,头也不回,人家才是找不到你,慌慌张张的,还被一个没素质的流氓吐了痰在……

高老太婆转身突然挥臂高喊起来——

不就是个死嘛?——这又算什么难事!

周围的人,一下肃静,那条苍老气虚的衰老嗓子,传递出的决绝和干脆,既令人憎恶又令人亢奋,它撕裂了人们的耳膜,与其说是人心被震撼,不如说是围观者被点燃了,那个绝望而癫狂的老嗓音,就像一块浇了汽油的破败絮,熊熊燎过各色人心。

林老太婆脸色死白了一下,马上她就明白高老太婆不是冲她疯狂,她也马上明白,这里是真正的"短见"高峰论坛,里面很多声音已经歇斯底里地竞赛尖叫与吼喊了。

死就死嘛!做人要干脆!

快啊!预备——跳!

不敢跳就滚下来嘛!

搞给谁看?我操。

快跳啦,我的脚都站麻啦——

下来吧,再不跳,警察都没有力气接着你了!

老子看你就是胆小鬼!

这种事也磨磨叽叽,活着也是干屁!

……

受到公众情绪影响,林老太婆也喊了一句:是男人你就跳了嘛,都四小时啦……林老太婆到后面变成了咕哝。她从小到老都不习惯公众发言，何况呼喊。这和高老太婆不一样。所以，基本上没有人呼应她的意见。但是，一个警察严肃地站在她身边，警察暴喝：闭嘴！统统闭嘴！不要干扰救援！

人群安静了一下，林老太婆突然放了一个响亮而悠长的屁，林老太婆正感到扭捏，戴了助听器的高老太婆一下就盯住林老太婆，嘎嘎大笑了。多少有点尊老情感的警察，尴尬地愣怔着，无言以对。他转身离去。

人群里有个贼而欢乐的声音喊，嘿！婆婆，还是你干脆！

更多的人笑了。好像在小品剧场里，嘎嘎、呵呵、嘿嘿、嘻嘻，各种笑声都有。有人借题发挥，又对自杀者叫喊，快点啦——干脆点！一爽到底！

这小子就是不敢跳，毛二！今晚的酒老子赢定你了！

喂——早死早投胎哪——

小子哎，你秀够了吧？——

跳啊，快跳啊——

这一拨人太放肆了，笑浪声潮起潮落，他们互相影响共同娱乐，各种各样的促死俏皮话竞相出口，声音也越来越大，一种娱乐至死的视死如归的狂欢氛围，怪诞、密致地浓郁起来；这个既定的结局，似乎没有人再允许它改变方向了，甚至不允许它拖拖沓沓。人们不仅仅失去耐心，失去柔软，大家正在失去善之习惯，失去本能的对同类生命的小心翼翼，失去了对处境艰难者的怜惜与尊重。本来嘛，谁没有委屈哦,谁没有被欺压哦,谁不是每天沟沟坎坎摸爬滚打地挣扎求生,累都累死了,一颗同情好心,长在一肚子的乱麻心事里,又能坚持多久?谁能耗得起他人这样几个小时不明不白的生存与死亡的折磨?

快点!按既定方针办吧。

高老太婆的104室的死敌,一手抱着超市购物袋,一手拿着苹果在啃。他已经挤在了前排,倒什么话都没有喊也没有说,但是,他大口嚼食苹果的满足样子,让高老太婆火冒三丈。一个自私自利的恶人!高老太婆冲着那个她够不着的啃苹果男人喊:真丢男人的脸!你为什么不去死!不就是一个死吗?!

太搞笑啦,叽叽歪歪的……林老太婆也小声呼应。

嘀,连老太婆都受不了了!

一拨好事之徒又推波助澜起来。这个角落简直就像个死亡啦啦队。他们叫嚣得太厉害了,几个警察从不同方向往这里过来。看警察不怀好意,一些人慌忙闭嘴或者移开位置。几路警察果然不是怒气冲冲就是虎视眈眈,没有一个吃素的表情。一个满脸横肉的家伙呵斥,真他妈太过分了!换是你们亲人,你们也这样没心没肺地起哄?!

另一个脸色像磨刀石的家伙阴沉地说,是不是想跟我们去派出所一趟?

高老太婆的仇人,拿着吃了一大半的苹果,从人缝里悄悄移步。他距离高老太婆越来越远。人群渐渐松散,大家也不是想离场,高潮应该快到了,已经熬了这么久,不看最后有点可惜啊。但是,似乎每个看客都觉得,远离警察总归是安全的。这帮警察在这里无所作为,有点作为也显得失败,大家都看到他们效率这么低,能力这么平常,寻死的人还在那里高高示威,警察自然是很窝囊的。现在,几个警察一起包抄过来,明显就是来找出气筒。所以,这群乌合之众,这群死亡啦啦队瞬间瓦解,腿快的已经消散在围观半径的那一端。他们换山头了。

但有两个愚蠢的人,对形势估计不足。那个高老太婆竟然再次大喊,她冲着天上,手势夸张,她在仰天长啸。那个大嚼苹果的家伙的背影已经难以分辨。老太婆喊——

是男人你就跳哇!!我就赌你不敢跳!

她的战友,林老太婆也喊,再不跳,大家都走掉啦——

林老太婆平生第一次这么粗鲁、这么高声大气地叫喊。

两个老太婆一唱一和。

警察恶虎一样,一个转身,扑了过来。

鸽子飞翔在眼睛深处

也许它真是青铜古刀

所有的故事都发生在鸽子眼睛能看到的地方,而鸽子,经常在他们的眼睛里飞翔。

粽子最后一次回到度道山22号,是老太婆去世两个多月了。

最后一次站在老太婆的屋子中,他看到外面阳光灿烂,室内却依然灰暗,凉飕飕的。老太婆那幅杂志大小的带框遗照,有点歪地靠在桌上。她依然是凶狠又不耐烦的表情。粽子很不喜欢她的脸,但是,如果老太婆还活着,说话间,有时会露出薄薄的笑意,尤其是眼睛,那两只核桃深缝中的圆溜溜的眼睛,间或会有柔和温润的光泽。这是粽子可以接受和现在有点怀念的。老太婆死了。老太婆已经死了两个多月了。

粽子走过去把遗像翻转，向着墙。

五房两厅的大屋子里，钢琴没有了，除了旧电视，什么电器都没有了。到处都是旧报纸片、旧药瓶子、单只的旧拖鞋，仿佛遭遇了洗劫，连卧室内最老式的窗式空调，他们都用二十元卖给回收电器的人。粽子不由哼了一声。他想起老太婆那对来奔丧的儿女。那把刀，那把马首刀，据说是青铜制造的古刀，当然也没了。早就没了。一年多了，粽子在这里出入数十趟，这个屋中最令他魂牵梦萦的就是它。他曾偷偷配了荣誉陈列橱钥匙，后来背着老太婆，偷着打开荣誉橱，将刀偷着拿出去。他到古玩市场让一个叫狐狸的干瘪老头鉴定，却半天鉴定不出所以然来。可是，粽子发现这之后，至少有四个玩古玩的家伙，主动和他套近乎，想看刀，打听那刀的来历。粽子心里就有数了。

当时，狐狸搁下放大镜，眼睛从老花镜框上探出来。他是这么说的：也许就是仿制品！也许他妈的值一两千，也许一两万，也许他奶奶的价值连城！狐狸不想吓着粽子或者他自己，他说价值连城的表情，和说我要尿尿差不多。他真的就起身去撒尿了。

夭夭九也是因为这把青铜马首刀，不理睬粽子两个多月了，也许就此绝交了。从老太婆住院开刀起，夭夭九就说，把刀拿走。粽子没拿。老太婆死后，粽子还是没拿。两人忽然就互相指责，吵了起来。夭夭九甩了粽子一个耳光。后来，粽子又把这个耳光甩还给她了。那是老太婆的儿子女儿像盯贼一样盯着他，并把所有略值小钱的东西统统出卖时。夭夭九大光其火。粽子的确是贼，和她一样的贼，但粽子却是个至少有偷它上百次的机会的贼,可是一年了,粽子没有下手。

这是夭夭九无法原谅的、永远的错误。

夭夭九当时破口大骂。粽子一时失控,就一巴掌摔了过去。夭夭九发了一阵呆,转身就走出了那个台湾上包餐厅。夭夭九再也没有回来。粽子马上就后悔了,给她打电话,不接;给她发短信,不回。夭夭九喜欢在这个上包餐厅喝意大利浓汤,吃火腿米汉堡,更主要的是,她指定要坐在几米那幅《小鸭、小船、小渡轮》漫画的对面座;粽子必定是坐在《风吹了我的草帽》漫画的对面座。他们喜欢边吃边看他们各自选中的画。后来约吃饭,只要一个说,小鸭小船小渡轮,另一个就说,风吹了我的草帽。或者反过来,一个只要说,草帽、草帽!另一个就说,小鸭、小鸭!几点钟?

粽子到处找夭夭九。有一次,在马路对面,透过上包餐厅大玻璃,他看到夭夭九坐在餐厅里,她的侧影他太熟悉了。红灯一过,粽子奔过马路,夭夭九却已起身离去。在那个《小鸭、小船、小渡轮》对面的餐桌上,遗落着她的鲜黄片小太阳镜。粽子坐了下来。他仍然坐在《风吹了我的草帽》漫画的对面座上。他只要了一杯奶油蘑菇汤,慢慢喝着,看着墙上的两幅漫画诗;看着墙上的两幅漫画诗,他慢慢喝着。慢慢慢慢地,粽子泪水满眶。

老太婆的遗物

这五房两厅已经在一家物业挂牌求售了。这是老太婆的孩子在离去时,对粽子说的。老太婆的女儿说,钥匙你先留着,有空来看看房，浇浇花。也可能物业公司很快就把它卖掉了。也可能不好卖。太大啦，结构又老。反正我们是不会再随便飞过来了。

儿子说，里面的电视、餐桌、红木沙发，要是你喜欢，就拿去吧。

儿子的老婆说，是啊，谢谢你照顾我们老妈。老妈脾气很古怪的，难得和你有缘。那次她突然青光眼手术，谁都没空，请假要扣奖金的！本来我都决定要来了，老妈突然神经发作，说我来还不如你！还摔了电话。

做儿子的用肩膀撞了老婆一下。她做了个有什么大不了的表情。

粽子不想和他们再说什么了。他曾经提出，荣誉橱里那些老太婆的勋章纪念章，能不能送他一块做纪念。他们三个人马上同声拒绝了。他们拒绝得非常快，粽子觉得那种速度表明，他提出任何要求，都会被拒绝的。那时候，他对那把刀，依然保持非分之念，只是，他希望他们能自愿赠予。但是，的确是不可能的。当他还只是提出要勋章的当天下午，那把刀就不见了。有人把它收起来了。显然是预防他觊觎之心。

老太婆活着的时候，五房两厅就因为空寂而四处潜伏衰朽的声音。现在，老太婆死去两个多月了，随便一个响动，甚至一根针落地，粽子都能听到发自另一世界的气息。他隐约不自在起来。老太婆是多大的干部，粽子始终没搞明白。从一年前被老太婆强制弄进这个门后，他就知道，老太婆都是单身独居。一年多来，除了办丧事，他从来没见过老太婆的孩子孙子们。他们在外省。

粽子在这个灰褐色光线笼罩的五房两厅中走动。他一个一个房间看过去。原来五房只有老太婆卧室的吸顶灯是亮的，其他房间都没有灯。粽子后来为老太婆修复了另外两间的灯，还要再修下去的，但老太婆突然发怒地说，不要啦！

每一个房间，都能闻到老太婆身上特殊的腥气。老太婆并不爱吃鱼，可是不知为什么腥气很重。老太婆手术的时候，粽子帮她洗衣服。粽子撒上极多的洗衣粉，可是，即使这样，即使衣服刚刚从太阳的曝晒下收回来，把鼻子贴近一闻，还是有淡淡腥气。因此，夭夭九每次进屋，都放肆地掀鼻孔。而且她要是想告辞离去，从来不说，只是看着粽子用力掀掀鼻孔。如果不是那把刀，夭夭九很不喜欢来这里。

推开老太婆卧室的门，腥气扑面而来。粽子不由也像夭夭九那样掀了掀鼻孔。他忽然有点想笑。有一种怀念的愉快。他在老太太只剩光板的大床上坐了下去。床板认生似的，猛地嘎叽了一声。粽子继续掀鼻孔，后来他瞪大了眼睛。他看到了床头柜上的一个大文件纸袋。袋口有上下两个一分硬币那么大的圆纸片，白棉线通过它们上下绕行，用以封口。他有点疑惑，记得他们是把老太婆荣誉橱里的东西，统统装到这样的粗皮纸袋子内的。当时，他们拒绝给他任何一枚纪念勋章。

粽子俯身将袋子拿到手，还只是拿着，他就明白了，是的，正是勋章之类的东西。打开一看，没错。粽子还是无法克制地奢望那把青铜马首刀，可是，他再一次失望了。没有。没有刀。他把它们统统倒在床板上：珠江纵队纪念章、东江纵队纪念章、德河谷战役奖章、香港抗日游击队纪念章、港九独立大队成立六十周年纪念章、大浪湾歼灭战、新界乌蛟腾抗日英烈微型纪念碑、中国十大元帅头像纪念群章……

为什么没有带走呢？是忘了还是最终决定抛弃？对老太婆来说，这些勋章是伟大的青春，是一种不寻常的回忆。但对于别人，就不一定是这样的。是吧？不过，粽子费力地想了想，觉得儿女应该比别人更珍惜老人的东西，因此，更大的可能性是他们匆忙之中遗忘了。

老太婆屋子的后窗，是个小山岗，那是天牛岭的尾巴。矮矮的，满岭巨石，靠楼房这面，大大小小的卧石上，地衣似的，匍匐着很多美人樱草，粉紫色、抱成碗形的细小花朵，随便一点小风，它们就会娇滴滴地抖动。再往上走，上面有网球场大小的一块平地，有很多橡皮树和方竹丛。老太婆经常在上面练太极剑什么的。

从房间里就能看到，前厅的走廊上的阳光开始浑浊变软了。粽子走上光秃秃的阳台，天牛岭山腰上的几架高压电铁架前后，依然是鸽群翻飞。太阳渐渐西坠，变得又大又红又软。忽然，只听到阳台下面有声音高喊：舅舅好！舅舅好哇！

粽子随声就看到楼下那个弱智小青年。他一手拖着一根黑胶水管，一手高举着，向粽子猛烈挥动。弱智青年非常友善，身形像个中年妇女，可是脸蛋永远红扑扑的，两条淡淡的络腮胡子像淡墨一样画在脸边。据说他只有十七岁，但逢人就喊舅舅好。

粽子的私生活

如果不是那个弱智浇花工，粽子是不可能和老太婆相遇的。

粽子的生活说起来也很简单。他的生活计划是这样的，每个月平均偷十二部手机，赃机均价三百多元。每个月，他需要两部手机支付房租，三部手机寄回乡下，给母亲姐姐——当然，母亲和姐姐永远都以为是他打工的钱。他自己用七部手机费生活，尽量节余，想买房子，把母亲哥哥接来，但是，他觉得目标太高了，因此灰心。

有时月度计划完成得太早，他会放自己的假，或者帮广告公司送些邮递广告，当然，除非计划外途中，碰到了太过分的诱惑，他才出手。像那次，在公交车上，一个时髦美眉颈子上挂着一个最新款的TCL原韵3288小手机。乳白色的。粽子眼睛都看别处去了，他真的不想下手。可是，那个讨厌的丫头却挤到他跟前来。简直就是非要挤过来送手机的。不是眼睛，是他的胳膊他的手，看准一个拐弯，自动地左胳膊就顺势一抬，估计车轮只转了小半圈，右手就闪电般摘下了那个精美的小东西。

可笑的是，那个小丫头一点感觉都没有，到站的时候，就那么戴着一段空绳子隆重地下车了。看那身姿，还挺拔得不行。

还有一次，在厦大那边。他背着一大叠邮递广告，也是准备干正经事的。可是，公交车开到文化宫站的时候，上来一个黑脸男人。那男人一上来，就对驾驶员出示了一个什么证件。可是，驾驶员说，我不认识这个证。下去！

黑脸男人低声解释了什么，驾驶员根本不看他，只是依然傲慢简洁地令他下去。争执就大声了。车厢前段所有的耳朵都听到，原来上来的是反扒便衣警察。他说凭此证不用买票，因为上车是开展工作。可能是身份暴露，便衣突然就态度粗暴起来。他厉声说，我的身份被你暴露，一切后果你负责！有种，给我开到你公司去！

驾驶员声音温和了一些，但是并不让步，他说，我没有接到任何通知。难道你想耽误这么多乘客赶车吗？！他煽动性地向车厢后一展臂膀，很多乘客立刻说，是啊是啊，去拿通知来吧。我们还要赶路。

下去！下去！粽子身边的一个穿真丝T恤的男人说，警察就不要买票啦？了不起了嘿！

更多的乘客哄了起来。便衣警察的头脸骤然涨红得像猪头，他非常孤单。他恶狠狠地拧过脖子说，你！你们！——我他妈的是为了谁？你们被偷了是他妈的活该！

很多人笑起来。便衣噌地跳下车，几乎同时，司机啪地关上车门，快得简直要夹住便衣的尾巴。很多乘客都在互相议论。真丝T恤大声对司机喊过去，老噻！（师傅）你——到行风评议办投诉去！干您姥！警察就能作威作福啦！我呸！你给我先投诉他！司机假装没听到，也许他在掂量自己是否闯祸了。

就在这工夫，真丝T恤皮带上扣着的摩托罗拉手机，被粽子从皮套底部一捏挤，就像捏挤一个成熟的豆子，到了粽子手心。粽子下车的时候，把智能卡取出，扔进下水道缝儿里。他一路把玩着那款手机。他想，那痞子怎么看都像两劳释放人员。那个黑脸便衣倒也令人愉快，嘿，不就是马、洪（警察）之类的麻烦东西吗？

那天，他在度道山投完所有邮递广告，下山的时候弱智浇花工看见了他。舅舅好哇，舅舅好！粽子便走到他身边。

粽子说，今天只是浇水吗？不施肥？

小浇花工吃力地挠挠脑瓜，想了好一会儿。他说，已经很肥啦，舅舅。

邂逅暴烈的老太婆

如果不是智障少年浇花工，粽子觉得自己一定不会碰上老太婆，不认识老太婆，那么，他心里就会依然保持原有的稳定。但是，与老太婆的奇特往来，模糊了一种稳定，他对自己的真实需要，产生了眩晕感。

那天，他和小浇花工瞎逗的时候，老太婆出现了。

一个白头发的老太婆像螃蟹一样，横着腿歪身子地走上坡来。腾腾腾地，身子很冲，像是跟谁赌气。粽子看着有趣，他这辈子还没见过人腿可以这样迈步，不由聚精会神，身子还跟着她横晃。小浇花工嘿嘿笑着，身子也剧烈地摇晃起来，像一个大母蟹。老太婆横行到他们跟前，手里的塑料袋突然断了提耳，一兜西红柿突地蹦到地上。粽子抬脚想阻挡，可是，好几个西红柿，咕噜噜地滚下坡道。粽子只好起身，追逐而去。

老太婆双手叉腰，看着粽子把西红柿一个个捡了回来。老太婆不接粽子交还的西红柿，双手依然叉在干瘦的腰上。她叉着的手肘晃动了一下，一指地上的豆腐、芹菜之类。粽子就把它们一一捡起来，可是，老太婆还是不接。老太婆侧过身，依然像螃蟹，腾、腾、腾地开步了，粽子看她走了几步，只好提抱着东西跟上。老太婆停在右拐弯处一排高大的相思树前的红砖小楼前。已经走到红楼的楼道防盗门外，她的身子还未停，两脚还是横张着，左右一二地踏了几下，身子才停稳下来。老太婆开始按密码。粽子准备趁机把东西递给她。还没走近，老太婆厉声说：

输密码啦！退下！

粽子只好后退一步，甚至有点心虚。这和他当惯小偷有关，但是，他真的不想送老太婆进去了。显然，老太婆似乎赖上他这个劳动力了。这个楼有五层高，粽子只好希望老家伙不要住在五楼。后来他才知道，度道山上，尤其是这栋红砖楼，住的都是非同一般的离休老资格。普通的离休干部，连一楼都享受不到。

老太婆开了楼道大门，更像螃蟹，不，以比螃蟹更滑稽可笑的姿势，不倒翁一样左摇右晃地一层层横上楼梯。粽子终于忍不住窃笑起来，只好跟在膝盖几乎不打弯的老家伙后面，慢慢上楼。好在老太婆住在三楼。她用钥匙把门打开的时候，粽子赶紧说，呃……婆婆，这个，菜……

老太婆不接。粽子想把它们放门口，刚弯腰，老太婆尖厉的声音就响在头顶：放厨房去！你进来！

粽子只好把菜提抱进去。

那次，是他第一次走进那五房两厅的大房子。老太婆像监工一样,兀自点着头,指示他把菜放在厨房水池上。你来!老太婆又下指令,然后,她腾、腾、腾地往客厅走。客厅起码有二十平方米,一大套发暗的红木沙发,笨重又难看,沙发前面是一个老款电视,电视后面满墙带框的老照片。大都是很久的老照片了,颜色黑的部分发灰,白的部分发黄,有的书本大小,有的却放大到杂志大小;沙发后面是一架钢琴,钢琴边是两只一米高的大花瓶,乱糟糟地插了很多孔雀尾巴毛。钢琴边,有个玻璃门大橱,像个工艺品橱窗。

粽子对城里居家的结构装修缺少认识和比较,他只是觉得挺冷清的感觉;夭夭九就不一样,虽说总是深夜出现在各色人家,鬼魂一样游荡洗劫,但是,也毕竟是见多识广的阅历,所以,她一见老太婆的家,就嗤之以鼻地说,垃圾!破烂!

老太婆把粽子首先领到玻璃橱前。这就是粽子第一次见到那青铜的马首刀的时刻。老太婆在身子的摇摇晃晃中,摸出了一把钥匙。那个玻璃门上的锁,就像商店里首饰贵重物品的长把子锁。老太婆哆哆嗦嗦地插不准锁孔,粽子想帮她一把,老太婆暴躁地摇晃了身子,表示拒绝。

这是香港新华分社纪念章,这是港九独立大队纪念金币——不要用手摸!

老太婆拿起一张纸头:这是香港回归庆典邀请通知书,我去了……

粽子看到各种金色勋章,被轻轻取出又小心放回去,它们不断在一只苍老的手上闪光,有的精致,有的粗糙,有的有绶带。有两个什么章,老太婆还把它贴在干巴的胸口上。粽子想,老太婆是个人物吧,有个了不起的过去。可是,粽子没法儿深想,一方面他本来就是想应付一下马上离去,另一方面,他突然看到了刀。那个黝黑的、透出暗绿的刀,一见到它,他感到心脏异常地收缩了一下,这是和企图占有新款手机不一样的心动。其实他至今也不算真正认识那把刀,但是,他感到震荡和异样。

那是一把黑褐色的刀,长约二十多厘米,轻度弧形,造型像一面迎风的芦苇叶子,中空的柄首却是个极精神的马头造型,马鬃迎风而起。整把刀有种说不出的超拔和洒脱。粽子从来没见过如此色泽和造型的刀。

参观完毕,老太婆把橱门锁上。过来!老太婆走到电视机前说,看看这里面哪个是我?

粽子跟了过去。那面墙上挂着七八个老照片镜框。粽子仔细看了一遍,除了一张两个少年抱白鸽的题为"我们爱和平"的黑白照片,其余全部是半个世纪以前的军人照片,好像是电影里八路军的服装。他专门看女兵的合影照片。那些女兵都是齐肩黑发,扎着皮带、绑腿,服装宽大不合体。不过个个英姿飒爽的。可是,没有一个女兵像身边的老太婆。粽子连指两个,都被老太婆很不高兴地否定了。因为老太婆不高兴,影响了粽子的直爽,他只好指了指一个非常美丽的女兵:这个。

老太婆眼睛立刻像火炬一样燃烧起来,亮得简直晃粽子的眼睛。老太婆几乎要把脸伸到粽子眼睛上,是我吗?老太婆的脸进一步逼近：她像我吗？你从哪里看她像？是从哪里？

粽子结结巴巴。因为哪里也不像。粽子困难地感到，天使和巫婆都在他跟前。粽子含糊其词，眼睛、脸型吧……唔，反正都有点像。我要走了，婆婆，我还有事呢。

你能肯定她就是我吗？

粽子艰难地点头。老太婆第一次露出了慈祥的笑容。可惜那笑容一闪即逝，老太婆恢复了严酷的或者说霸道的表情，坐沙发上去！你是谁啦？

女贼的出现

夭夭九的声音非常沙哑，有点像变不好声的男生。她的声音在粽子看来，简直是刺激耳膜。因此，夭夭九在电话里厉声训斥完还是陌生人的粽子时，粽子连连说抱歉，就赶紧按了电话。可是，夭夭九的电话再度追打过来，粽子再挂掉逃避。夭夭九再追击，粽子不胜其烦，只好关机。可是，到晚上一开机，夭夭九的电话就追杀进来。粽子说，我已经道歉了！我不能再做什么了！我讨厌你的声音！

夭夭九像只公鸡一样，突然大笑，说，请我吃饭，这事才算完。这个时候，粽子还不能确定夭夭九是男是女。

夭夭九有一双比常人至少长四分之一的细长眼睛，浓密的睫毛在眼尾处长得打弯，看上去老是眯缝着看人，傲慢和纳闷的眼神奇怪地混合在一起，瞟你一眼，感觉怪得不得了。头发细软而蓬松，向脸侧轻曼地飘张着，好像不愿挡住那个特别的眼眉。平时，夭夭九都是把头发扎成马尾巴,可是,深夜,她穿着袜子,在某个陌生的人家,翻箱倒柜搜索主人裤袋手袋时,必定是披头散发,咬着一支钢笔大小的手电,实在是比鬼魂还要人命。据说有失主半夜醒来,看到一披着头发的女人,在卧室梦游般无声飘动时,吓得当场尿了床;有不信邪的失主,一睁眼就判定是贼,但往往再度闭上眼睛装睡,等到天亮面对看现场的警察,他们又往往十分夸张,把夭夭九描绘得如同才出棺的鬼魅,身手非同寻常。夭夭九也有失手过,碰到英勇的失主,她只好光着脚逃窜,发足狂奔。她总是留着门,甚至留着来时的出租车。三次历险,她被迫送给失主两双半好鞋。

有一次,她没想到那家有狗,仓促中她从阳台爬跃而下。白天来看现场的两名警察,怎么都不相信是个女人作案,因为阳台上的钢筋防盗栅栏,未经训练的人是撬不开的。当然没有人想到,夭夭九出生在消防特勤大院中,用一根棍棒,从一个特别角度旋转破拆防盗栏,是基本功。如果没有防盗栅栏,她从七八层高的顶层,可以徒手通过阳台,一层层翻下,自由进入任何一个未扣死阳台门的房间。这也是消防队员的基本功夫。后来,夭夭九和同道人交流出一种一字形和十字形的门钥后,这种杂技式的道行才几乎不用了。那十字形的门钥,专门摧毁锁心,被撬时声音极小,而且带上门几乎看不出任何异常。因此只要现场不乱,有的失主早上还傻乎乎地锁门上班去呢。

粽子使她再次历险。那天凌晨四点,正是人们沉睡时光。夭夭九鬼魅般的身影,飘移在凤凰山庄靠隧道口的一户人家客厅时,她第一次忘了关手机。平时哪怕安全系数再高,她在作案现场也绝对是关掉手机或根本不带。在现场，她杜绝忌讳制造任何声响，因为即使不惊动失主，也会分神而影响手上工作。可是，那个深夜，她自己竟然忘了关机。悄无声息地弄开门后，她脱了鞋子，然后习惯地在玄关站了站，一方面是定神，一方面是等待适应感，或者是想听听主人的鼾声也成。而这时，一个陌生电话竟然打了进来。哪怕反应再快，她也无法在三秒钟内让手机禁声；她恨不得一脚将手机踩得粉烂，或一口吞下手机。她咬紧牙关，隔着牛仔裤袋，飞快地用拇指将手机整片按键，狠狠地压磨过去。不管是接通还是关机，手机不响了。夭夭九冷汗汹涌而起。

谢天谢地，失主居然没有醒。夭夭九的全身第一次被冷汗湿透。

她惊魂甫定，退了出来。穿鞋的时候，只是顺手提走了沙发上的一个便携电脑。这个电脑不是放在电脑包里的，而是女人的大手袋中，似乎是主人没及时拿出来。后来夭夭九才知道，没有充电器和辅件。那个手袋皮质异常柔软，是POLO的。但是，因为没有配件，笔记本电脑不好卖也不好用，因此，夭夭九对那个半夜打入的电话，越想越光火。

两人第一次见面、第一次吃饭，就在台湾上包餐厅。因为当时粽子正在那儿吃他的晚饭。因为难以摆脱，因为便宜，粽子就说，你过来吧，我在台湾上包餐厅。十五分钟后，夭夭九就到了。粽子完全不能猜认她，因为他下意识里觉得对方是个痞子少年。他的座位就面对大街，透着大玻璃墙，他边吃边浏览着来来往往的众人，他看到一个穿黑红色细吊带棉布背心、土红色低腰牛仔裤的女孩穿过马路。女孩推门而入时，有两样东西令他注目了好一会儿，一是那双特别黑长的怪异眼睛，二是她肚脐上一个银亮的脐饰，后来他才看清那是一只小指甲大的银蝎子，蝎子的尾巴，钩卷上来。

女孩看着他径直向他走来。粽子还起了一点虚荣心，觉得自己够帅有吸引力，以为女孩想坐他身边位置。可是，女孩停在他身边，突然就拍了他戴帽子的脑袋，比公鸡还糟糕的嗓子骤然响起：你倒自在啊！

粽子措手不及。他告诉对方自己戴着长舌牛仔帽，人家一下就认出了他，他却很没好气地以为在等一个少年痞子。粽子因此说不出话来，后来开始嘿嘿傻笑。夭夭九就用力再拍了他的头一下。

这一次，他们都没有看到墙上有着他们各自喜欢的几米漫画。他们彼此都把注意力放在对方身上。粽子分辩说，他的确没有使用电话，当时他在睡觉。他真的不明白他的手机怎么会自己打给她的；夭夭九把铁证如山的手机电话记录拿出来给他看，粽子看了有点理亏但十分困惑。他确实没打，他说他的手机在充电。夭夭九听罢又抬手想打粽子戴帽子的脑袋，粽子一把抓住她的手，连忙说，你想吃什么？

夭夭九认为半夜四点用电话的人，一般不是好人，好人这个时候该睡觉了；另外，她认为粽子的声音和语气特别好听，所以她认为有必要来看看。她边吃边告诉粽子，手机响的时候，她正准备入室盗窃，因此她差点被害死。粽子笑了，他觉得这个女孩太能编故事了。有趣。

最后，他问夭夭九痛不痛，夭夭九说，什么？粽子指她肚脐上的饰物，夭夭九眯了眯长眼睛，牵了牵一边嘴角。夭夭九就拍拍屁股走了。粽子觉得她是在笑。

没有交换名字和电话，实际上至今他们都不知道对方的真实名字，但是，电话却是在他们之先，就自动互相认识了。

与老太婆交往：被迫与主动

粽子并没有像他原来想象的，把菜帮老太婆送到，就马上可以脱身离去。老太婆问了他干什么的，第二句就问他会不会跳舞，粽子说不会。粽子说，我真的还有事，婆婆，我下次再来玩。

老太婆说，我会跳舞。打仗的时候，非常苦，可是，我们很乐观，我们大家爱唱爱跳。大薰山那次突围，我们冲出敌人包围，和刘和光、王庆忠他们部队的同志失散了，十多天后，我们突然在大雨的山坳里相逢了。我们激动地扑向对方同志，我们互相握手、拥抱，热泪满眶。欢呼声在大雨中比春雷还响，后来不知谁带的头，大家不约而同地高唱：

  为了国为了家
  我拿着枪骑着马
  生活在战斗的黑夜里
  也驰骋在火热的阳光下
  战斗已经几年了
  我还没有回过家

眼前是金黄一片
又是收割的时候了
回去吧！不！
我不能把枪放下！
我不能把枪放下！

老太婆苍老的双手，卡在腰间，剧烈地摇晃肩胛。有着不好打弯的膝盖的长腿，像没有上油的木偶，失控地舞蹈。老太婆以稀奇古怪的动作，扭动着僵硬的身躯，又唱又跳，上气不接下气；那头又干又白、看上去硬巴巴的白发丝，随着动作，麻绳一样生硬地飘动着，像一顶糟糕的假发。粽子瞠目结舌地看着，十分担心老太婆会跌倒，或者闪了老腰。

一曲终了。老太婆老脸上春花带露。她说，好不好看？

粽子连忙说，好看！婆婆。再见。婆婆。他直接往门外走去。老太婆说，等一下！等一下！我锁了门啦！果然门拉不开。老太婆哆哆嗦嗦地摸出钥匙开门。要防一防，老太婆抱怨地说，现在小偷太多啦。

老太婆开门很慢，照旧是瞄不准锁眼，但是，粽子不敢擅自接过来替她开。这工夫，老太婆说，本来我可以留你吃饭。我的微波炉坏了，找不到发票，他们就不上门修，我又没办法拿过去。好了。开啦。下次再送广告的时候，你要来找我。

下次就是两个月之后了。粽子又去度道山送过多次邮递广告，但每次都暗暗希望不要被老太婆逮住。小浇花工看到他，仍然老远就挥手高喊，舅舅好，舅舅好哇！每次，他都担心会被老太婆的耳朵听到。后来有一天，粽子突然想到老太太的微波炉。回想当时老太婆说，坏了，不能请你吃饭。粽子就有点想笑。感谢这个破烂微波炉，要不老太婆就不开门，他只好在那儿吃饭了。如果吃了饭，老太婆再不开门呢，说不定只好在那儿睡觉了。

微波炉坏了，就没办法请人吃饭，说明老太婆很依赖不生火的东西。粽子想了想，觉得老家伙有点可怜。想了想就过眼云烟去了，反正人老了，都是这样。再后来，他在一个偶然的机会碰到认识狐狸的道上朋友，那朋友想出手一件刚盗来的什么古玉，粽子便第一次接触到他感觉肮里肮脏的倒腾古玩的家伙们。他猛然想起老太婆荣誉橱里的马首古刀。

他去按老太婆门铃的时候，已经是两个月后的夏天了。老太婆嗓门尖厉而不平衡，通过门铃喇叭，那声音像是和人吵架：谁啦？！粽子说是我。老太婆还是恶狠狠的，是谁啦！粽子说我是粽子。我送广告，来看看你。

门扣哒地开了。到三楼再开门的时候，老太婆猫着腰，脸贴在防盗门不锈钢条格子中，像小偷一样，盯视了粽子半天，才说，等住！我开门。

老太婆认出了粽子。她说，报纸箱里我收过很多次广告单了。你没有来看我。

粽子嘿嘿笑着。

今天怎么想起来了？！

老太婆很严厉地追问。粽子被她问得不好意思。粽子说，今天时间比较早。你的微波炉修好了吗？

屁！叫我一个老太婆送到维修站，怎么送？我跟你说，现在的人心坏了，什么售后服务！都是骗钱的花言巧语！你去看看什么牌的——去看看！

粽子只好起身，看了报告给她。记住！老太婆威严地拍着桌子，以后不许买这个牌子的！我本来叫报社记者来曝光，他们也要看发票。12315也说要发票。都是什么话！难道还是我自己造的？现在的人都是什么东西！为老百姓，谁为老百姓？我们那一代的人，心里才装着老百姓！

那次，粽子把老太婆的微波炉带走了。一周后，他把修好的微波炉再给老太婆送回去。老太婆很高兴，脸上也比原来和蔼悦目多了。人老了，门牙等所剩牙齿，个个好像都变得很长，一根一根的，还显出黄褐色。老太婆笑起来的时候，粽子不由就想到老兔子等食草兽类，他怎么也无法把她和墙上六十多年前美丽的女兵联系起来。

粽子说，婆婆，你的腿是打仗受伤的吗？

这边是，现在里面有块弹片；这边不是，是走不好路摔的，加上风湿，医生说膝盖骨变形啦。

老太婆不再跳舞了，那真是要了粽子小命的疯狂舞蹈；但老太婆经常唱歌，用十分尖厉而不平衡的嗓子，也蛮折磨人的；老太婆还弹钢琴，最喜欢弹的有《渔光曲》《绣红旗》《松花江畔》《游击队之歌》。在粽子听来，钢琴也弹得不怎样，因为听来声音十分单薄，也没有力气，像小童初练琴。但是，老太婆总是自弹自唱，这个让粽子有点佩服。

最多的时候，老太婆喜欢讲过去的事。老太婆经常坐在阳台上，看着天牛岭山腰上，看着那群不断俯冲、不断飞翔的鸽子出神，有时就会回忆和讲述她过去的故事。在她青光眼发作，什么也看不清的时候，她就会先问粽子，现在有鸽子在飞吗？

粽子就说，有啊，一大群呢，正在飞过高压线塔，哦，又转回来了，往山岗上去，拐弯了，它们现在冲到那高楼底下去了，上来了，又都上来了……

女贼的私生活

粽子和夭夭九再次共餐的时候，仍然没有看那两幅他们后来各自非常着迷的几米的大幅漫画。第一次他们在他们各自喜欢的漫画下面邂逅了，但是擦肩而过；第二次，他们不在那个台湾上包餐厅进餐，因此，和那两幅漫画再次无缘。

那天凌晨两点左右，粽子的手机响了。是个陌生的号码。他喂了一声，就听到了男女界限不清的独特嗓子：过来！我请你吃龙虾！

粽子迟疑着，他不是犹豫，他是在紧急判断夭夭九是否在恶作剧。夭夭九说，来不来？味道鲜美极了！本港龙虾哦，不是澳洲的那种。不过，是偷吃，有风险！

粽子从床上一跃而起。

真的是偷吃。地点是虎头工业区旁一个不大不小的餐馆。餐馆已经打烊，只有厨房灯火通明。夭夭九出来接他，两人从后门一个蓝色的大塑料潲水桶那儿绕进厨房。厨房内热气腾腾，只有夭夭九一个人，她居然还围着及膝的长围裙。夭夭九指着锅里说，那是红膏蟹，蒸熟了我们打包带走；你看，这是生龙虾，我片好了。芥末。酱油。嫩姜丝你要不要？最好别放醋。

粽子不肯承认他是第一次吃龙虾，更不承认是第一次吃生的。他学夭夭九的样子，蘸了口酱油芥末，刚入口，顿时五官暴动，泪水直冒，既不便吐又不敢吞，鼻子也被冲得恨不得能一把揪下。夭夭九眯着浓黑的长眼睛说，你只能轻轻蘸一点，这样，两头蘸一蘸，否则鲜美的味道就被芥末盖掉了，人还难受。对不对？

粽子终于五官复位后问，这是谁家的饭店？

夭夭九说，我叔叔的。嘻嘻。过瘾吧？我经常这样。非常安全。你不知道，这种中小酒家的厨房，是最安全的，一般没人值班。

粽子后来才知道，夭夭九把被她侵害过的所有失主，都叫叔叔。这是我叔叔的假劳力士；这是我叔叔结婚用的白金钻戒；这是我叔叔的新款商务通；这是我叔叔女友的卡地亚手袋。

两只龙虾不过一小碗肉。吃完，夭夭九灭火揭开大铝锅盖，连尼龙网兜一起提起，起码五只肥红的大膏蟹被提出锅。

出门的时候，碰到两个巡警，巡警路过他们身边，又折了回来。喂——

两人都吓了一跳。

巡警说，干什么去？

夭夭九用鼻子哼了一声。巡警开始打量粽子手上放着红膏蟹的黑塑料袋。粽子主动打开塑料袋，让他们看到是蟹后粽子干咳着说，请老婆回家去。咳，她生气了。夭夭九用力推了粽子一把，扭身就疾走；粽子尴尬地冲警察笑笑，嘿嘿两声，然后哎——地追了过去。

两名巡警看着他们，又互相看看，摇了摇头，又往前巡去。

夭夭九住在一个农民家里。四壁贴着碎花浅色墙纸，地上铺的是木纹塑料地毡，看上去不过是虚假的整洁漂亮。但是，里面什么电器都有。两人喝着葡萄酒，吃着红膏蟹。夭夭九说，你不是好人。好人看到警察都说真话；你绝对是非常糟糕的坏人，很糟糕的坏人，才能把假话说得那么像真话。

粽子嘿嘿笑着。后来就全招了。

招完，粽子说，你父母在哪里？我看你像本地人啊？

夭夭九扬起下巴，眯着浓黑的细长眼睛，像要睡过去的猫咪。夭夭九不回答这个问题，可是，粽子和夭夭九第三次共餐的时候，是在有那两幅大漫画的台湾上包餐厅。粽子的位置在《小鸭、小船、小渡轮》下，夭夭九的位置在《风吹了我的草帽》下。面对面，他们互相看到了自己最动心的漫画。夭夭九忽然就说了她的家。夭夭九第一次说了一点她的家。她把她妈妈叫那女人，爸爸叫那男人。她说，那个女人在我十一岁的时候，和一个太监一样的娘娘腔走了；听说，那太监的爸爸倒地皮、倒房产，有点臭钱，所以，那女人又勾搭上娘娘腔的爹，把娘娘腔给甩啦；那个男人，别看他救火的时候，很神勇，有一次加油站爆炸，他的两个同事都炸飞了，他也差点就死了。他家里的奖状比垃圾多，他毕生的乐趣就是听到火警警笛长鸣，如果没人报警，他就梦想自己纵火，然后英勇救火。可是，这么不怕死的家伙，就是对付不了自己的女人。如果那时候我有现在这么大，我就会建议他把他女人炸死算了，何必吵吵吵，丢人现眼，大男人一点出息都没有。

粽子后来才知道，兲兲九的爸爸是消防队员，而且已经是个高层领导。可是，兲兲九从初三毕业就决定自己过日子了。她父亲原来经常找她回家，但找一次，父女俩就爆吵一次，后来他就绝望了，除了送钱来，他只是恳求兲兲九千万别碰毒品，其他他不想管了。

男贼和女贼的往来

台湾上包餐厅是连锁店，每个店的装修装饰很一致。餐厅老板可能特别喜欢几米的漫画。每一个连锁餐厅的墙上，都有六七幅漫画，每一幅都有小报那么大，每一幅下都有一盏向上打光的小射灯。兲兲九不管在哪一家，她总是要坐在能看到《小鸭、小船、小渡轮》的那幅对面，边吃边眯着浓黑细长眼睛欣赏那幅漫画。

那幅漫画上，是一个大头小女孩，光着小脚丫，单薄地坐在木桥上，小女孩的小光腿悬空在桥水之间，她佝偻着小身子看着水面。桥下的水面上，有一只玩具小鸭、小船和玩具小渡轮。水流就要把它们带走了。画旁边有几行幼稚的字：

小鸭、小船、小渡轮

再见，我不再想你们，不再爱你们了

昨天我爸爸、妈妈大吵一架

夜里我们抱在一起哭了很久，现在你们还害怕吗？

以后再也听不到吵架的声音了

这一切都是为了你们好

再见了，不要为我担心

……

有一天，很突然地，粽子想到夭夭九住地去玩，他想把一个刚到手的会跳舞的新款A8手机送给她，打算把她的老摩V998卖掉。夭夭九却在洗钱。真正的洗钱，粽子敲门而入的时候，她正弯在自动洗衣机前倒洗衣粉。粽子和她说着话，靠近洗衣机时，大吃一惊。里面沉浮着至少二三千块钱，都是百元面额的。

夭夭九喜气洋洋。正好来帮忙。她说，再臭的钱，洗洗就好啦。

粽子直看夭夭九的眼睛，怀疑她是否有毛病。

夭夭九啪地翻上机盖。哼，那女人送来的。她哭着求我要呢。她倒每年还记得我生日。孝顺。我知道她都是臭钱。小时候，她给我的钱，我统统找人换成另一张，虽然都是一样的十元、五元，可是不换我就不舒服。我讨厌经过她手的钱。现在，这个办法是不是更有趣？

钱居然没有被洗烂。夭夭九开始把软塌塌的湿钱，一张张往墙上贴，并要粽子学着做。没多久，墙上蓝灰、粉红一片连一片，四壁都像起了皮，怪诞得不得了。夭夭九在床上狂蹦了几下，像一只炸锅里的青蛙。她说，好，我非常满意啦。

高处都是粽子贴的，他腰酸背痛，不胜其烦。粽子说，要不下次放微波炉，或者直接进臭氧消毒柜吧。

夭夭九尖叫起来：对呀！你怎么不早说！

粽子把厦新A8掏出来，要不要？要就把你的手机拿来换。

夭夭九立刻把自己的手机丢过来。粽子还是不给她，转身到洗衣机掀开机盖，把A8咚地扔进了空桶中。夭夭九扑了过来。

这个不要洗吗？它昨天还是别人的，也许是人家叔叔花了四五千块的血汗钱买的。赃物就是脏物，是很脏的东西，对不对？

夭夭九已经把手机抢在手上。不，她说，这是利益再调整，我叔叔会愿意的！这不脏，不脏！不用洗啦。

老太婆、夭夭九互相厌恶

粽子没有想到，老太婆和夭夭九是那么的互相不喜欢，甚至是相互讨厌。老太婆管夭夭九叫"你那女的"，夭夭九从第一次见到老太婆就叫她"老疯婆"。第一次见面是在老太婆家。夭夭九走进来的时候，老太婆就像老猫问候小鼠那样，一句话也没有，横移着腿，不断在夭夭九身边转圆圈，上上下下打量着夭夭九。夭夭九脑袋跟着老人的身子转，一边放肆地掀着她漂亮的鼻孔。

老太婆伸出手，她想摸或者是想取下夭夭九肚脐眼上戴的东西。

夭夭九飞快地一掌把她的手打掉。老太婆瞪起眼睛，再次伸手还是要动，夭夭九还是出手把她的手打回去，不仅如此，夭夭九竟然像印度女人那样，狂扭几下腰胯，瘦平紧实的腹部中央，银亮的小蝎子跳跃闪动着，极大地刺激了老太婆。

难看！丑！你丑！老太婆非常愤怒。

那时，粽子只要有送广告，都会去老太婆那儿转转，听老太婆说说话，然后看看橱柜里的青铜马首刀。就是说，那时候，粽子和老太婆已经是朋友了。所以，粽子时不时会说到老太婆一点什么，夭夭九对老太婆也不是太陌生，即使她们原来从来没有见过面。尤其是刀。

夸张地扭着胯，夭夭九闪动着银蝎子，径直往陈列橱走去。其实，任何一个客人，不管你愿不愿意，老太婆都会命令你参观她的荣誉陈列橱，不管你感不感兴趣，老太婆都要当你的讲解员，从第一块纪念章讲起。因此，夭夭九主动一过去，老太婆就左右摇晃地紧跟过去了。可是，夭夭九竟然自己想拉开橱门。老太婆兴致勃勃地尖叫，我拿钥匙开啦！

橱门一开，夭夭九伸手就摸向马首刀。老太婆出手更快，夭夭九的手背已经被打了一下。

两个女人互相瞪视着。

老太婆厉声说，我来拿！都是历史文物啦，随便你摸啊！你到博物馆，人家让你随便伸手吗？！一点教养都没有！

夭夭九粗声哼了一声。老太婆先拿出的是一块军功章。老太婆在讲解来历的时候，不是以前那种沉湎于往事里的表情，而是不断看着夭夭九,边说边打量夭夭九。她也许是在怀疑告诉夭夭九这些有没有什么意义,果然,她说了几块纪念章,停了下来。

夭夭九又把手伸向刀。她想让老太婆说到刀。老太婆也许误会了,她猛然将橱门重重关上,赌气似的转身就走。更令老太婆不悦的是,老太婆在阳台上看鸽子的时候,夭夭九竟然冲着那边的鸽子猛吹口哨,老太婆当场翻脸,马上要赶她出门。

初次见面,她们俩的关系就拧住了。夭夭九走后,老太婆投诉了夭夭九很多劣习。比如,"你那女的"在卫生间不关门,还在马桶上坐二郎腿;"你那女的"眉眼不正,不像好东西,少在她身上花钱;"你那女的"贪吃,说话不实在;老太婆直截了当地对粽子说,不娶她!以后我给你介绍好的。

夭夭九对"老疯婆"评价同样不佳,夭夭九恶毒地说,老疯婆活该被子女抛弃;说"老疯婆"是个十足的小气鬼、抠门精,拿出来的喜糖,全是孩子都上学入托的人结婚时送的,还一人只给一颗!夭夭九最恶心的是,老太婆让她用自己的贴身破汗衫做洗碗布——那次夭夭九洗碗,一看用那洗碗布,坚决不干了。后来是粽子洗的,因此,"你那女的"的罪状多了一条:"非常非常——好、吃、懒、做!"

老太婆是极其节省的。有一次,粽子被她叫去,比说好的时间迟到了半个多小时,老太婆勃然大怒,令他马上上厕所。粽子以为是军人痛恨不守时的作风,却原来是老太婆小便了,算计着他正好要来,好等他用了一起冲水。他却迟到了!

即使这样,粽子还是不大接受夭夭九那么说老太婆,他后来还是没事就自己一个人来。老太婆跟他说了刀的故事,他也偷偷背着老太婆到古玩巷走了一趟,但事实上,不知是不是他和老太婆真的有了友情,他渐渐感到困惑:究竟是为了看老太婆,还是为了看青铜马首刀呢?再后来,夭夭九明确反对粽子去那儿,粽子脱口就说,我不是"陪老疯婆晒太阳",我是为了那把刀。

一说出口,他就更迷糊了。但夭夭九非常认同这种解释,后来还不计前嫌地专程一趟,带了进口甜芒果贡献给老太婆。然后大大方方地掀着鼻孔,虚心央求老太婆打开橱门,让她摸摸刀。老太婆还是断然拒绝:不要你摸。不要。老太婆虽然吃着芒果,但满脸嗤之以鼻的表情,就像夭夭九当时断然拒绝她摸她的脐饰。

所以,两人的关系一直比较糟糕。

每一只鸽子都是一个同志

老太婆喜欢坐在阳台上,看着天牛岭前面翱翔翻飞的群鸽。她会不出神地看很久很久。那天粽子到她家的时候,老太婆在数着鸽群的飞翔阵次,421、422……

老太婆看了一天的鸽子。中午用微波炉煮的西红柿方便面。老太婆没有胃口了,面还剩在桌子上,一条条膨胀得粗粗的。阳台上,老太婆说,有一只领头的,它拐弯改变方向的时候,所有的都会改变方向;也可能没有领头的,但是,它们是有组织有训练的,高飞的时候,没有鸽子下降,下降的时候,也没有一只鸽子高飞……

粽子就陪着老太婆看,看着夕阳中鸽群飞翔。老太婆叹息了一声,说,每次看到它们,我就想起我年轻时候,想起我们的同志,每一只鸽子都是一个同志,谁是谁呢,我眼睛花了,看不出来,可是,他们是在那里。大家都那么年轻有力,朝气蓬勃。每一个人都充满热血,随时准备在奋斗中牺牲,因为,我们要把国家民族从危亡中解救出来。

老太婆要粽子到电视机前面墙上,仔细看那张八个女战士合影照片。粽子胡乱看了一下,眼睛停留在年轻美丽的老太婆身上。那时候,老太婆的眼睛真是好看啊,目光中还有一点得意,那是知道自己受人欣赏受人宠爱的女人目光;嘴巴非常的饱满,有点肉嘟嘟,尽管是褪色的黑白照片,一样能感觉到它当年的丰美鲜艳。粽子简直想象不出,五六十年后,同样一张嘴巴却完全两回事,现在老太婆的嘴唇,尖尖薄薄的,一条条皱纹,交叉通过嘴唇,那嘴就像盐的腌制品,它还经常合不拢,暴露着里面衰老的长牙齿。

只要在阳台上,老太婆的眼睛永远追随着鸽群。鸽群也永远在那灰岩巨石和绿树相抱的山岭上,在天空中,在楼房的边角,整齐地俯冲和上扬,像飞速奔驰的活云。阳光透过高大的相思树枝,打在笨重的木摇椅上,老太婆目光迷离,鸽子在她的眼睛里面翻飞。粽子就靠在她对面的阳台扶手上。

一九四四年夏天吧,珠江纵队根据抗日的需要,一部分主力挺进粤中,粤中的部队要和上级保持密切联系,需要组建电台,我们这八个,就是那十七个人的电台队中的女战士。我们每天要收抄新闻,翻译电讯,缮写电稿,学习报务技术。部队从五桂山根据地出发,渡过西江，向粤中挺进。由于这一路没有根据地做依托，战斗行军非常频繁，电台的通信十分困难，我们一直和省台联络不上。大家非常着急，无论白天黑夜，只要行军一到达目的地，我们就立刻选择位置，架设天线，点起豆油灯，开始试机联络。我们不停地按着电键，呼叫，一边始终静听搜索对方的呼叫，希望能在夜空的无线电波中，听到自己人的信号。有时候累得难以支撑，我们就用冷水洗脸继续工作。山里的蚊虫又多又毒，还有蛇！可是，我们和男战士一样，毫不在意。每当新华社发布胜利战报时，我们会高兴地搂在一起跳。你们现在根本不可能理解我们的快乐。

你知道我们那时候有多大吗？最大的只有二十三岁！比你还小。薰山战斗中，个子最小的白玉凤和最壮的"高马"牺牲了。我一辈子也忘不了那一次的战斗，到现在，我经常在梦中听到枪炮声和很多人哭喊的声音。

那是一九四五年吧，刚刚过完春节的一天，我们八个人合完影，部队从高明小洞出发，原计划夜袭新兴县城，后来改向云雾山区转进，准备在该地区开辟新的根据地。傍晚，一下子下起了大雨，非常大的雨，但部队按计划仍然在雨中前进。女战士们背着越来越重的背包，三四次蹚过齐腰深的河沟。我们那时很奇怪，月经不来就都不来，一来一个，就个个跟着来。记得那个急行军的晚上，八个人有七个人来那个，可是我们一样走在齐腰深的河水中。

三月初的春水寒冷刺骨，扎针一样的冷，麻刺麻刺得疼到骨头里面，可是，没有一个姑娘叫苦，没有一个人叫痛。我们和男战士一样乐观。第二天天还没亮，我们到了薰山村驻扎下来。由于彻夜不眠地跋山涉水八十多里路，大家真是人困马乏。一边喝着热辣的姜汤，我们一边烧火，小心地用火烘烤着机器，烘烤着衣服和背包。早饭后，战士们一个个躺在地上，马上就睡死过去了，太累了嘛，突然，枪声响了，侦察员来报，国民党一五八师分三路，向我驻地合围……我们从梦中跳起来。大家立刻收拾电台机器，等到摇机班的战士，将电台机器全部挑走，确认机器安全了，我们几个女战士才往东边冲去。

我们那时太年轻了，从来没有遇到被敌人包围的情况，跑出巷口，我们几个女的就跑到香蕉园中蹲着，以为这样就隐蔽好了。敌人追了上来，赶来救援的武装战士，和敌人发生了激烈的枪战，台负责人老吴，发现了我们这伙蹲在香蕉地里的女兵。他一边骂着这班傻姑娘啊，一边率领我们拼死往外突围。密集的枪声、炮声和村民的哭喊声及部队战士们的呼喊声交织在一起，我从来没有听到这嘈杂尖锐的混合声音。它们天天在我的梦里，忘不了啊!

两个女伴在突围中牺牲了，还有一个聪明滑稽的机务员严里岩，为了抢救一副发射天线被俘而跳下悬崖了……

孤独的老鸽子

直到后来，粽子才明白，老太婆并不是爱折磨人，才强迫他和她交往的，更不是夭夭九诊断的那种老年痴呆症。老太婆实在是太孤独了。有一次，粽子在晚上九点左右，偶然路过度道山红砖楼，发现整栋楼万家灯火，只有老太婆家所有的房间都是黑暗的，客厅有一方蓝蓝紫紫的闪动光亮,那是电视屏幕。每天晚上,老太婆总是一个人在黑暗中看看电视,然后早早睡觉去;有时,老太婆看着看着就睡过去了;整栋楼,只有那套房间充满了寂寞。有时候,一两个星期,甚至更长的时间里,都没有人和老太婆说一句话,只有小浇花工叫她舅舅好!老太婆有一次,为了纠正他的错误,坐在花圃围沿时,用了整整一个下午的时间,诲其不倦。太阳下山的时候,小浇花工终于腼腆地说了一句,奶奶好。嘿嘿。可是,第二天下午,小浇花工老远就向老太婆招手,大叫:舅舅好哇!

老太婆再也不理他了。老太婆青光眼手术前后一周,粽子和老太婆接触的时间比较多,他才注意到,老太婆经常自言自语。她的语音有时很模糊,但她一定在说什么。不过,每天中午一点半左右,老太婆会很清晰地说两句。粽子一开始不明白,有一次,老太婆正在和粽子说话,正说她父亲钢琴水平有多高,最喜欢那个叫李什么特的第几号作品时,老太婆突然停了下来。

再见。孩子。老太婆说。

粽子愣了一下,马上听到楼道里——好像是五楼,响起了童声。是一小孩的道别声,还有关门声,随之有小脚下楼梯的嘭嘭声。孩子嗓子很甜稚,分不清是小男孩还是小女孩,爸爸再见!妈妈再见!奶奶再见!

那声音唱歌一样,随楼梯而下。粽子从来没见过那孩子,但自从知道老太婆每天在屋内和他道别,他也开始聆听了那小学生定时的欢快动静。老太婆只要醒着,必然和那孩子道别,但声音很轻,就像自己说给自己听。有时候，老太婆会加一句，早点回来。或者，小心汽车，孩子。老太婆从来不向粽子解释什么。粽子也从来没问她为什么。老太婆去世后，粽子突然有一天想到，那孩子终生都不可能知道，他小的时候，有个老人，在三楼一个紧闭的屋内，每天都和他轻轻道别呢。

青光眼痛感世界

老太婆和粽子的友谊，严格说是产生在她患青光眼的那个时期。老太婆眼疾发作的时候，一开始并不太厉害。那天，粽子到老太婆家时，发现了老太婆并不看鸽子，而是闭着眼睛。老太婆脸色灰白。粽子觉得她这样睡觉会受凉的。粽子就想走了。

老太婆说，头不舒服，痛了几天了。

粽子说，你有药吗？

那时候，他们俩谁也没想到是眼睛的问题，所以，老太婆说，我有药，我有很多头痛药啊。没用。粽子说，那睡睡吧。老太婆不再理睬粽子。粽子转了一圈，看了看刀。橱门没关拢，上面还吊着钥匙，看来是老太婆上次讲过刀的故事，就忘了锁上。老太婆一直紧闭着眼睛。粽子干巴巴地又问了一句，那你要不要吃饭？老太婆摇头。粽子就走了。

第二天，粽子又去了老太婆家。那时，老太婆已经给了楼道钥匙和房门钥匙，钥匙片上用白胶布贴着老太婆儿子的名字，老太婆还有一套钥匙，那上面贴着女儿的名字。老太婆说，你先用，我儿子回来看我，你就要还给我。可是，几个季节过去了，粽子从来没听老太婆向他讨回钥匙。后来，粽子问了，老太婆说，儿子在山东，女儿在广东。都有自己的家，都很忙！粽子噢了一声。老太婆突然就恨恨然不高兴了，哼，可能哪一天你开门进来，就看见我已经死在床上了。硬啦！臭啦！

粽子没接腔，他不明白老太婆为什么突然不高兴，但是，他忽然觉得这么个年纪的单身老人，也还真是说不准呢。

那天，粽子敲门没人应声，粽子就开门进去。老太婆并没死，老太婆蜷在红木沙发上，似乎是用头撞扶手的奇怪姿势。老太婆面如土灰，她说，我忘了你的电话。我的头要炸开了。痛啊！

粽子把老太婆送到医院后，就陪了她一整天，先是各种检查，确认青光眼后，老太婆要输液，降眼压。医生说，正常眼压在二十五左右，可是，老太婆的眼压已经到了六十八。当然她的头会剧烈疼痛。

吊了一瓶适力达、甘露醇什么的，老太婆眼压开始下降，头痛开始缓解。医生建议老太婆做手术，老太婆一听就拒绝了。我的眼睛很好！老太婆说，原来我是1.5的视力，打枪你打不过我！

老太婆根本不听医生的，后来她跟粽子嘀咕，都是想骗钱，看我们公费医疗的老干部，就像碰到了唐僧肉！我不过就是上火啦！要什么手术！

可是，当晚，老太婆又剧烈头痛了，痛得她满床爬。她打了电话给粽子，不是说去看病，而是说，因为她不同意手术，医生竟然就开假药，因此，效果很不好！她咬牙切齿地说，明天陪我到纠风办告那医生!

粽子次日一大早,赶上度道山,老太婆又和前一次一样,用奇怪的姿势蜷在木沙发上,像一只练顶上功夫的蛤蟆,嘴里还发出了痛苦难忍的呻吟。

在医院陪老太婆挂吊瓶的时候,粽子说,婆婆,还是听医生的,做个手术吧。你可以叫你儿女请假回来照顾你。老太婆不睬。医生又来劝手术。老太婆还是不睬。粽子说,要是再发作,你又要受苦啦!

老太婆还是不睬。

眼压下降,头慢慢轻松,老太婆就盘算回家要请粽子吃皮蛋瘦肉粥。老太婆在吃力地回忆家里还剩没剩下一个皮蛋时,医生把粽子叫出急救室门口。医生说,老人家糊涂,你这做子女的可不能糊涂!青光眼不是闹着玩的,眼睛会瞎的!

粽子懵懵懂懂地点头称是,说我回家再劝劝她。不过,如果回家她再痛,医生,你有没有止痛药?开个好点的止痛药吧?

医生说,你不知道青光眼的痛啊,有人痛得要跳楼自杀,什么止痛片也不管用。这老太婆很硬的啦。回去后,一定不要让她激动,要多休息,如果实在又痛,你可以这样按摩,这样,对,轻轻地,有时能管用;实在不行,明天一定来办住院手续吧。再说,实话告诉你,这降压药水副作用大,很伤肾的。

粽子说,啊,那个,我不是她的儿子,也……不是她的孙……

转身要走的医生又转过身子,瞪着眼睛。粽子结结巴巴,更加词不达意:他们都在外地……我是她朋友,她身边没有亲人,我……那个……

医生突然就生气了：我不跟你废话！叫她子女来！会瞎的！懂不懂？！又这么大的年纪！开什么玩笑！

你为什么不读书

老太婆最终还是接受了手术。之前拖了三天，老太婆能忍则忍，就是拒绝上医院，她只接受粽子的眼部按摩。粽子的指法狗屁不通，但是，当他的手指小心地为老太婆像做眼保健操那样按摩时，老太婆就很安静。老太婆像一只衰弱和顺的老猫，十分听话。其实她的眼球还是比较坚硬，眼压不低，可是她坚持认为粽子使她眼球软了，头也不那么痛了。

粽子只好为她不断地轻轻按摩。病中的老太婆，不再叱咤风云，不再像个暴君。衰老、脆弱，完全像个无依无靠的老奶奶。坐在老人的床沿，粽子的手指轻轻在她几乎没有眉毛的眼眶上移动，那羊纸皮一样的肌肤感，使他感到一种说不出的难过。有时，老人就在他的按摩中迷迷糊糊地睡过去了，有时，她想说话，把嘴里的热气一直呵在粽子的手腕上。

你为什么不读书？

粽子说，我家穷。

你不上大学，当然只好送广告。

粽子说，是的。

再穷不能穷教育，你父母再怎么也不能不让你读书。

粽子点头。我小姐姐两岁的时候，爸爸就车祸死了。我妈妈类风湿越来越厉害，关节都变形了，现在的手指像煮熟的鸡爪，她失去了劳动能力。

那你哥哥姐姐呢？也不能帮你吗？

粽子说，我哥哥就像下面那个"舅舅好"，不，比他还糟糕，三十多岁了，还把屎尿拉身上；所以家里一直想要个男孩子。三个姐姐中，二姐姐嫁了，大姐姐没嫁，她照顾着家里的妈妈和哥哥。比我大两岁的小姐姐也比较麻烦，她也成天生病，她的嘴唇和指甲一生下来就是紫色的。镇里的医生说是先天不足。

这样！老太婆睁开了眼睛：那么，你们家的孩子都不读书了？这不行嘛。

也知道不行。粽子说，家里人把钱省下来，供我一个人读书。姐姐为了整个家、为了我能读书，二十多岁的人，就操劳憔悴得像个老妇人；妈妈看不下去，偷偷弄了农药，要带哥哥一起死，后来被人发现了；有一次，她还想勒死哥哥，可是她的鸡爪手没劲，自己失望得大哭起来。我拼命读书，想要有出息，来支撑起我的家。我的成绩一直很好，可是，不知为什么我的高中成绩不上线，差了十几分。老师不相信，后来听老师说我是被县教育部门的人掉包了。我们农民小百姓，没有能力再查下去。我只好进了职业高中。可是，高中的学费，对我们家来说，实在太贵了。

老太婆推掉粽子的手，不要按摩了。她圆睁着只有几根白睫毛的眼睛，无比吃惊地看着粽子，又像是判断粽子是否在胡扯。两人半天没再说话。粽子说，吃点稀饭吗，婆婆？

老太婆摇头。她还是盯着粽子的眼睛死看，看得粽子不好意思起来。我没有骗你，婆婆，农村是有这么贫穷的地方。日子很难。农民很苦。城里的人不会知道的。前几天我看到晚报报道，电信局为一个和我母亲一样的类风湿独身妇女，赠送、安装电话；一家私人医院为她免费供应黑骨藤。我看了想笑，我知道他们是做企业宣传，可是，即使企业宣传，也没有单位会到穷深山里做这种新闻广告的。农村人没有这个福气。

老太婆也看到那篇报道。但老太婆不说话。老太婆沉默了很久。

后来，老太婆说，那你高中读完了吗？

如果不是小姐姐重病，也许读完了。三姐抢救了一周，还是死了。城里的医生说她是先天性心脏病。本来就活不过二十岁的。因为三姐这一病一死，家里债台高筑。母亲就是这时候想带哥哥走的。其实，我的老师对我很好，我的学费总是一拖再拖。我发誓不用家里的钱。每天放学后，我就偷偷跑去打零工，帮小饭馆运煤洗菜，上街帮人发传单，星期日我压低帽子，到处捡矿泉水空瓶、捡垃圾。暑假寒假的时候，我还到建筑工地当小工，过年过节的时候，我还卖气球，扛山楂串卖。这样，我的高中两年，都没有向家里人要过一分钱学费。可是，我的成绩下降了。老师问我，我没告诉她。我怕同学们看不起我。

那你怎么也要读下去啊！老太婆皱起光秃秃的眉头。粽子半天没答话。老太婆也不说话，开始自己按摩眉头。粽子把她的手移开，又帮她做眼保健操。老人眼压可能上来了，说痛，连声说痛！后来痛得不让粽子再碰。

老太婆的眼压直线上升，眼皮下的眼球，简直就是个硬石头；令粽子措手不及的是，她后来捂着枕头居然像孩子一样，开始呜呜地哭，先是很轻，后来呜——呜——呜地完全放开了。

粽子说，婆婆，很痛是吗？

老太婆还是呜呜——着，像一只受伤的老狼。

粽子不知所措，我再按摩一下吧，轻一点？

老太婆在枕头里缓缓摇头。痛……我也不是为头痛……

粽子迟疑了一下，突然把她拉起床。他不再与她商量什么，他半扛半抱地带着老太婆直奔门外，连夜送医院去了。老太婆挣扎了一下，还是呜咽着妥协了。

老太婆从手术室出来，第一句话竟然是，嗳，你要是上了大学，就不会在这里了。粽子嘿嘿一笑，我上不了大学，我就是考上了，也没有钱念下去。粽子说。

老太婆的眼睛都包在绷带下面。老太婆就那样仰天躺在床上。粽子在喂她苹果。同病房还有另外三个女病人，都是蒙单边眼睛的。老太婆要喝水，粽子就把能拐弯的吸管送到老太婆嘴里。老太婆喝完水说，可惜了。

老太婆又说，你只会做这个吗，只会送广告？

是的。粽子说，高二的时候，我做了个假身份证。一个光学仪器厂对我挺满意，要招我，可是，进厂前突然要交三千八的费用，什么培训费啊、押金啊、风险金啊。去他妈的！算了！

老太婆突然笑起来。

便衣把粽子铐到病房

粽子出事的那天，老太婆已经拆掉绷带，医生说，再观察两天就可以出院了。粽子是被两个陌生男人带进病房的。其中一个男人和粽子肩并肩，老太婆眼睛果然很厉害，在陌生男人开口之前，她就看到了粽子的手腕和他铐在一起。

男人出示了一个黑皮证件，说，反扒大队的。他说您是他的外婆呢。男人把胳膊下的夹包打开，但没有取出东西。男人说，您家是否有一把刀？

婆婆！粽子刚开口，和他铐在一起的男人，挥手就是一巴掌，闭嘴！不是问你！老实点！

老太婆沉稳地隐约点着头。刚刚解除绷带的眼睛，像两只玻璃假眼，它毫无表情地扫视着粽子，扫视着另外两个男人。病房里的人围了过去，和粽子铐在一起的男人大喝一声，看什么看，正在调查！能走的统统出去！

老太婆把眼睛停在那个打开而不取出东西的黑包上。那个男人还是不想把刀取出来。拿出来！老太婆说，哼，我家的刀多了。给我拿出来！

粽子忍不住舔咬嘴唇。和他铐在一起的男人斜着眼睛，看着粽子，一抹讥讽的笑意就出现了。粽子立刻控制了自己。那男人讥讽得非常自信。他叫另外一个人的名字：就让老人辨认去！

装在微波炉食品袋里的青铜马首刀，被老太婆接了过去。老太婆把刀轻轻抽出袋子，她不出声地端详着、缓缓抚摸着刀身。

粽子感到了绝望，确实没什么好解释的。两个反扒便衣，一个姓马，一个姓洪，和粽子早就是知己知彼的对手天敌。前年年底，粽子在一个公交大站点，被逮了个现行。在反扒大队的后院里，粽子被电警棍袭击得几乎神经错乱、小便失禁，但他咬紧牙关，始终只承认只偷过这一部手机。结果是，马、洪使劲拍着他的头气急败坏地说，好，有种！算你小子牛！

一部手机只能治安拘留。拘留十五天之后的次日，粽子就和洪在一辆中巴车上又照面了。洪狠狠地剜了他一眼，做了个粗野的手势，粽子莞尔，转身下车。之后，他们依然时不时在公交车上、车站、中巴上狭路相逢，但粽子再也不给他们任何机会了。

今天如果不是这把刀，马、洪照样拿他没办法。粽子现在最大的后悔，就是不该把刀带在身上。既难以面对警察，也无法面对老太婆。

病房里很安静。人们被警察轰赶出去，并不走远，就伸长脖子围在房门口，结果，吊板鸭似的阵势，吸引了更多的人，包括医务人员。人群还有渐渐深入的意思。两个照顾病人的工友，假装为病人削水果什么的，就没退出去。因为怕警察赶，里里外外的人，都格外安静。人们目不转睛地看着老太婆，大家看着老太婆抚弄着刀，看着老太婆又怎么把刀轻轻放回食品袋中。

老太婆脸上有一种霸道而庄重的神态，这种神态显然震住了马、洪。

这是我们的传家宝。老太婆终于开口，她是看着粽子说的，但最后却扬起眼角，看定马、洪两人，目光有些愠怒和挑衅，看上去就像在说：难道这东西不是我孙子合法持有的吗？

马、洪有点着急。他可不是一般的人，您确定吗，老人家？我们一直在注意他，他今天又在公交车上，马便衣停了一下，斟酌着用词——他涉嫌扒窃！另一个便衣补充说——不止一次了，是惯扒……

放屁！老太婆说，我自己的孙子，我明白！

我们知道他不是您的亲孙子，我们打击处理过他，电脑里有他的档案。我们今天只是要证明这把刀的来历……

他是我孙子！我告诉你们，这刀迟早属于他。现在，你们有其他证据，就把他带走好啦，如果没有证据，给我马上把手铐打开！把人和刀统统还我！否则，我找你们王重姜局长！

马、洪互相看了一眼，场面有点僵。王重姜局长不是谁都可以直呼其名的，老太婆断然不是一般的平头老太太，平头老太太身上长不出那种霸气，长不出对公家人的那种不耐烦。两个便衣黑着脸把手铐解除了。

粽子看着他们咬着牙关，鱼贯走出病房。

他们一走，病房内外的围观者立刻喧哗起来，都在控诉警察，有个泼辣的中年妇女，打激烈的手势，在回忆她有次没带身份证被联防队员殴打致伤的事。粽子想趁乱离去，老太婆叫住了他。

扶我到平台吹吹风!

老太婆声音不大,人们马上安静下来。粽子蹲下帮老太婆把鞋子套好,搀扶着老人,通过人们中间往外走。他知道周围人们的突然住嘴是为了什么,虽然刚刚大家骂的都是警察,但同时他们心里一定还拨拉着另一个算盘子,那就是,好人怎么会和警察搅在一起呢?惯扒?这个年轻人一定不是什么好东西。

到了平台上,风比想象的大。干瘦的老太婆穿着医院宽大的蓝白条纹病号服,就像狂风中的星条旗旗杆。粽子犹豫着,脱下自己的外套给老太婆披上。老太婆晃了晃肩头,外套最终滑到了地上。粽子把衣服捡起,迟疑了一下,还是用力给老太婆披上了。老太婆这次没有再拒绝。

平台上,只有一个女工友在晾衣服。粽子以为老太婆会暴怒,或者会歇斯底里地追问为什么为什么?!结果,老太婆只是狠狠地拧着光秃秃的眉头,根本不看粽子一眼,冷漠地看着风来风去。

今天也是怪异,粽子平时不喜欢拿人家的钱包,因为现在一般人钱包里,总是卡多现金少,操作起来往往也不如手机容易变现。可是,今天那个男人投币的时候,在钱包里翻了半天没翻出硬币,钱包里厚厚的百元大票,实在令人心动。而且投币完,他就随便地把钱包塞在开口的皮包里,一边掏出手机,忙于打电话,或者是电话根本没断,急忙跳上汽车的。在粽子听来,那语气像是泡妞。

粽子突然就出手了,厚厚的钱包也夹稳了,绝对轻而稳,但不知为什么,那个泡妞的男人,第六感觉似的,忽然就扭脸看了他一眼。

粽子马上缩手,那个男人惊叫起来,哇呀!你!你偷……

粽子把脸贴近他,瞪着他,极其凶悍地瞪着他:你说什么?!

几乎同时,粽子的肩膀就被人左右都拍上了。马、洪这对贼眉鼠眼的便衣搭档,不知何时,就在他身后。粽子暗暗叫苦,又一次冤家路窄。但因为钱包不在身上,粽子口气就很大:怎么啦!

你说怎么啦!马、洪亮出证件,万分鼓励地看着事主,你告诉他,他的手刚刚怎么啦!

那个男人看着粽子,我……粽子目不转睛地瞪着他。

我刚刚……那男人可笑地看了看自己的包,似乎是确认钱包在不在,其实他知道钱包还没失去。所以,他的眼光更像是躲避歹徒,也像是躲避警察。

马还是洪,大吼一声:他的手刚刚从你包里抽出来!不然你叫什么叫!

那个男人用眼角扫着粽子说,我叫……是他踩到我了,什么手啊,我没看到……

干您姥!你他妈还是不是男人啊!

另一个骂道:我们就等着他把你的钱包夹出来,要不是你惊动他,现在早就人赃俱获了!走,跟我们走一趟!一起到大队做个笔录!

那个男人大喊大叫起来,关我什么事!我还赶着办事去!我什么也证明不了。你们别指望我瞎说。反正我一分钱没少!

那男人借着到站,飞快地蹿下车门。反应不及的马便衣还想揪住他的后衣襟，被他奋力一挣而去。马便衣忍不住指着他的背影，破口大骂粗话，几个正气的乘客也在强烈指责那个事主的浑蛋。

和多次的相遇一样，粽子以为警察只好干瞪眼地放了他，可是，没想到他们突然搜到了他身上的马首刀。那一瞬间，马、洪兴奋得就像临刑的刽子手。事情急转直下。但粽子一口咬定，刀是外婆给的。

老太婆住院期间，陈列橱一直没上锁，钥匙就是最后一次使用过，一直挂在橱门上。可能一方面是老太婆病痛，一方面也是开始信任粽子。粽子也不是想偷，就是突然想借机拿出去，找老狐狸他们再确认一次价值。说不准为什么，就是想知道底儿。夭夭九有一次说，可能值一千万啊，我们就可以买海边别墅，雇菲佣。这个数字是有点吓人的喜悦。但与此同时，粽子想到，也许它一点也不值钱呢。更奇怪的是，粽子自己也不明白为什么，当他假设这刀分文不值时，心里却升起另一种快慰。这种莫名的慰藉感，似乎显示这一种情感的分量，甚至并不比热望它身价非凡来得轻。

粽子也理不清头绪，说不清究竟为什么。

平台上的风寒意颇重。老太婆就是沉着脸不说话，粽子终于承受不住，老革命是该跟他翻脸、划清界限了。跟老太婆彻底告别的时候到了。粽子踌躇着正想说，我走了。婆婆，你自己保重吧。老太婆却发话了。

你一个月给家里寄多少钱？

一千多吧……有时寄些药。

送广告根本不够，是不是？你一直在骗我！

是的…是骗你了。我……偷一些……

带刀干什么？

它……很神气，我喜欢带它。粽子选择了撒谎，我带出去玩两次了。

老太婆用假眼珠一样的眼睛，说不上锐利不锐利地长久盯视着粽子。花白的乱发，麻绳一样，在她的额际上死草一样飞动着。

你为什么老来我这儿？

我不知道……婆婆……粽子嗫嚅着，你……有点孤单……你……是个军人……拼死……打江山……

其实，粽子想说你有了不起的过去，但是，他不习惯这样赞扬别人，这话倒是真心的，因为是真心的，反而令人羞怯，加上心里还有鬼，表达就变得更加艰难。可是，老太婆却因为他艰难尴尬的样子，似乎捕捉到了一些真诚的东西。

我知道，老太婆伸出干枯的手，梳理按压着自己飞舞的白发，我知道啦，你是可怜我了……可怜我这个——老不死的啦。

虽然老太婆不再有追问的语气，但粽子判断不出老太婆是在自我调侃，还是自己的话说得令老太婆不高兴。粽子不敢再吭气。眼睛往远处看去。

突然，老太婆伸手拍了拍粽子的肩膀，去他妈的！老太婆说，老太婆十分突然地笑了，她拍着粽子的肩头：

你这个——混账东西！

夭夭九眼里六十年前的女兵

老太婆住院，夭夭九第一反应就是打电话叫她自己的儿女来伺候。粽子也有问过老太婆，老太婆置之不理；住院开始的先期费用，粽子垫了一些，后来老太婆单位工会来了人，一切就由他们料理了。有一天，老太婆给了粽子卧室钥匙，叫他取她床头柜里一个牛皮信封里的现金。

老太婆捏着信封，盲数三遍确认有十张百元币后，就摸索着从信封中拿出一张钱。说要喝青鱼汤，补眼睛。二十块钱够啦！粽子说，噢。

粽子担心他走久了，老太婆点滴什么的托病友们看顾，可能不太方便，因此让夭夭九过来帮助陪一陪。夭夭九怨气冲天，把老太婆子子孙孙骂了两遍，说打死也不来，但是，二十分钟后，她出现在眼科中心病房，带了一本她心爱的几米漫画集来了。

一进门，她说，你还想吃鱼啊！婆婆！我也想吃哪——！

眼睛上还蒙着绷带的婆婆像害羞似的，舔了舔嘴唇，脸上有笑的意思。夭夭九嘭地像骑马一样，跨坐在老太婆床前的小方凳上。粽子想，还好老太婆眼睛看不见夭夭九刁蛮不满的样子，光听声音，只是有点像淘气的女孩。

老太婆喝上了粽子熬的鱼汤，非常满足地咂巴着嘴巴。声音响亮到了炫耀的地步。然后她很不耐烦地对粽子说，去去去！别老跟我，陪丫头出去走走吧，我没事！没事！听她那语气，好像是粽子和夭夭九非常黏乎地要守在床前。病友们看来知道了粽子和老太婆非亲非友，因此对粽子赞美密集又隆重。老太婆简直得意扬扬，那个神气劲儿，从绷带下面的半张脸也照样炫出来。粽子有些难堪，夭夭九则像眼睛进了沙子，听一句就朝天眨弄她浓黑细长的怪眼睛。有人再说一句，她那扬起的尖颌就再冲着粽子，眨弄眼睛一把。

被便衣警察铐到病房事件发生后，粽子有点怕去病房。最后一次鱼汤熬好，他是让夭夭九去送的。夭夭九知道事情经过后，觉得粽子的确是在打刀的主意，的确没有放弃努力，因此有了同盟军的高度愉快。所以，那天她是欣然去送鱼汤的。

夭夭九对老太婆的故事反应也是挺特别的。比如，粽子说，那些女兵长年累月穿越高山的梯田、羊肠小道，甚至沼泽地，经常是脚被石头碰出血，因为鞋子破了，包脚的布带早就散掉了。有的是陷在沼泽里，没时间拔出来。婆婆说，踩在沙地上舒服，踩在竹刺上还有开春新出的草尖上，就很痛。

夭夭九喟叹一声，要有旅游鞋就轻便了。

粽子说，你知道吗，她们和男兵一样，不仅忍饥挨饿，还常常只有一套单衣，有时出发时，有御寒的毯子和两套换洗衣服，可是，为了摆脱敌人的追击，轻装行军，大家都丢弃了。那样，不管风吹雨淋、太阳曝晒，身上的衣服、头发，都是湿了又干、干了又湿，浑身气味难闻，更可怕的是，每个人身上都长满虱子。有时在煮熟的米饭里，能看到一只只的小虱子，可是，女孩子们和男兵一样，照样吃下去。

夭夭九说，噢！那么多！虱子是什么颜色的？黑的？像芝麻拌饭？

夭夭九又说，吃起来什么味道？是不是那样就像荤菜啦？

粽子说，部队行军对男人来说，可能会走就行了，应该不算太苦，女孩是太艰苦了吧。老太婆说，有一个晚上急行军八十里，蹚过四五次齐腰深的刚开春的河，有的水流非常急，女孩子们手牵手拉着过。

夭夭九笑嘻嘻的，连称好玩好玩！太过瘾啦！

粽子说，那八个女孩有七个来月经，那是早春三月的河水。你不觉得那样很难受吗？我有个姐姐每次都痛得大哭。她们当时也很小啊。

夭夭九说，都来？那会怎么样呢？大家都在水里，血水会从水里翻上来吗？像拯救大兵瑞恩里面，血像红线一样……

在老太婆的往事里，夭夭九最喜欢听马首刀的故事。她并没有听到老太婆说的原版，她听到的只是粽子消化过的故事。夭夭九一想到刀，就把它想象成一个爱情故事，而不是一个抗日战争故事。它可能真的是个爱情故事，但是，老太婆似乎从来没有这么说。老太婆不谈爱情。可是，粽子转述马首刀的故事的时候，夭夭九就是看到了爱情。

战争岁月里有没有爱情

这是一九四三年的故事。

那时候的婆婆不到二十岁吧。人们叫她小席，在粤港地区，有队员们总叫她席女。她的名字很洋派，叫丽莎，参加革命后，她很不喜欢自己的名字，因此，她经常也自称席女。席丽莎的名字，是她父亲取的，父亲出生在一个薄有资产的读书人家庭，是个学校校长。喜欢音乐，思想进步。日军打到闽南沿海地区，他带着家人乘船逃到香港。席丽莎下面还有两个弟弟。逃到香港后，当时她父亲找到工作，每月三十港币，要养一大家人，七口挤在二十平方米不到的一房一厅中，日子非常艰难。母亲也到处揽活挣钱，因为父亲坚持要孩子们完成学业。

十六岁的席丽莎身边已经都是热血奔腾的香港进步青年。他们看《萍踪忆语》《两万五千里》，看《大众生活》《青年志士》。上国语研究班，参加香港新文学院活动，还有文通社活动，演抗日话剧。

一九四一年十二月太平洋战争爆发，十二月八日突然对香港启德机场和港九各处战略要地发动猛烈轰炸。日军侵占香港，香港所有的热血青年，背起行装，积极北上抗日。十六岁的席丽莎再也坐不住了。她事先把衣服偷偷藏在女友家。四月的一天，席丽莎带着两个弟弟看电影，叮嘱弟弟们看了电影就乖乖回家。姐姐有事先走。席丽莎的父亲，晚上在她弟弟的口袋里找到了女儿的告别信：爸爸，我走的是正道，请你们放心！

一个英俊的大哥哥带走了席丽莎。他们是在抗日救亡运动中心的"香港学生赈济会"认识的。四月的那一天，大哥哥他们带着她，过码头，到尖沙嘴，再上火车，到了上水新界一带。那就是声名显赫的东江人民抗日游击队。那两年间，东江游击队的主要任务是抗击日本鬼子、消灭土匪，开辟陆路、海路交通线，抢救护送邹韬奋、茅盾、胡绳、于伶等文化界名士。日军占领香港后，八百多名文化志士、国际友人因此被抢救到了大后方。

　　这个大哥哥后来牺牲了。他是从一名左翼学生变成了敌军恐惧而悬赏捕捉的神枪手，最后他变成了烈士。牺牲时二十五岁。夭夭九在这里看到了爱情。但粽子回忆不出，当时老太婆述说往事时的神情，爱情有在她眼睛里闪烁过吗？粽子有点模糊。但是，马首刀的片段，粽子承认比较接近爱情。

　　青春时期的老太婆，毫无疑问是美丽非凡的，就是那种无须修饰、毫不躲闪的真正美丽。尽管老太婆从来没有提及自己曾经的美貌，但是，人们在老太婆身前身后的任何一段青春历史中，就能看到她身边那么多的呵护和关爱之心。对，是男人的心。作为男人，粽子太明白了。翻阅着老太婆相册里更多的老照片，他一次次诧异于老太婆的美丽，也一次次感慨岁月的无情，照片也同样不能留住任何东西，它只是比肉体消亡得更慢一点。

　　那时候的老太婆还不是电台战士。她太小了，人家让她当卫生员。她又哭又闹，甚至把副队长的背包踢下小溪，她坚决不干。就是不干。她说她是来参加革命的，参加革命就是要去打日本鬼子，而不是来学打针抹药水的。但是，这个革命小姑娘，大哭大闹过后还是服从了命令。她认认真真，用萝卜学习打针；她用凡士林加硫黄制作的疥疮膏，为无数的战士治疗疥疮。她先在战士们的背上涂上药膏，就是用手，用力洗擦满目疮痍，直到擦出满手脓血，再小心洒上硫黄粉；有两名短枪队的小伙子，为了谁先擦背，打了一架，结果被分别警告处分。

游击队员都在山乡活动,他们活跃在群众中间,白天帮助农民割稻干农活,一边宣传抗日思想;他们还教农民识字、唱歌。席丽莎和其他女游击队员一样,经常打扮得像个客家女,围着长围裙,穿着草鞋,戴着客家独特的凉帽,凉帽要先用黑布包起头发,戴上帽子后,帽沿有一圈两寸多宽的黑布沿。

有受伤生病的战士到村里治疗。席丽莎经常要到河边洗很多伤员的血衣绷带,遇到有些严重情况,她要出门去找医生。她住的一户人家,是母子俩人,母亲不知道什么病,成天时不时五脏六腑疼得冒汗。后来还咳血。席丽莎从不嫌弃她,经常给她看病陪她聊天,讲革命道理,帮她料理家务。部队和群众鱼水情深啊。他们家有一把祖传的马首刀,这把刀是当年他们从河南迁徙来闽,作为镇家之宝带来的。

后来,部队突然通知,所有的战士撤出老百姓家,搬到山里住,白天再下来帮助生产、宣传革命。席丽莎就从那户人家搬到一个山坳里。十九岁的姑娘,什么都不怕,老太婆说,她从来没想到什么老虎啊、蛇啊、鬼啊。没有灯,赶着太阳没下山,就进山,那时候山风就不阴不阳地呜呜响,每天都那样,月光洒满山岗,有时却看不见月亮在哪儿,因为两边的山太高了。竽圆每天都送老太婆进山。竽圆是那母亲的儿子,沉默而聪慧,人样子很好,村里的人都很喜欢他。竽圆为席丽莎搭了个非常牢固的隔潮草棚。母亲对竽圆说,把马首刀给席女放在枕头下避邪用。但席女说,革命者怕哪个邪!直到很多天以后,老太婆才发现,竽圆带着刀,天天晚上守在她的草棚外。如果那天不是竿圆，老太婆就被狼咽下去了，或者拖走了。竿圆和饿狼的恶战，惊醒了老太婆。第二天村里的人也都惊动了。老辈人说，这是狼多的季节啊，闹革命的女仔也太大胆了。竿圆的母亲告诉席丽莎，竿圆已经默默守了她四天了。你带上刀吧。奄奄一息的母亲奄奄一息地说，这是很灵验的东西呃。

两天后，竿圆母亲咽气前，等着竿圆再在马首刀上系一根红带子，看着他把刀交给席丽莎，才歪过头松脸溘然辞世。

夭夭九说，他母亲一定还说了，你拿了刀，就要嫁给我儿子，你不答应，我死不瞑目。这么好的祖传宝刀都给你了，你还不嫁吗？！肯定这样说了！

粽子说，没有，老太婆没有这么说。只说人家硬要给她刀。

刀的主人的故事，也很快结束了。那是一九四三年一个下午，日军突然从海上来了。可能是一个小分队。日军杀气腾腾，把全村的人都赶到晒稻台的"禾堂"上，要村民指出哪一个是游击队员。当时，留在村里的游击队员还有七个，老太婆就在其中。她穿着客家女的衣服，就站在大坪上。全村的村民连鸡鸭都被赶出来，站在太阳底下。

日军的刺刀在阳光下晃着青白刺目的光。村民们沉默着，大家都低垂着头。大坪上静得能听到日本靴子踢起的尘土声，还有各家各户晒梅菜的气味，从来没有这么浓重过。有人咳嗽着，马上咽了回去，怕惊动什么。

一个鬼子突然从人群中拽出一个男人。一名伪宪查高声问，游击队在哪里？那个男人很小声地说了什么，听不清楚。两个鬼子上前把他的头,狠狠压下,狠狠浸入"禾堂"边一个废水缸里久积的半缸雨水中。一会儿鬼子把手一松,男人鱼一样跳直身子,男人喊了起来。男人的声音很大,他喊的是——走啦!都走啦!鬼子又将他往废水缸里浸。

一个瘦孩子尖叫着冲上台去。干瘦的少年扑赶过去,紧紧抱住父亲的腿,站在席丽莎身边的一个抱孩子的女人也扑了过去,像老鹰护小鸡一样,用一只胳膊夹着孩子,一只胳膊挡住了自己男人。怀里夹着的、快掉下的孩子哇哇大哭。

那鬼子若有所思,连续点头。他的目光已经在点头中转移,他看到了刚才妇女身边的席丽莎。老太婆的眼睛透过客家凉帽的边,和鬼子的眼睛有了极短的对接。老太婆回忆说,那时候,她已经准备死了。本来,她就等着随时被人指出她的身份,她甚至在微微发抖。那么多的村民,平时有的甚至没讲过话,你怎么能信任他们保持沉默?而他们都认识她是游击队员,因为她教过他们唱歌、识字,而她却不能全部认清他们谁是谁。老太婆想,如果她被鬼子拽出队列,肯定就没有孩子、没有亲人来帮护她了。她说她已经准备牺牲了,心里反而开始镇静,可是,她说她不知道为什么,还是克制不住地微微颤抖。她真的不是害怕。

鬼子一步步走向她,停在她面前的时候,鬼子把脸歪过来看她。然后又慢慢抽出战刀,轻轻挑起了凉帽布沿。席丽莎再也不敢看鬼子,她死死盯着鬼子满是尘土的大靴子。

鬼子扬手一把打掉她的帽子。席丽莎还是想捡起帽子,鬼子就把她猛地推出人群外。席丽莎猝不及防，跌了出去。

你！游击队！

席丽莎绝望地否认。晒稻台前一片死寂，摇头间她只有一个念头，村民们不要说话啊。她知道村民们不主动出卖她，就已经非常了不起了。她愿意保持这样的安静。这时，她感到人群动了起来，有人拨开人群，或者说村民在给一个人让路，那人向她走来。是竿圆。

竿圆要干什么呢？他能帮她什么呢？老太婆想都不用想，她知道竿圆不会出卖她，可是，竿圆有什么用呢？说我是他妹子？她觉得他是来惹麻烦了。竿圆停在鬼子和席丽莎之间。竿圆说，是我老婆。鬼子似乎相信，又像是仔细打量着他。鬼子开始在席丽莎和竿圆之间转圆圈，所提的弯头战刀一下一下地敲打着自己的脏皮靴。鬼子的脸色越来越温和，眼睛里居然有了笑意，嘴里开始轻轻地在哼格哼格什么。

席丽莎听到了自己牙齿的颤抖声。有一个老太太从人群中，慢慢地走了出来。席丽莎知道她和竿圆的母亲很要好，竿圆的母亲说全村，就她的"鱼味"（一种自腌小鱼）是最好的。可她叫不出老人的名字，平时也觉得老人面相比较凶。那一瞬间，席丽莎简直想闭上眼睛。她认为老太太不太喜欢她，她就是来把竿圆救走的，老太太会说出真实情况的，甚至可能指出其他六名隐身于村民中的游击战士。席丽莎口干得无法呼吸。

可是，老太太走到了她的面前。老太太牵起了席女的手，就像要牵自己的媳妇回家。很不应该的是，席女竟然迟钝了一下，她看见竿圆的眼神竟然也茫然了一下。老太太又去推了把竿圆。

鬼子似乎还是笑了一下。猛然地,那把战刀突然在空中抡起了个大幅度,鬼子嗥叫了一声,声嘶力竭的嗥叫,看表情是暴怒极了,整个下巴往下压,露出了戴着金牙齿的全部下牙床。也许他根本就没相信过竿圆,也许他只是在歇斯底里地爆发一种变态。

几个鬼子和伪宪查围了上来。

鬼子把竿圆猛地推向席丽莎,席丽莎被撞了个趔趄。鬼子对他做了个脱衣服的手势,席丽莎看懂了,但一时不明白鬼子想要竿圆干啥;那个伪宪查似乎有点困惑。竿圆站着没动。他也许明白了,鬼子要他脱席丽莎的衣服。也许不明白,因此依然站着没动。一个特别矮胖的家伙,突然抬脚就踢;站竿圆对面的、像是小头目的那鬼子,挥手用手背反甩了竿圆一个重重的耳光。竿圆简直是应声而起,突然就扑向鬼子,他要夺鬼子手上的刀。

这一瞬间太快了,因为他和那鬼子绞在一起,旁边的鬼子愣怔着,一时不敢开枪。竿圆抓刀刃的手,顿时鲜血淋淋。竿圆的眼睛瞪得虎圆。那鬼子突然放手弃刀,竿圆有点站不稳,旁边的几支枪都响了,老太太倒了下去。席丽莎疯了似的号叫,她扑向竿圆。晒稻台上同时响起了更多的叫喊声,非常杂乱,有孩子大哭、有妇女们的尖叫。村民们围了上来。

竿圆是死在席丽莎怀里的。席丽莎浑身是血,她和竿圆两个人都浑身是血,血人一样,他们一直坐在大坪细腻的硬泥土地上。竿圆没有说任何话,他半合的眼睛一直看着席丽莎,死和没死之间,界限很不清楚。席丽莎哭不出来，只是用手一直摸合着他的眼睛。那个老太太也死了。

席丽莎从此把那竿圆家祖传的马首刀一直带在身边。再急的行军，她扔下了口琴，扔下了任何穿的盖的，也没把马首刀扔下。

老太婆说，没有经过战争，尤其是抗日战争，你就不明白什么叫军民鱼水情。那是真正的鱼和水的情谊呀。群众知道我们打日本人，我们又帮助他们搞生产；因此，在最危难的时候，他们就是可以用生命来帮助我们。

夭夭九说，那个男的爱老太婆，对吧？要不然他不一定会站出来找死。

粽子说，他会站出来。你不懂那个时候的老百姓。大家痛恨侵略者，中国人一致对外。所以，老太婆说，她对老百姓感情很深，肯定是真的。老太婆还说，如果时间变一变，也许我的父母、我的家人也会冒死救她。因为老百姓分得清，谁是为他们好的人。我想这是对的。

夭夭九对此不感兴趣。夭夭九说，那个乡下男人，要是不爱老太婆，可以说是他妹妹呀什么的，反正其他人不会揭发他。

可是，日本人不相信他呀。

夭夭九说，农村人和城市人可能还是不一样。日本人肯定是怀疑了。老太婆长得就像游击队。脱衣服干吗？让他强奸自己老婆吗？证明是一家人？

我也不清楚。我没敢问老太婆日本人到底要干吗。老太婆也没说。老太婆不喜欢说男男女女的事情。老太婆说，那是乱七八糟的事儿。不过，日本人都是变态狂。也许本来就相信老太婆就是农民老婆，而不是什么游击队。日本那浑蛋民族本来就不是人生的。

夭夭九说，后来日本人就走了吗？他们怎么没把老太婆杀掉？

老太婆没说，反正她活到现在，而且有了一把镇邪的青铜古刀。

一九四四年春天，老太婆还救过一个美国第十四航空队飞行教官。粽子说，老太婆现在还能叫出那美国佬的名字，他记不住。也许叫迈克？杰瑞？粽子说，老太婆的美丽和简单的英语能力，肯定让老美如他乡遇知己。在逃避日本人的大搜查中、在等待组织安排救援的半个月内，老太婆每天装成客家女，冒着极大危险，到山洞给美国飞行教官送咸饭团，还每天帮迈克敷中药治疗跳伞前的腿部灼伤。两周后，被游击队送抵安全地带的飞行教官，送给老太婆一支派克笔做纪念，但是，在随后挺进粤中的游击战中，作为电台女兵的老太婆把它弄丢了。

粽子说，老太婆说，那个迈克还是叫杰瑞的家伙，眼睛是灰蓝色的，非常浅，一开始看很空洞，看多了特别温柔。老太婆说他是个温文尔雅、很帅的飞行官。

夭夭九说，半个月呢，浪漫啊，老太婆和美国佬有没有擦出爱情火花？

粽子说，不知道。你自己去问她吧。

女贼夭夭九吃了老太婆的醋

老太婆住院的这半个多月,粽子和夭夭九都挺累,挺烦。两人有机会就问老太婆,你的孩子怎么那么忙呢?老太婆一律不予理睬。夭夭九有一次自以为给老太婆熬了鳖汤功劳很大,就恶狠狠地说,你的孩子很不孝顺!

老太婆当场就摔了一把调羹。老太婆说,老大的女儿今年高三!老二的儿子今年初三!孝不孝顺我知道!这不过是小手术!

夭夭九哼了一声,扬长而去。如果不是粽子被警察押到病房事件发生,夭夭九可能再也不会来伺候老太婆了。粽子后来在老太婆的电话机菜单的通讯记录上,看到老太婆在眼睛发病的住院前两天,给电话区号020的广州和0531的济南都分别打了两三个电话。那是老太婆最疼痛难忍的发病期。粽子猜,老太婆可能是受不了,才给自己的孩子打求援电话的。但是,为什么他们都没来呢?也许真的太忙了。

夭夭九和老太婆关系就是搞不好。老太婆出院那天,夭夭九差点又不理睬粽子了。出院的时候,老太婆说,头发很痒,要洗个头。粽子说让夭夭九陪你去发廊里干洗吧。老太婆不同意,说那种地方脏,她的眼睛才手术过,更要保持干净。夭夭九就吼了起来,小气!你就是小气!舍不得花钱!我掏钱请你行不行?

粽子不喜欢夭夭九这么说话,加上医生有交代,别刺激病人。青光眼怕精神刺激。再说,老太婆说得有点道理,脏水流进眼睛,绝对是麻烦事。

那天的头发，最后是粽子在老太婆家，让老太婆斜躺在床上，头伸出床沿一些，然后他笨手笨脚小心洗的。老太婆满头白中发灰的头发气味很重，还混着奇怪的鱼腥味。尤其是洗发液抹上去，打不出泡泡时，粽子觉得有点恶心。老太婆耳朵上面，头发拨开，就能看到一个发亮的三角形疤痕。粽子指头轻轻滑过，发现里面是软的，像是没有颅骨，或者颅骨凹陷了。粽子觉得怪异，又触动了一下。老太婆说，弹片。刚好头偏了一下，要不然一九四四年就死啦，到现在骨头都烂掉啦。不知为什么，老太婆开心得自己嘎嘎笑起来。

粽子叫夭夭九过来看，但夭夭九一直臭着脸，远远袖手站在一边，没一会儿，她就走了。门"咣"地重重响了一声，粽子一听，抬头急喊，等等我，喂，一起走呀！

夭夭九没回头。粽子把老太婆匆匆安置好，就追了出去。老太婆轻蔑地哼了一声，拿着粽子塞给她的干毛巾，有些愤愤地自己擦着头发。

夭夭九坐在台湾上包餐厅里，她啜吸着一杯橙汁，眯着古怪的长眼睛，似乎很茫然地看着《小鸭、小船、小渡轮》。粽子在她身边坐下的时候，夭夭九扭了扭身子，眼睛里面有泪光。我不舒服。夭夭九说，我就是不舒服！

粽子说，不舒服的事我比你多。比如，每次看这个《风吹了我的草帽》我也不舒服，是说不出的不舒服！你每次都看你自己那幅，现在你替我看看它吧。

夭夭九半闭着浓黑的细长眼睛,乜斜着《风吹了我的草帽》:

　　甚至泳衣还没碰到水
　　风就把我的草帽吹跑了
　　我站在滚烫的沙滩
　　望着终于掉在湛蓝大海中的帽子
　　随着海浪　越漂越远
　　我仿佛听到它的呼喊
　　而我究竟什么也没有做
　　阳光毒辣　风好大
　　虽然眼泪一下就蒸发了
　　但我很久以后才知道
　　那只是无奈人生的小小开始
　　幸好它是从一个美丽的沙滩开始的……

　　夭夭九说,那你看看我的漫画,你使劲看看,你看它们会让我舒服吗?
　　粽子扭过头看了看,不说话。
　　两人都不再说话。
　　夭夭九把脸侧放在桌面上。粽子用手指拨弄她柔软蓬松的头发丝。夭夭九闭上眼睛。夭夭九呜咽着说,我讨厌那个老太婆!我讨厌你对她那么照顾!我讨厌她向你撒娇,她有自己的孩子!我要你讨厌她！不理她！

粽子不说话。他还是挑拨着夭夭九的头发。讨厌她吗？讨厌那个老太婆吗？粽子想，以前是非常排斥的，但是，现在，似乎又不是这么回事了。喜欢她吗？好像也不是这么回事。不理她，不可能吧，刀还在她那儿。如果没有刀，或者如果老太婆的刀根本不值钱，那么不理她，能做到吗？能吗？粽子又进入了眩晕感。

终于，夭夭九恢复了正常，直起脑袋说，我们要不要那把刀？

粽子清醒过来，当然。不要刀，我们要什么？

那什么时候才要？

该要的时候。

让人人有书读人人都有爱吧

没有人知道老太婆生日，是老太婆自己打电话宣布要过生日。夭夭九第一反应就是翻了个眼睛，粽子也不积极。粽子有气无力地问，你的孩子会来看看你吗？

老太婆说，这算什么事！还让他们请假坐飞机？我只请你和那女的来我这儿吃饭。我想热闹一下，我要弹琴给你们听。我七十六岁啦！

夭夭九说，给那老疯婆买个生日蛋糕吧。这老东西，还不知道她明年还有没生日可过。夭夭九竟然对老太婆有所关爱，粽子心里轻松，但不幸的是，夭夭九成了乌鸦嘴，老太婆真的没有活到下一个生日，事实上，她只再活了生日之后的两周时间。生日后，粽子打过两个电话都没人接,他没重视这个问题,结果在那次送广告上山,看见平时极为节俭的老太婆,天还未黑,两个房间的电灯竟然都亮着。粽子站在楼下,觉得奇怪,想了想还是顺便上楼去看看老太婆,一开门却发现老太婆倒在卫生间门口。粽子傻了眼。第一直觉就是老太婆死了。

老太婆的确死了。死在上卫生间的途中。穿着花布睡衣睡裤的老太婆,那个想扶住门框还是抓住什么的伸手姿势,说不出的孤单。粽子走近,感到尸体都有点轻微的味道了。后来警察和医生说,老太婆于两天前死于中风。

生日之后,粽子和夭夭九都没再见过老太婆。就是说,那一个生日之夜,就成了永别。

当时夭夭九说给老太婆提生日蛋糕去,粽子就到书店给老太婆挑了一盘打折的老歌。放在夭夭九的机子里听听,效果还不错。有《游击队之歌》《渔光曲》《松花江上》《九九艳阳天》,还有老太婆最喜欢捏着嗓子哼哼的《绣红旗》。原来粽子以为那些老歌,尤其是女声,都是大着嗓子扁着喉咙唱的,比如南泥湾之类,听上去脑子简单、没文化的妇女唱的,粽子很不喜欢听。没想到,这盘老歌还唱得真不错。有一种真诚的、含蓄的力量。

那首《绣红旗》是一男两女三重唱。和声非常好听。粽子听了觉得意外,请求夭夭九和他一起唱唱。夭夭九嗓子沙哑,但是乐感很好,两人唱得有点像男声重唱。而且,每次粽子唱到"多少噢噢年,多少噢噢代,今天终于盼到你"或者唱到"平日刀丛不眨眼,今日心跳分外急",夭夭九就哈哈大笑,直呼手铐手铐铐死你!

生日那天下午，老太婆的两个孩子及孙子们，给老人发来鲜花礼仪电报。女儿还说寄了个日本进口的自测量血压仪。下午，送报人员把鲜花、水果、花篮和电报送到度道山时，老太婆签收了，但老太婆没马上上楼。她抱着鲜花，螃蟹着两腿，在前院到处走动，展览她的礼物。她向每一个过往邻居，笑眯眯地厉声遣责：现在的孩子，小题大做！老人生日还买什么鲜花，真是太不实用啦！

老太婆问小浇花工，你认识这里面的哪一种花呀？

生日晚餐不出粽子、夭夭九所料的简单。皮蛋瘦肉粥，一条清蒸鱼，还有肉末红烧豆腐和海蛎煎。两人已经见惯不惊。但老太婆不断把豆腐夹给粽子，说我儿子爱吃红烧豆腐，又不断把海蛎煎夹到夭夭九碗里，说我女儿最喜欢这道菜，搞得夭夭九十分恼火。夭夭九说，我不是你女儿！他也不是你儿子！

老太婆愣了好一会儿，才假装没听到。

吃过饭，他们想等老太婆吃了生日蛋糕后就走人。老太婆说不急不急。老太婆说她想弹琴，弹了琴再点生日蜡烛再吃蛋糕。老太婆说着就提着僵硬的膝盖，爬上了琴凳。老太婆翻开琴盖的时候，没头没脑地夸了夭夭九一句，今天你的香水不臭。

夭夭九回报一个闪电鬼脸。老太婆没有喝酒，可是两颧发红。她的确是弹得很不怎么样，但是，粽子和夭夭九一律报以噼里啪啦的热烈掌声。《渔光曲》他俩不会唱，但是，老太婆弹《绣红旗》的时候，粽子为她伴唱地哼了哼。老太婆来劲了，说，重来！一起来！

他们就一起来。因为歌词记不住，他们还是放了光盘，只是伴奏声音开得比较小，好让老太婆以为是她弹得出色。老太婆在后面弹，粽子和夭夭九在沙发上一人握一只糟糕的话筒唱，难得的是，夭夭九第一次台风这么端正，这是她唯一的一次没有发笑，粽子甚至觉得，她唱得比他还认真投入。

……

（女声）线儿长　针儿密

含着热泪绣红旗　绣呀绣红旗

（男声）热泪随着针线走

与其说是悲　不如说是喜

多少噢噢年　多少噢噢代

（夭夭九和粽子合声）今天终于盼到你　盼到你

（女声）千分情　万分爱

化作金星绣红旗　绣呀绣红旗

（男声）平日刀丛不眨眼　今日心跳分外急

一针嗯嗯针　一线嗯嗯线

（夭夭九和粽子合声）绣出一片新天地　啊新天地……

粽子和夭夭九看着电视屏幕上的歌词，谁也没有转脸去注意老太婆。老太婆的琴声总是绵软无力的，这是无所谓的，只要老人生日高兴就好，因此，谁也没有想到，老太婆竟然泪水长流。他们光顾着看屏幕上的歌词，越唱越投入，等到老太婆钢琴声停了，回头才发现老人泪水淌了下来。

老人失神似的,两只手平放在琴键上,默然无语。

两人面面相觑。

熄灯点上生日蜡烛的时候,夭夭九要老太婆许个愿,才能吹灭蜡烛。老太婆腼腆地拒绝,说随便啦随便啦。夭夭九合掌命令说,许一个!很灵验的!

老太婆就合上双掌。老太婆真的闭上了祈祷的眼睛。

摇曳的烛光中,老太婆的脸,衰老而斑驳。粽子忍不住回头看墙上的老照片,那个热血燃烧的美貌女兵,站在六十年前的烛光深处,带着青春的微笑。

老太婆吹灭了生日蜡烛。她实在太衰弱了,她用了三口气,才吹灭了所有蜡烛。切蛋糕的时候,夭夭九说,你是不是许愿长生不老啊,婆婆?

老太婆说,我才不相信什么长生不老!健康就好。

那你是许健康长寿的愿啦。

老太婆摇头。老太婆放下纸碟蛋糕,重新合掌闭目,老太婆说:让大家都有好生活吧,人人有书读,人人都有爱吧。

是什么——颠覆了这一切

发现老太婆死去,粽子第一个打的是夭夭九的电话。夭夭九说,你要打110报警电话!粽子的脑袋才运转正常,他一口气打了110、120、殡仪馆,还查打了老太婆子女的电话。

夭夭九来得比警察快。屋子里腥味很重，夭夭九没有再掀鼻孔。两人蹲在老太婆面前看了好一会儿。凌乱的白发几乎遮盖了老太婆大半个脸，他们谁也不敢去拂开它。两人不说话，非常迟钝地蹲着，粽子后来觉得蹲着难受，伸手拉起夭夭九。夭夭九眼睛已然泅红，鼻尖也发红。粽子发现有异，要定睛看，夭夭九把脸用力转掉了。

　　谁也没有想到马首刀。这个差错是共同出的。当粽子甩了夭夭九耳光时，粽子很焦躁。他在想责任不在他一个，夭夭九难道就没有责任吗？在现场，她呆头呆脑，如果她想到了那把刀，她完全可以改正这个过失。可是，她也没有想到刀。

　　警察和穿粉色大褂的120人员，很快就确认了自然死亡并完成了相关手续。老太婆单位的人来了，尸体很快弄到殡仪馆，因为老太婆尸体有异味了，天又热。

　　第二天中午，粽子又到了老太婆家。因为老太婆的女儿中午的飞机，大概两点多会到家，她没钥匙。粽子一个人在那空荡荡的五房两厅转着。餐桌上，那瓶生日的鲜花，早已枯萎，只有康乃馨的花芯，还有一点黯淡的红颜色；打开冰箱，居然还剩下五分之一不到的生日蛋糕。粽子拔掉了冰箱电插头。

　　午休时间，到处很安静。粽子走到老太婆的老照片下看看，又坐到了老太婆的钢琴凳上。这时，楼道上传来铁门咣啷哗啦的动静。再见，妈妈，再见，爸爸。奶奶再见！是楼上那个孩子的上学时间了。

　　粽子把琴盖慢慢翻开。粽子轻声说，再见，孩子。小心汽车。

　　粽子走上阳台。前方的山岭前，一大群鸽子在高压电铁架顶翻飞，它们拐过来、折过去地翱翔着。老太婆参加进去了吗？粽子在阳台上眯着眼睛，看着鸽子一圈一圈地俯冲再拉起。

哪一只是那个勇敢美丽的老太婆呢？

老太婆的女儿是一个人来的，见到粽子她非常客气。连声说谢谢，小钟，谢谢你啊。我母亲说你是个非常非常好的孩子。电话里说过你好多次了。

粽子不姓钟，他甚至从没告诉过老太婆他的真名。他不太肯定老太婆在电话里表扬的人是不是他。尤其是，老太婆的女儿说，母亲说你是个才毕业的大学生，是个了不起的社区志愿者。就是那种社区红帽子，是吗？

粽子脑子全乱了。他愣愣地听着那个能说会道的老太婆女儿，说她的母亲如何出身名门，如何忘我革命出生入死；如何能干正统，一辈子如何不谋私利，不关照一个自己的孩子；又如何固执，如何拒绝和孩子们一起生活。说眼睛的手术，她有叫她到他们广州看看，因为她在当地人头熟，又不要请假，老人家偏不。固执得不得了。说说说，说了很多。粽子终于明白了，他就是那个叫小钟的人，他就是那个大学才毕业的社区敬老志愿者，那个红帽子。

老太婆为什么这么介绍他呢？他想不明白，只有天知道了。

老太婆女儿非常热情、善解人意，简直把粽子视为恩人、亲兄弟。如果那个时候，粽子想到了刀，也许就可以趁热打铁地要走；可是，紧接着到来的老太婆儿子和媳妇，尤其是那儿媳妇，太厉害了。她甚至抢先怀疑了粽子和老人来往的动机。这使粽子心慌。而粽子的心慌一定让人看出来了，因此，老太婆的子女们好像很快就达成共识，共同保持了疑虑和警惕。后来粽子提出想要一个老人的军功章做纪念时，他们就非常默契地、速度极快地一致拒绝了。

粽子感到非常难堪，不是拒绝本身。是因为拒绝后面，让他感到自己的动机被人挑了出来。他感到巨大的慌张和难堪。是吗？我就是为了那把刀对吗？对吗？所有的这一切，都是为了那把刀，对吗？

夭夭九暴跳如雷。当粽子告诉她，刀已经被老太婆儿女密藏时，夭夭九极度愤怒。夭夭九说，无聊！就是无聊！你有一百次的机会得到它！你要是开口，老疯婆早就送给你了，她根本不懂刀的价值！就算她小气，你又怎么会弄不出刀？！你有百次的机会！你无聊！你莫名其妙！你被那疯老婆子迷住了！

粽子就给了夭夭九一个很重的巴掌。

夭夭九似乎傻了，呆看着粽子；粽子也傻看着夭夭九。

安静。像一切都死过去的安静。刀、刀，马首刀，那造型超拔的青铜古刀。

究竟是什么——颠覆了这一切？

悲伤的小鸭　无奈的草帽

粽子给夭夭九打了无数个电话，不接，换陌生的电话打，一听到他的声音，夭夭九就挂机；所有的短信都不回。渐渐地，粽子不再打夭夭九的电话了。

有一天，粽子到邮局给姐姐汇款，还有给母亲寄风湿药黑骨藤。

突然在买来的晨报上看到一条社会新闻。上面说，近期在台湾街一带，中小餐馆多家被人半夜入盗。小毛贼似乎嗜吃海鲜，公然在作案地大肆蒸煮海鲜，吃了喝了留下一厨房狼藉才离去。其中有一家，被那好吃海鲜的毛贼光顾多趟后，店老板和老板娘，暗暗互相猜疑，都怀疑对方约友在餐厅饕餮，最终互相指责挥刀相向而报警而案发。警方提醒中小餐馆，加强夜间防范，杜绝治安死角。

粽子笑了笑。他感到自己又一次非常想念夭夭九。

夏天过去了，有人要看房子，粽子受托又回度道山去了一趟。

想买房的人说，户外环境很好，可是，房子本身结构相当不理想，又不是框架结构，不好改造，因此有些犹豫。粽子一句话都懒得说。

在度道山下新开的台湾上包连锁餐厅，粽子在夭夭九的漫画对面坐了下来。边吃吞拿鱼汉堡，边看着那幅夭夭九心爱的漫画。突然，他掏出手机，选择了写信息：

> 小鸭、小船、小渡轮
> 再见，我不再想你们，不再爱你们了
> 昨天我爸爸妈妈又大吵一架
> 夜里我们抱在一起哭了很久
> 现在你们还害怕吗
> 以后再也听不到吵架的声音了
> 这一切都是为了你们好

再见了，不要为我担心

……

短信是分两次传出去的。粽子并不指望夭夭九能回话，他已经习惯了她不理不睬了。又喝了一杯玉米火腿羹，坐了一会儿，粽子就买单出门。这时，手机却响了，是短信提示音。粽子随便按了显示键，一行字跳了出来：

甚至泳衣还没碰到水

风就把我的草帽吹跑了

我站在滚烫的沙滩

望着终于掉在湛蓝大海中的帽子

随着海浪　越漂越远

我仿佛听到它的呼喊

而我究竟什么也没有做

阳光毒辣　风好大

虽然眼泪一下就蒸发了

但我很久以后才知道

那只是无奈人生的小小开始……

后记：在世界的深处，我们相遇

须一瓜

这十多年来，一篇一篇写下了几十个中短篇小说。写着写着不知不觉就走远了。北京十月文艺出版社的引墨挑了其中五个中篇做成集子，嘱咐我写个后记，使我重新回到这些小说那里。这个回望，有点蓦然回首之感，令我良久无语。

一个生活斑驳、对人间爱情充满怀疑的女孩，尝试了一个匪夷所思的破坏性诱惑，结果把自己弄得全面绝望；一个女人丈夫突然失踪，三年来，她努力寻找他，并因为怀疑自己被放弃而自暴自弃，但三年后真相的来临，她只看到了毁灭的意义；一个女人在丈夫车祸死亡的索赔之后，阴差阳错，孜孜不倦地斤斤计算起丈夫生命的价值，并因此走向心理失衡；一对定期约会的老女人，终于在目击一起令人瞩目的自杀事件时，把内心里日积月累的阴霾全面炸裂，就像沼气池一样，臭恶凶险。

看到出版社发来的小说目录排序，忽然想，小说里的女人们，如果生活轨道正常，她们可能统统会变成那对愤世嫉俗、小恶满怀的"老闺蜜"吧。当然，也可能有其他足以扭转命运的元素出现，比如善与美的骤然介入，被真情雷电突击，释放了极大的负能量，命运的轨道拐弯，转入祥和、平静、康宁之境。我并不希望，也不相信《老闺蜜》是女人们一生悲哀情志的终点站。这篇小说出来后，不少人以为我在批评指责那两个老太太，觉得她们是坏女人。只有为数不多的人和我一样，对这一对老太太难消悲悯之意。她们生机野蛮哀痛无助地活着。是的，她们代表了很多女人一生的坚韧与黯淡、无力与愤懑、委屈与幻灭。老太太在小说最后的叫嚣，实际是老太太为自己的不公、不爱的艰难处境发疯呐喊。不过，书里也有一个不一样的明亮老太太，从青春女兵到耄耋老妪，她的一生都在理想主义的光芒中，直到遇见两个小偷。最终小偷和老革命，他们在精神上完成了互相的颠覆，达成了微妙的理解。老太太的理想主义的光照，也许有点受阻，但是，那对小偷却在光芒下，重新打量人生。

这几篇小说，可能都有点奇崛。它几乎聚焦于人生的非常态状态。说起来，日常生活中的悲剧性也是吸引我的，我一向有耐心去感受那沉默的、平淡的、静止卑微的美，我也相信那里往往具有更深沉、更真实、更普遍的人性。但也许和经历有关，我比旁人看多了一些，人在非常态下，所显现的真实，这个真实，也许是常态中永远无法显影的。你都不知道你自己会这样、能够这样。所以，潜心挖掘这里边的逻辑链条，洞察这里的因果缘由，捕捉其蕴含丰富的细节，考究其灵魂深处的粼粼波光，雕塑这里的人性之果，成就了我另一种创造乐趣。

　　不管怎样吧，小说，是我们人生的伴手礼。有人会带着它去面对命运之神的各种面孔。它让我们在经验之前有了准备，让我们在经历之后，听到了空谷足音。它会让安逸的人不安了；让不安的人，释然了。总之，我们可以在小说的陪伴下，走过人生各种犄角旮旯，浏览各种人心风暴，它使我们的生命，有了更辽阔的延展性。当我自己开始写作后，我知道它首先是我自己的伴侣，它搅动、整理着，过滤、沉淀着我所面对的生活，让我有可能清晰一点、再清晰一点，准确一点、再准确一点去把握和我相遇的世界。当然，更好的陪伴也许是，在那个世界的深处，我和你相遇了，而你，手里或心里，曾经有过我的小说。

图书在版编目(CIP)数据

老闺蜜/须一瓜著. — 北京：北京十月文艺出版社，2016.9
ISBN 978-7-5302-1606-4

Ⅰ.①老… Ⅱ.①须… Ⅲ.①中篇小说—小说集—中国—当代 Ⅳ.①I247.5

中国版本图书馆 CIP 数据核字(2016)第 157537 号

老闺蜜
LAO GUIMI
须一瓜　著

出　　版	北京出版集团公司
	北京十月文艺出版社
地　　址	北京北三环中路6号
邮　　编	100120
网　　址	www.bph.com.cn
发　　行	新经典发行有限公司
	电话（010）68423599
经　　销	新华书店
印　　刷	三河市三佳印刷装订有限公司
版　　次	2016年9月第1版
	2016年9月第1次印刷
开　　本	880毫米×1230毫米 1/32
印　　张	8.625
字　　数	178千字
书　　号	ISBN 978-7-5302-1606-4
定　　价	32.00元

质量监督电话　010-58572393
如有印装质量问题，由本社负责调换。

版权所有，未经书面许可，不得转载、复制、翻印，违者必究。